O CLUBE DO BISCOITO

Ann Pearlman

O CLUBE DO BISCOITO

Tradução
Sibele Menegazzi

3ª edição

BERTRAND BRASIL
Rio de Janeiro | 2022

Título original: *The Christmas Cookie Club*

Capa: Silvana Mattievich
Foto de capa: Fuse/GETTY Images

Editoração: DFL

Texto revisado segundo o novo
Acordo Ortográfico da Língua Portuguesa

2022
Impresso no Brasil
Printed in Brazil

CIP-BRASIL. CATALOGAÇÃO NA PUBLICAÇÃO
SINDICATO NACIONAL DOS EDITORES DE LIVROS, RJ

Pearlman, Ann
P374c O clube do biscoito/Ann Pearlman; tradução Sibele
3ª ed. Menegazzi. – 3ª ed. – Rio de Janeiro: Bertrand Brasil, 2022.
294p.

Tradução de: The christmas cookie club
ISBN 978-85-286-1471-8

1. Romance americano. I. Menegazzi, Sibele. II. Título.

10-6078 CDD: 813
CDU: 821.111(73)-3

EDITORA BERTRAND BRASIL LTDA.
Rua Argentina, 171 – 3º andar – São Cristóvão
20921-380 – Rio de Janeiro – RJ
Tel.: (21) 2585-2000

Atendimento e venda direta ao leitor:
sac@record.com.br

Para minhas amigas,
Obrigada

PRÓLOGO

Nós nos Reunimos Todos os Anos

SOU A BISCOITEIRA-líder e esta é minha festa. A reunião do clube do biscoito sempre acontece na primeira segunda-feira de dezembro. Pode marcar no seu calendário. Doze amigas se reúnem, cada uma trazendo treze dúzias de biscoito embrulhadas para presente. Biscoitos caseiros, claro. Cada uma traz uma travessa para servir na hora e uma garrafa de vinho. Dezesseis anos atrás, quando tudo começou, costumávamos tomar o vinho e, depois, sair para dançar. Agora bebemos um pouco, nos sentamos e batemos papo na minha casa, ou colocamos um CD do Al Green e dançamos. Nosso favorito é o *Love and Happiness*. Então, cada amiga conta a história do biscoito que fez. De alguma forma, a história sempre simboliza o ano que passou. Distribuímos os pacotes de biscoito e doamos a décima terceira dúzia à casa de caridade local. Doamos os biscoitos desde o início. O clube do biscoito tem a ver com a doação, não se refere apenas a guloseimas deliciosas que compartilhamos com as amigas e com nossas famílias, mas também com as pessoas que não conhecemos, que estão passando por uma fase difícil e a quem um docinho viria bem a calhar.

Pois acredite: no Meio-Oeste dos Estados Unidos o inverno pode ser bastante rigoroso. Céu cinza. Frio. A pouca luz do sol que se tem geralmente está encoberta. Os inúmeros lagos, que fazem com que o verão seja maravilhoso, também produzem nuvens durante o inverno. A gente precisa acrescentar um pouco de luz e de alegria. Afinal, o Natal com suas luzes e o Chanuká com suas velas acesas não se referem precisamente a adicionar iluminação a essa época escura do ano? Precisamos de algo que nos lembre que o sol, no final, reduzirá a noite a níveis mais aceitáveis. O clube do biscoito, no fundo, é um lembrete da alegria. E, é claro, um lembrete de que as amigas sempre ajudam umas às outras a suportar chateações e a celebrar alegrias.

Tenho algumas regras que foram desenvolvidas ao longo dos anos. Aí vão elas, para que você saiba, caso decida formar seu próprio grupo:

1. Nada de biscoitos com gotas de chocolate. Houve um ano em que cinco de nós os trouxeram.
2. Nada de barrinhas. Elas grudam umas nas outras e esfarelam.
3. Nada de pratos envoltos em papel-filme nem tigelas. Tente carregar doze pratos de papelão embrulhados em papel-filme. Eu, que já fui garçonete, não consigo. Além disso, são frágeis demais para doar para caridade. As embalagens devem proteger os biscoitos e constituir um presente bonito. A outra vantagem disso é que podemos usar as embalagens depois, para embrulhar outros presentes.
4. Não se permitem mais que doze mulheres no clube. Em um determinado ano houve quinze, e todas reclamaram de que foi difícil demais fazer dezesseis dúzias de biscoito. Nunca entendi por que três dúzias a mais constituíam um problema assim tão grande. Mas cedi à pressão. Portanto, o grupo contém apenas doze integrantes. E cada uma faz treze dúzias de biscoito. Existe algo de poético nisso.

5. Você não pode faltar a nenhuma reunião. Se não puder ir, mande seus biscoitos ou perderá o lugar. Existem outras pessoas que querem entrar para o grupo. Essa regra derivou da regra anterior.
6. Depois de cinco anos de participação, você ganha estabilidade e não será expulsa, a não ser que não traga pessoalmente nem envie seus biscoitos.
7. É sempre na primeira segunda-feira de dezembro. Marque a data no seu calendário e pode contar com ela.
8. Traga cópias da receita para cada uma de nós.

Jackie se apaixona, se casa, se muda para o Leste e não vem mais. Donna adora a festa, mas detesta fazer biscoitos. Janine tem um caso com um colega de trabalho, se divorcia, e ela e seu amante se mudam para Benton Harbor. Portanto, abrem-se novas vagas para biscoiteiras iniciantes. Dessa forma, a sociedade flui juntamente com a maré da vida. Logo após o Dia de Ação de Graças, nós fazemos biscoitos, damos alegria umas às outras e à casa de caridade e, depois, repassamos as dúzias de diferentes biscoitos que ganhamos aos amigos, familiares, vizinhos, babás e manicures. Por sua vez, eles os servem aos convidados de outras comemorações de Natal, Chanuká e Solstício. Um efeito cascata de guloseimas deliciosas na época mais sombria do ano. Uma cascata, em nossa vida, da alegria que damos uns aos outros.

1

Marnie

Bolinhas de Noz-Pecã

2 xícaras de nozes-pecã
2 xícaras de farinha de trigo
1 xícara de manteiga derretida
1/2 xícara de açúcar
2 colheres de chá de baunilha
1/4 de colher de chá de sal
Açúcar de confeiteiro

Preaqueça o forno a 170ºC.

Triture as nozes-pecã no liquidificador ou no processador até obter duas xícaras. Misture todos os demais ingredientes, exceto o açúcar de confeiteiro. Trabalhe a massa até formar uma bola. Com as mãos enfarinhadas, faça bolinhas de aproximadamente 2,5 cm e coloque para assar em tabuleiros sem untar. Eu costumo forrar o tabuleiro com papel-manteiga ou com papel para assar untado com óleo spray. Asse durante 20 a 22 minutos. Retire os biscoitos com o papel do tabuleiro e coloque sobre uma grade para esfriar um pouco; certifique-se de que ainda estejam mornos e, gentilmente, sacuda-os num saco plástico com o açúcar de confeiteiro. Coloque-os novamente sobre a folha de papel e polvilhe mais açúcar de confeiteiro enquanto esfriam. Rende 5 dúzias.

12

MEU SONHO SE DESVANECE quando abro os olhos. Estico o braço à procura de Jim, mas ele já foi embora. Lá fora, a neve cai em cristais densos, quase como uma neblina. Disney está sentado, sorridente, ao lado da minha cama, a língua para fora e o rabo tamborilando no carpete. Hoje será um dia longo e agitado e é melhor que eu o comece logo. Relutantemente, deixo os vestígios do sonho na cama ainda morna e visto meu roupão de lã lilás, deixo Disney sair, sirvo o resto do café da noite passada numa xícara e a enfio no micro-ondas. Abraço a mim mesma para me aquecer, enquanto Disney desaparece atrás da garagem.

Não podei as plantas e agora a neve se acumula nas concavidades. Eu devia ter cortado a grama uma última vez. O micro-ondas apita, pego o café e continuo olhando distraidamente pela janela. Sete da manhã. Apenas quatro da madrugada em San Diego. Me pergunto se Sky está acordada. Ela deve receber os resultados hoje... em algum momento desta tarde, no horário dela. Durante a festa do biscoito.

Disney vem pulando de trás da garagem, as orelhas negras balançando, e se senta diante da porta corrediça de vidro. Ele corre para dentro quando a abro e sacode a neve do corpo.

— Está caprichando em trazer o inverno para dentro de casa? — pergunto a ele.

Ele abana o rabo.

— Menino bonzinho. — Ele sempre tem respostas simples às minhas perguntas.

Bebo um gole do café e examino a cozinha e a sala de jantar. A festa do biscoito sempre me obriga a decorar a casa para o Natal. Há minilâmpadas penduradas na árvore lá fora. Luzinhas em forma de pimenta vermelha rodeiam a janela da cozinha.

Ontem enfeitei minha árvore com os adornos de crochê e macramê que eu costumava vender na feira de artesanato da cidade, nos meus dias de hippie. Em volta da base da árvore há alguns embrulhos de presente e minha coleção de ursinhos de pelúcia. O que Alex deu para Sky quando ela fez um ano perdeu um olho vinte anos atrás, e Sky lhe fez um suéter vermelho de tricô, quando ela estava com dez anos. Um ursinho da Steiff, que comprei quando estive na Alemanha com Stephen, está com os braços abertos à espera de um abraço. O ursinho de Tara, em toda a sua perfeição, de vestido cor-de-rosa e tiara. Lindo, mas enjeitado. Ligo as luzes na tomada e parece que é Natal.

Depois de elevar o termostato, arrumo minha cama, dou uma ajeitada no quarto e visto um jeans e uma camiseta vermelha. Então, amarro meu avental de biscoiteira-líder, aquele que Allie fez, estampado com as regras do clube.

A princípio, as nozes fazem uma barulheira danada no processador Cuisinart até se esmigalharem o suficiente. Este ano, Sky e Tara receberão uma dúzia extra de bolinhas de noz-pecã, portanto, a receita deve ser multiplicada por três. Coloco a manteiga — mais de meio quilo — em uma tigela de vidro e levo ao micro-ondas. A batedeira KitchenAid da minha mãe está em cima do balcão. Acrescento as medidas de farinha, açúcar, baunilha e sal. O micro-ondas apita, adiciono também a manteiga derretida e ligo a batedeira. Enquanto ela mistura tudo, pego os tabuleiros e procuro o papel-manteiga na gaveta. Então, despejo a massa no fundo da tigela e a primeira porção está pronta. Ligo meu iPod, coloco minha playlist de rock e lá vem a Tina Turner perguntando "o que o amor tem a ver com isso". Tudo, digo a ela. Mas me lembro do meu sonho e me pergunto se o tive porque amo Jim ou simplesmente porque quero capturar nossa ótima vida sexual. Talvez as duas coisas. Não gosto muito do fato de ter me apaixonado tanto assim por ele.

A farinha cobre minhas mãos ao enrolar as bolinhas, e me devoto totalmente a esse trabalho metódico e ritmado. Minhas mãos ajeitam as bolinhas em fileiras de quatro ao longo da margem superior do tabuleiro. Três dúzias em cada tabuleiro. A simplicidade e a beleza da matemática e da rotina me fazem lembrar de mulheres fiando em fusos, sovando massas, colhendo frutas silvestres, costurando sapatos, tecendo ou moendo milho. Estou conectada a essas mulheres ancestrais e às mulheres do mundo todo, enquanto todas nós, cada uma de nós, fazemos comida, roupas e ferramentas para nossa família, para nossos amigos, para nós mesmas. Coloco um tabuleiro no forno e começo a montar o seguinte. A parte fácil está feita. Por alguns minutos, volto a enrolar tranquilamente, coloco o tabuleiro no forno, verifico o timer. Mais cinco minutos.

Forro a mesa de jantar com folhas de papel-manteiga, encho um saco plástico com açúcar de confeiteiro e distribuo pegadores de panela no centro da mesa. O timer soa. Retiro um tabuleiro do forno e o coloco sobre a mesa. Os biscoitos estão dourados no tom das folhas de carvalho no outono; o aroma de pecãs assadas enche o ambiente. Seger canta sobre o outono que se aproxima e aqui é inverno. Já. Como foi que chegou tão rápido, este ano? Penso sobre as estações do ano que seguem umas as outras e os acontecimentos pelos quais passamos, durante cada uma delas. Começo a enrolar as bolinhas para o terceiro tabuleiro. E, então, deslizo a folha de papel-manteiga coberta de biscoitos do tabuleiro para a mesa, coloco a forma de metal sobre o fogão para esfriar e, gentilmente, mergulho as bolinhas no açúcar de confeiteiro.

O trabalho deve ser feito rapidamente; os biscoitos não podem estar muito frios ou não absorverão o açúcar de confeiteiro. Quentes demais e queimam os dedos. O segundo tabuleiro está pronto e volto à cozinha para retirá-lo do forno.

O telefone toca.

Me viro para apanhar o telefone que está em cima do balcão, ao lado do pote vazio de manteiga, e bato o rosto na quina de uma porta de armário aberta. A porta fecha com um estrondo, meu rosto dói pra caramba e a dor se espalha.

— Mãe?

— Não consegue dormir, né?

Não posso parar de trabalhar, então apoio o telefone no ombro enquanto minhas mãos continuam acrescentando biscoitos ao saco de açúcar.

— Não. Fico só me revirando na cama. Não queria acordar o Troy. — A voz de Sky vacila um pouco.

Os biscoitos rolam no açúcar. — Eu estava preocupada com isso.

— Deduzi que você estaria acordada, assando biscoitos.

— Você acertou. Acabei de tirar a primeira fornada. Agora os estou passando no açúcar de confeiteiro.

— Ah. As bolinhas de noz-pecã da vovó.

— Meus favoritos.

— Meus também.

Eu não sabia que Sky e Troy estavam tentando engravidar naquela primeira vez, três anos atrás. Afinal, ambos estavam na faculdade de Direito e Sky costumava planejar sua vida segundo seus objetivos. Mas ela telefonou para se gabar de eles haverem engravidado na primeira tentativa. Pela forma como dissera: "Ficamos grávidos de primeira", e depois rira, parecia que eles nunca tinham feito amor antes.

Tinha comprado tecido para fazer uma colcha de retalhos para meu primeiro neto e estava levando para casa quando ela telefonou, chorando. Havia perdido o bebê.

— Querida, eu sinto tanto. — Minha voz murchou. — Você ficará deprimida por alguns meses.

— Foi o que a médica disse. Também que podemos tentar novamente dentro de seis meses. Isso é um tempão. — Sky fungou e, então, tentou dar uma risada. — Não é incomum ter um aborto espontâneo. Principalmente na primeira gravidez — disse.

— Vou para aí ficar com você.

— Não precisa. — Mas sua voz soou aliviada.

Então, no ano seguinte, ela teve o segundo aborto espontâneo. Novamente ligou para mim, novamente peguei um avião para ir ficar com ela. — Eu gostaria que você morasse mais perto.

— Eu também.

Quando ela ficou grávida pela terceira vez, prendemos a respiração. Tentei eliminar o toque de preocupação da voz quando conversamos. A gravidez continuou. — Talvez eu devesse parar de trabalhar — cogitou ela. — Mas esta gravidez está sendo monitorada. — Lá pelo quarto mês, pude respirar novamente. Então, no oitavo mês, o bebê parou de se mexer. Um ultrassom indicou que havia morrido. A melhor coisa a fazer, pensando numa futura gravidez, era esperar e parir o bebê quando as contrações começassem.

— O bebê está apodrecendo dentro de mim.

— Chego aí amanhã.

— Não, espere, espere até que comece o trabalho de parto. Vou precisar de você comigo, então.

— Como está o Troy?

— Assustado. Confuso. Como eu. — Ela suspirou. — Só preciso sobreviver ao próximo mês. Acho que deveria transformar o quarto do bebê num quarto de hóspedes, ou num escritório, ou algo assim.

— Você vai parar de tentar? — Eu a imaginei andando de um lado para o outro, segurando o telefone sem fio junto ao ouvido e passando pelo sofá e pela mesa de jantar, dando a volta na cozinha e fazendo tudo de novo. É o que ela faz quando está nervosa. Ela se mexe.

— Não sei se aguento passar por isso de novo.

— Você ainda tem muito tempo para decidir isso.

— Nem sequer sei se aguentarei passar por *isto*. Viver durante um mês com um bebê morto deformado dentro de mim.

— Deformado?

— Foi o que eles disseram, quando fizeram o ultrassom. Há algum problema com o bebê. Provavelmente é por isso que tive os abortos.

— Não entendo. Por que um problema com este bebê explicaria os abortos prévios?

— Pode ser genético. Troy e eu podemos ter algum problema genético.

Procurei algo mágico que a consolasse. — Mas agora vão descobrir o que deu errado. Talvez possam te ajudar. A vocês dois.

— Sei.

— Você quer vir para casa?

— Não. Quero fingir que está tudo bem e seguir em frente com a minha vida. O que resta dela.

Eu não tinha como argumentar contra a amargura dela.

Ela me telefonou assim que o trabalho de parto teve início. Tomei um avião e cheguei quando ela entrava na fase de transição. Segurei sua mão. Troy andava de lá para cá. Enxuguei a testa dela. Ela apertou os olhos e ofegou. Gemeu. Agarrou minha mão com força. Gritou. Enfrentou toda a agonia do parto sem o final feliz. A dor não desapareceu com o primeiro choro do bebê. Ela expeliu lágrimas conforme expelia o bebê morto. Azul. Vimos as deformidades que o ultrassom havia indicado. Ele tinha braços muito curtos, um rosto amassado. Demos uma olhada rápida antes que eles o embrulhassem e levassem para fazer testes e avaliações genéticas.

— Pelo menos acabou. — Ela se deitou como se quisesse afundar na mesa de cirurgia e desaparecer. — Não achei que fosse conseguir.

— Mas conseguiu. E se saiu como uma verdadeira campeã. — Apertei sua mão e beijei-lhe a testa.

— Por que você não me avisou? — Os olhos dela estavam arregalados de choque, como se eu a houvesse traído, ocultando-lhe informações importantes de propósito.

— Porque você esquece a dor assim que segura seu bebê.

Ela fungou. — Suponho que eu não vá esquecer, então.

Troy a beijou. — Eu te amo tanto. — Lágrimas escorriam pelo rosto dele. — Nosso pobre bebê. Você é tão corajosa.

Ela abafou um grito.

— Sim. Corajosos. Vocês dois. — Entreguei um copo de água para que ela bebesse. O médico dava os pontos na episiotomia. Eles lhe aplicaram uma injeção para secar o leite.

Não sabíamos mais o que dizer. Apenas choramos sob as fortes luzes cirúrgicas, enquanto o médico ainda dava pontos entre suas pernas.

— Nós todos perdemos o bebê, não é? — Os olhos de Sky encontraram os nossos, suas pupilas ampliadas pelas lágrimas.

Eu a beijei. — E estamos todos com você, querida.

Troy apertou a mão dela e afastou mechas de cabelo grudadas em seu rosto pelo suor.

Choramos então e choramos novamente mais tarde, ao telefone, quando voltei para casa. Por fim, conseguimos ter uma conversa sem lágrimas. E, a essa altura, Sky estava grávida novamente.

Agora, com quatro meses de gravidez, ela sussurra como se estivesse se desculpando. — Tudo o que eu sempre quis foi ser mãe. Quer dizer, isso é o mais importante. Sabe?

Coloco mais biscoitos no açúcar de confeiteiro. — Sim. — Ela me diz isso frequentemente, como se repeti-lo o suficiente levasse a acontecer, como se as preces fossem sempre atendidas.

Ela havia sido a menina que queria bonecas-bebês, enquanto suas amiguinhas colecionavam Barbies. Carregava sua boneca Matilda num canguru para bebês, cantava-lhe cantigas de ninar e dormia com ela. Até seu cachorrinho de pelúcia usava fralda. Não sei se isso se deve ao anseio pela proximidade que tínhamos antes de Tara nascer, ou a alguma espécie de ciúme ou de competição às avessas por causa do nascimento de Tara. Ou talvez tenha sido por ver minha alegria em ser mãe. Ou simplesmente derive dos impulsos biológicos e por amar Troy e querer ter seu amor personificado. Mas ser mãe é o auge da ambição de vida de Sky. Talvez eu precise aceitar que as coisas são simplesmente como são.

Coloco os biscoitos em fileiras perfeitas. Agora seis em cada fileira. — Existem várias maneiras de se tornar mãe.

— Eu só quero que tudo termine. Quero receber os resultados dos exames. Quatro meses de preocupação já são o suficiente. No momento, outras pessoas têm informações cruciais para a minha vida e eu simplesmente tenho de esperar. Gostaria de saber logo e começar a encarar o que quer que venha pela frente.

— Ou curtir, tanto a gravidez quanto o nascimento. — Passo mais bolinhas pelo açúcar. — Tenho certeza que ela telefonará para você assim que souber os resultados.

Sky fica quieta. Minha bochecha dói, eu deveria colocar um pouco de gelo, mas não dá. Não agora. Depois que terminarmos de conversar. Depois que esta fornada estiver pronta.

— Espero que isso não estrague a festa dos biscoitos.

— Estragar? Minhas amigas estarão aqui para me ajudar a comemorar.

Ela interpreta meu lampejo de otimismo como uma vaga esperança. — Ou para te consolar.

— E a você também. Elas também te amam. Você não está sozinha.

O açúcar de confeiteiro é leve como uma pluma, conforme arranjo os biscoitos em fileiras. O primeiro tabuleiro está quase pronto.

Faz-se silêncio. Ela para de caminhar. — Fico pensando, me perguntando por que isso aconteceu conosco. É tão estranho que Troy e eu compartilhemos esse gene recessivo raro, quando não somos nem sequer do mesmo grupo étnico... Quer dizer, nós somos em grande parte germânicos e ele é italiano.

— São grupos muito próximos, sabe?

— Eu sei, mas o médico disse que é como se fôssemos irmãos, como se fôssemos da mesma família.

— Talvez seja por isso que vocês se dão tão bem. E não se esqueça, há uma chance de cinquenta por cento de que este bebê esteja bem. Cada bebê tem cinquenta por cento de chance. Talvez você já tenha feito a parte triste e agora terá três gravidezes normais.

— Não funciona desse jeito, mãe. É cinquenta por cento de chance em cada jogada de dados.

Eu sei disso. Conto-lhe histórias da carochinha com finais felizes como se elas pudessem apagar a negatividade que a ronda.

— Finais felizes não são impossíveis. Às vezes realmente acontecem — digo. A primeira fornada está pronta. Os biscoitos da segunda fornada estão esfriando. Tenho que trabalhar rapidamente. — Você tem uma força enorme. Mesmo depois da última vez, está tentando de novo. Alguma coisa dentro de você sabe que vai dar certo. — Jogo um punhado de biscoitos no açúcar e os sacudo de um lado a outro do saco plástico. — E então, o que você vai fazer hoje?

— Como vai a Tara?

— Bem. — A verdade é que sua irmã mais nova, Tara, está grávida de oito meses, aos dezoito anos, e solteira. O pai do bebê é um negro ex-presidiário e aspirante a cantor de rap. No verão passado, ela expressou a ironia que não passou despercebida a nenhum de nós. Balançando a cabeleira preta com mechas azuis, Tara disse: — Droga, aqui estou eu, com uma gravidez não planejada, em uma relação que a maior parte das pessoas chamaria de insana e você... — Ela inclinou a cabeça na direção de Sky —, que faz tudo como manda o figurino, quer tanto um bebê e... — Sua voz foi diminuindo; seus olhos se fixaram nos de Sky. — É como dizem por aí, a vida não é justa. É... como é que chamam isso? Uma galhofa. — A tensão e a competitividade veladas se dissiparam com nossas gargalhadas.

Agora, eu digo a ela: — Nunca se sabe como essas coisas terminarão. E cada evento depende da nossa interpretação. Você pode ver a si mesma e a Troy como vítimas de uma biologia peculiar, ou ver a si mesmos como almas gêmeas inclusive fisicamente, e essa provação toda como um tipo de fortalecimento. — Coloco os biscoitos açucarados em fileiras. — Então, o que você vai fazer hoje? — repito.

— É segunda-feira. Tenho que me preparar para uma audiência. Estou torcendo para que os problemas dos outros sejam um alívio para os meus.

— Uma distração para fazer o tempo passar mais rápido.

— Vou levar o celular comigo. — Ela para de falar. — Ei. O Troy acordou. E está me chamando.

— Vá ver o que seu marido quer. Eu estarei aqui o dia todo. Ligue se quiser conversar. Eu te amo. — Mando-lhe um beijo estalado.

— Eu te amo. — O estalo de seu beijo vibra em meu ouvido enquanto termino de sacudir os biscoitos da segunda fornada. Mais açúcar de confeiteiro flutua sobre os dois tabuleiros de biscoitos que esfriam. Seis dúzias de biscoitos prontos.

Cubro o tabuleiro com papel novo e me viro para a tigela de massa, pego uma porção e começo a enrolar outra série de bolinhas.

22

Sky conheceu Troy na oitava série, logo após as férias de final de ano. A família de Troy havia acabado de se mudar para a cidade e uma professora designou Sky para acompanhá-lo às aulas, já que seus horários eram iguais. — Ele não é bonito, mas é legal — informou ela. Naquela noite, eles conversaram pelo telefone. No mês seguinte, ele já estava na frente da nossa tevê assistindo à *Barrados no Baile*; Sky, sentada a seu lado no sofá. Tara esparramada no colo dele. Eu, fazendo pipoca.

— Troy é meu melhor amigo. — A camiseta de Sky tinha sido cortada curta, sua calça jeans tinha cintura baixa e seu umbigo estava de fora.

— Você parece estar com frio. — Mas pensei: Ninguém, nem mesmo uma garota magra, fica atraente numa roupa dessas.

— É a moda, mãe. — Ela franziu o rosto para expressar sua exasperação.

— Você certamente está levando suas responsabilidades a sério. Apresente-o a alguns garotos.

— Eu apresentei. É que gostamos de estar juntos. — Ela deu um sorriso rápido, mas não trocou de roupa.

— Por que você não faz uma festa do pijama esta sexta-feira? Convide a Marissa e a Jennifer.

— Legal.

No outono em que ela estava cursando a nona série, com a mochila pendurada num ombro, os óculos escorregando pelo nariz, mechas de cabelo estrategicamente soltas do rabo de cavalo, ela disse: — Mãe. — Quando começava assim, eu sabia que estava preparando o terreno para uma conversa séria.

— O quê? — Abaixei o folheto que estava lendo sobre planos de saúde e me voltei para ela. Naquele ponto, eu estava estudando para prestar meu exame e obter a licença estadual. Agora tenho licença para operar com seguros de vida, seguros-saúde e seguros de aposentadoria, e tenho minha própria corretora.

— Troy disse que me ama.

— Te ama?

— Eu respondi: "Também te amo." E ele disse: "Não, estou dizendo que te *amo*. Te amo mesmo, de verdade." Eu estava segurando o controle remoto da tevê, então aumentei o volume. — Havia um controle remoto invisível na mão dela e ela apertou um botão. — Eu não queria ouvi-lo. Então apenas disse: "Eu também te amo. Você é meu melhor amigo." Mas daí ele disse: "Eu quero mais." Então, aumentei o volume de novo. — Ela aperta o botão imaginário. — Eu não sabia o que dizer. Ele quer ser meu namorado. Ele quer que a gente *fique* junto.

— Tipo, a sério?

Ela deu de ombros e deixou a mochila cair. — Vai estragar a amizade. Sempre estraga — disse aquilo como se tivesse um mundo de experiência.

Me perguntei se ela vinha escutando minhas conversas com minhas amigas. — Como assim?

— Bem, nosso relacionamento vai mudar. Nunca mais poderemos voltar a ser apenas amigos. E nossa amizade é perfeita. — Ela pendurou o casaco no encosto da cadeira da sala de jantar. Desta vez, não dei bronca.

— Não para ele — observei. — Não é perfeita.

Ela mordeu o interior do lábio. — Eu estava começando a gostar do Ryan.

Ergui as sobrancelhas. — Ah. Então ele está com medo de te perder para o Ryan?

— Ele não pode me perder. Ele é meu melhor amigo. — Ela abriu uma lata de Coca-Cola Light. — Está vendo só? Quando entra essa coisa de *amor* na jogada as pessoas já começam a se preocupar em perder alguém ou em ser traído.

— Você acha que ele é atraente?

— Nunca penso nele dessa forma. Bem... — Ela mordeu o lábio e se atirou numa cadeira. — Só não quero arriscar nossa amizade.

— De qualquer forma, agora que ele deixou claro o que sente por você, você não pode mais fingir que são "apenas bons amigos". — Usei os dedos para desenhar aspas nas palavras.

— Foi o que ele disse. Ele disse que não pode evitar seus sentimentos porque eu sou muito bonita. — Seu rosto ficou vermelho, como se ela houvesse cruzado uma barreira.

— Ele tem razão. Você *é* bonita. — Eu ri. — Linda. Com olhos incrivelmente fascinantes.

Ela arregalou aqueles seus olhos cinza matizados de verde e disse, como se estivesse surpresa com a coincidência: — É exatamente o que ele diz.

A amizade deles evoluiu para um namoro e, em determinado ponto, não sei quando, eles se tornaram amantes. Foram para a universidade juntos e, no segundo ano, passaram a dividir um apartamento. Estudaram Direito juntos, se formaram juntos.

— Adultos demais, cedo demais — reclamei.

— É como as coisas são. Aconteceu assim e é o melhor que poderia ter acontecido. Por que eu jogaria fora algo tão perfeito só por causa da minha idade?

— Vocês dois têm tão pouca experiência em relacionamentos. — Eu me preocupava que a curiosidade sobre outros amantes pudesse destruí-los, numa crise futura de engano e traição.

— Por que eu jogaria fora algo tão perfeito só porque éramos virgens quando nos conhecemos? Além disso, venho te observando.

— Sim. — Acariciei seu rosto. Vinte anos atrás nós havíamos enfrentado a doença do pai dela, Alex. Um cansaço e um resfriado contínuos que foram diagnosticados como leucemia aguda. Ele foi hospitalizado e definhou diante dos nossos olhos, uma perda notável dia após dia. Morreu em uma semana. Nem sequer tive tempo de acreditar em quão séria era sua doença antes de ele morrer.

Ele tinha trinta e cinco anos de idade.

Trinta e cinco. Apenas trinta e cinco.

Só agora começo a me conformar.

Sky tinha sete anos. Ela assistiu de camarote quando comecei um relacionamento com Stephen, me casei novamente e tive Tara. Stephen. Sua promiscuidade me fez sofrer o diabo. A miríade de garantias sinceras de que eu era o amor da sua vida e as promessas de que nunca mais iria acontecer funcionaram durante algum tempo.

Mas, como sempre, alguns meses depois, eu tinha de encarar novamente as ausências inexplicáveis e inconvenientes, esperando que ele houvesse sofrido um acidente em vez daquilo que eu já desconfiava. Então, o cheiro de outra mulher nele, motéis nas contas do cartão de crédito, janelas do computador repentinamente minimizadas, sussurros ao telefone, aumento no consumo de bebida... a parafernália clichê do adultério. Um divórcio. Refazer novamente a minha vida, agora como mãe solteira de duas meninas.

Troy era o homem mais estável na vida dela.

— Certamente não tenho as respostas para os relacionamentos. — A verdade, a absoluta verdade, era que, depois de Stephen, os homens com quem eu saí queriam um compromisso, mas eu precisava de uma garantia de perfeição e as pessoas não são assim. E minhas filhas estavam em primeiro lugar. Eu não soube ao certo o que fazer da minha vida, depois que ela saiu da trilha prevista, a não ser criar as meninas.

Os homens querem sua atenção. Nunca se esqueça disso. Eles já têm dificuldade em dividir você com os próprios filhos, que dirá com os filhos de outro homem. As necessidades deles devem estar sempre acima de tudo. Um deles queria que eu mandasse Tara para o colégio interno. Outro queria que eu a deixasse em casa e fosse morar com ele. Ela tinha quatorze anos na época. — Eu teria adorado morar sozinho aos quatorze anos — me disse ele.

— Sei, aposto que sim. De jeito nenhum. Nem que a vaca tussa — respondi.

Conheci Jim numa festa, ele era amigo do filho de uma colega minha. Ela não o havia convidado para me conhecer. Ele apenas estava lá. Careca, com sua barriguinha de cerveja aconchegante e um sorrisão. Sua simpatia absolutamente amigável.

— Você fica linda de cabelos brancos. Ressalta esses brilhantes olhos azuis — me disse.

— Você é amigo do filho da minha amiga! — exclamei, como se isso fizesse dele um bebê.

— Ei, já tenho mais de vinte e um — disse ele com uma risada. — Tenho maioridade legal. — E me agarrou para dançar uma música de Marvin Gaye, aproximando-se de mim e, em seguida, me fazendo girar para longe. — E, como eu disse, você é bonita e sexy pra caramba. E que mal pode haver em dançar um pouco, hein?

— Mal nenhum. — Relaxei em seus braços. — E você dança bem.

— Isso sim é verdade. — Ele inclinou a cabeça para trás e riu, girando-me sob seu braço.

Portanto, primeiro houve aquela eletricidade palpável e, então, a curiosidade que sentíamos com relação um ao outro. Depois da festa, ele veio até a minha casa. Me contou que tinha a guarda de dois filhos adolescentes. E que eles eram sua prioridade. Eu costumava avisar os homens sobre as minhas filhas usando praticamente as mesmas palavras. — Gosto disso. Os filhos vêm em primeiro lugar mesmo.

Ele se afastou um pouco de mim. — A maioria das mulheres não entende o que isso significa. Significa que, com meu trabalho e com o fato de cuidar dos dois, não me sobra muito tempo para um relacionamento. As mulheres querem mais tempo. Por isso nem tenho procurado por ninguém. — Ele tomou um gole de vinho e deu de ombros.

Concluí que aquilo seria um flerte de uma só noite. Lancei-lhe uma saída rápida e fácil. — Escute, preciso enfeitar minha árvore de Natal. Vou dar uma festa na segunda-feira à noite.

— Não posso na segunda. Estarei em Atlanta.

— Você não foi convidado. É só para mulheres. Mas o fato é que preciso enfeitar minha árvore.

A árvore estava presa em sua base. As luzinhas estavam penduradas, mas desligadas da tomada. Uma caixa plástica de enfeites descansava a seu lado. Ele acendeu a árvore e disse: — Assim está melhor. — Apontou para a caixa com a cabeça e então perguntou: — Os enfeites estão ali?

— Sim.

— Vamos lá, então. Adoro enfeitar árvores.

Decoramos a árvore e servimos mais um pouco de vinho.

— Um brinde a um excelente fim de ano — disse ele quando nossas taças se chocaram. — Um brinde a ter te conhecido.

Isso foi há um ano. No sábado antes da festa do biscoito. No ano-novo já éramos amantes e, no Dia dos Namorados, 14 de fevereiro, eu estava apaixonada por ele. Mas não lhe disse isso. Nunca dissera "eu te amo" a nenhum homem depois de Alex. Stephen disse que me amava pela primeira vez quando descobri que ele tinha me traído. Como se aquilo fosse compensar por seu adultério. Só o que conseguiu foi me convencer que dizer "eu te amo" servia como manipulação. Quando me pediu em casamento, segurou minhas mãos com força, olhou nos meus olhos e disse que eu era a pessoa mais importante de sua vida. O mundo ficava vazio sem mim. Amor, ele disse, era apenas uma palavra. Então, eu não a disse para ele. E ele estava me traindo quando fiquei grávida de Tara, então eu tampouco lhe disse depois que ela nasceu.

Eu disse a Sky e a Tara que as amo. E aos meus pais. A algumas das minhas amigas. Mas com um homem, não tenho certeza do que signifiquem essas palavras. Elas são uma exigência e um fardo grandes demais. Soam como se você estivesse querendo alguma coisa. Estabelecem compromissos. Obrigações. Além disso, como podemos saber o que significam? Leio em algum lugar que a cor de nossos olhos influencia as tonalidades que realmente vemos. Se isso for verdade, como posso saber que *amor* significa para mim a mesma coisa que *amor* significa para você? Principalmente porque nem sequer sabemos se *vermelho* é igual para nós dois. Além do mais, não se supõe que o amor dure para sempre? Não existe para sempre com um homem.

Portanto, naquele Dia dos Namorados, quando Jim disse: "Acho que estou me apaixonando por você", eu respondi: "Também estou enamorada de você."

Ele assentiu.

Enamorar-se é seguro. Deixa a ambos livres. Não existe o peso da permanência; de fato, existe uma promessa tranquilizadora de volubilidade e transitoriedade.

Tal transitoriedade deveria ser um alívio para Jim, já que estou encaixada no seu tempo livre. Ele vende programas de software médico para hospitais de todo o país, então viaja frequentemente a trabalho e, quando está em casa, está ajudando os filhos com o dever de casa, vendo-os jogar futebol, ensinando-os a dirigir. Meu tempo, nosso tempo, acontece quando ele está em casa e seus filhos saíram. Ou numa noite de sexta-feira ou de sábado, antes do horário de eles voltarem para casa. Agora sou eu quem tem de tolerar a atenção de um amante para com os filhos e o trabalho. Mas isto é o que eu mais respeito e amo nele: ele leva a paternidade a sério.

Faz duas semanas que não fico com ele a sós. Fomos ver seu filho jogar futebol de salão no sábado à noite. Deveríamos ter passado a noite de sexta juntos, enfeitando a árvore em comemoração ao nosso aniversário de namoro, mas seu voo de volta para casa atrasou e, depois de ele ter dado uma olhada nos filhos, já era muito tarde. E daí, no domingo, o mais novo torceu o tornozelo e eles foram para o pronto-socorro. Fui ao hospital para ficar com eles. Não passamos uma noite juntos nem fazemos amor há várias semanas. Isso explica em parte meu sonho erótico.

A pergunta que não quer calar: seria Jim uma chance de ter intimidade outra vez, uma tentativa de um relacionamento permanente ou mais uma fuga ao compromisso? Para complicar ainda mais, ele é doze anos mais novo que eu. Quarenta e cinco. Só quarenta e cinco.

Tiro o último tabuleiro do forno, removo a folha de papel-manteiga carregada de biscoitos e me preparo para começar a passar a última meia dúzia no açúcar. Graças a Deus que existe papel-manteiga. Facilita tanto assar biscoitos. Faço mais café e deixo que uma das bolinhas derreta na minha boca com seu sabor de noz, manteiga e baunilha suave.

Disney corre para a porta, o rabo abanando, dando pulos. A jaqueta jeans de Jim está polvilhada de neve.

— Ei, olá! Eu não estava te esperando.

— Achei que poderia dar uma passada a caminho do aeroporto. — Quando ele toca meu rosto com os lábios, o sonho volta com todos os seus detalhes sensuais. Nele, Jim beija minhas sobrancelhas, contorna meus cílios e desce até meu nariz. Seus beijos têm gosto de canela. E eu era só sensação, pura receptividade. Hesitava em saborear essa junção perfeita, essa unidade dourada. A luminosidade se intensificou até que ondas vigorosas me encheram, me engoliram. A felicidade me acordou.

O sonho voluptuoso me surpreende. Quando foi a última vez que tive um sonho assim? Há anos. Décadas. Talvez quando Tara era bebê. Pensei que essa pressão de luxúria e necessidade de satisfação houvesse terminado, que meu desejo tivesse sido diminuído pelo tempo e pela menopausa. Não vejo Jim o suficiente. Mas agora ele está aqui, me surpreendendo com uma visita e beijando meu rosto.

— Humm. Podemos fazer mais do que isso. — Ele passa os braços ao redor do meu corpo, com uma mão cobrindo meu traseiro, e me abraça forte. Relaxo em seu abraço, saboreando o leve aroma de canela e os elementos do sonho, que agora estão aqui comigo.

— Humm, estava com saudade de você — ele geme.

Se afasta, olha o relógio.

— Está vendo se dá tempo para uma rapidinha? — Eu rio.

— Bem que eu gostaria. — Ele imita uma cara triste. — Tenho que estar lá em quarenta e cinco minutos.

— E que tal um... biscoito? — Olho para ele de viés e levanto uma sobrancelha.

— Sim — ele fala lentamente —, eu quero comer seu... biscoito.

Entrego um a ele, e também minha xícara de café.

— Está uma delícia. Espero que você tenha feito uns a mais para nós.

Nós. Não sei se existe um "nós". Quando ele diz coisas que sugerem um futuro, surgem sentimentos demais para destrinchar. Medo, excitação, felicidade, paz. Observo-o se deliciando com a bolinha de noz-pecã. — Não se preocupe, fiz várias dúzias a mais. Além disso, teremos um monte de biscoitos, depois da festa.

— Ah, mas estes devem ser os melhores. — Então, ele revela uma sacola listrada de vermelho com papel verde no topo. — Tcharã! — Ele se inclina numa mesura e a entrega para mim. — Eu vim para te entregar isto. Achei que você iria precisar, para sua árvore. — Eu remexo o papel de seda verde que cobre a sacola e tiro um ursinho de pelúcia de cor caramelo, vestindo um suéter com árvores de Natal com enfeites de corações vermelhos.

— Oh, Jim. Olhe só para ele. Tão elegante e está sorrindo. — Eu rio e me inclino para beijá-lo. — Você é uma doçura.

— Tudo não passa de um plano orquestrado. Eu só queria te ver porque vou ficar com saudade. Mas não queria que você soubesse disso.

— Adoro quando você flerta comigo. — Principalmente quando estou sem maquiagem. Vou até a sala de estar e coloco o ursinho sob a árvore. — Ele se enturmou direitinho com seus novos amigos — brinco.

— Me desculpe por não ter vindo te ajudar a enfeitar a árvore este ano.

Penso em dizer: "Era o aniversário do dia em que nos conhecemos", mas seria presunçoso demais. Em vez disso, digo:

— Bem, ele ficou perfeito aí.

— Ei, o que aconteceu com a sua bochecha?

Eu havia esquecido. Quando a toco, dói.

— Parece que alguém tentou te dar uma surra.

— Culinária de combate. — Eu rio.

Jim pega outro biscoito. Ele tenta fazer dieta e reclama de sua barriga, mas eu a acho aconchegante. — Coloque um pouco de gelo, ou algo assim. — Ele checa o relógio novamente. — Ei, tenho que ir. Eu te ligo. Te vejo na sexta à noite.

— Certeza? — Mantenho minha voz leve para que ele não me ache carente ou chata.

Mas ele acha. — Não existe certeza senão nos impostos. E na morte. Tenho que ver o que estará rolando com os meninos. Eu te ligo.

— Tenha uma ótima semana — digo, beijando seu rosto. Ele abre a porta e vejo cristais de neve cintilando como partículas de poeira à luz do sol.

A porta se fecha como se, com sua partida, ele levasse consigo todo o som. Então escuto meu iPod tocando e está na hora de voltar ao trabalho.

A música me entretém enquanto enrolo o restante da massa. As luzinhas da árvore cintilam, com os ursinhos embaixo. O que Jim comprou parece ter estado ali desde sempre. A dedução segura de dizer "nós", percebo ao alinhar mais biscoitos prontos para esfriar, foi instantaneamente apagada por sua piada sobre a morte e os impostos, sua defesa à minha pressão por uma garantia. Talvez tenha sido isso que os homens anteriores sentiram com relação a mim: que eu mudo de ideia toda hora, que não sei o que quero. Será que sempre fui assim? Hesitante com relação aos compromissos? Meus relacionamentos duram apenas sete, oito anos, não os longos quarenta e cinco que meus pais compartilharam até minha mãe falecer. Talvez tenha sido o azar da morte de Alex o que me colocou num caminho que eu nunca tive a intenção de seguir... ter consciência, a uma idade tão jovem, de que a vida não sai sempre do jeito que você espera e que a tragédia pode estar esperando logo ali na esquina.

Assim como a grande felicidade, lembro a mim mesma.

Inalo o aroma disperso dos biscoitos que esfriam e, ao exalar, penso em Sky e na espera pelas notícias sobre a viabilidade de sua gravidez; em Tara e no nascimento do meu primeiro neto, um menino, segundo lhe disseram; e em Jim, prestes a voar para Boston. Minhas amigas virão hoje à noite para a festa, carregadas de biscoitos embrulhados. Conheço todos os seus segredos. Conheço as tensões entre elas. Preciso me lembrar de sentar Rosie longe de Jeannie. É provável que elas ainda não tenham resolvido sua briga. Rosie ficará em cima de Laurie por causa do bebê. Espero que Taylor, ou seu marido, já tenha arrumado um emprego. Ambos estão desempregados e o dinheiro de suas indenizações deve estar terminando. E me pergunto como Sissy irá se encaixar no grupo, com um bando de mulheres que ela não conhece.

Disney me traz seu macaco, um brinquedinho de apertar que já perdeu a voz há muito tempo. Eu me abaixo, faço carinho nele e pego o brinquedo. Digo: — Muito obrigada — e o devolvo a ele. Fico agradecida pelas alegrias da vida. Não. Não apenas pelos brinquedos. Pela riqueza toda. A oportunidade de vivenciar tudo. É neste ponto que eu estou.

Os biscoitos estão prontos. Só precisam esfriar completamente e posso embalá-los nos saquinhos. Disney solta o macaco e inspeciona o chão para ver se há migalhas caídas.

Ainda é de manhã. Refogo cebolas e acrescento tomates picados, caldo de galinha e manjericão para fazer uma sopa. Ela ferve no fogão. Quando o caldo reduzir, vou desligar para que o sabor se intensifique. Assim, haverá algo quente para quando as biscoiteiras cheguem do frio.

Três vasos com copos-de-leite dão cor à janela saliente sobre a pia. A sala de estar está limpa e preparada. Os quartos e meu escritório estão arrumados. Tenho um intervalo de tempo, então dou uma olhada no meu rosto e, definitivamente, há uma mancha roxa embaixo do olho. Eu deveria pegar um pouco de gelo para colocar nisso. Mas, em vez disso, pego o lenço com motivos natalinos que comprei para Disney e o amarro em seu pescoço. Posso jurar que ele levanta o pescoço e se empina todo, como se achasse que ficou ainda mais lindo. Me sento no sofá com um novo livro de suspense, meus pés apoiados na mesinha de centro. Disney pula no sofá e desliza a cabeça na minha coxa. Leio algumas páginas.

O telefone toca.

— E aí, como vão os biscoitos?

— Esfriando. Como você está, Tara? Como vai o bebê?

— Chutando minha bexiga pra caramba. Sinto como se eu não passasse de uma bola com uma cabeça e prolongamentos minúsculos.

Dou uma risada, porque é exatamente assim que ela se parece. Só se vê o bebê na frente, e ela ainda tem mais um mês de espera.

— Como vai Aaron? — Me lembro de incluí-lo como se ele fosse parte da família, embora eu não tenha certeza se será permanente. Talvez ninguém seja permanente. Mas ele será sempre o pai do meu primeiro neto.

— Estamos no estúdio de gravação... Ele e Red estão modificando algumas letras, então pensei em te ligar. Estou fazendo um intervalo.

Imagino Tara com seu cabelo tingido de preto com mechas azuis, sentada no vestíbulo de um estúdio de gravação. Na minha imagem, há um cigarro pendendo de seus dedos, mas ela parou de fumar quando descobriu que estava grávida, então, elimino o cigarro. Engravidou pouco antes de se formar no ensino médio. Ela me contou com a maior informalidade, como se estivesse me dizendo que ia ao cinema. Sua casualidade era uma forma de reduzir a preocupação com a minha reação ou, talvez, de incitar uma resposta despreocupada de minha parte.

— E que diabos você vai fazer? — perguntei a ela. Para mim parece incrível que eu tenha duas filhas tão diferentes. Sky sempre me contou tudo. Tara dizia o mínimo possível. Sky às vezes saía comigo, quando estava no ensino médio. Tara nem morta apareceria comigo em público. Sky fazia o que devia fazer, pensando no futuro. Tara fazia o que lhe dava na telha no momento, vivendo num eterno agora.

Ela bateu seus longos cílios para mim e deu de ombros. Deu uma tragada no cigarro e o apagou. — Acho que vou ter que parar.

— Você já decidiu? — insisti no assunto. Eu não sabia exatamente como me sentia a respeito. Não sabia exatamente o que queria que ela fizesse. Não era a questão da raça dele, mas eu não me iludia pensando que o racismo fosse algo resolvido. Ele havia estado em uma prisão juvenil e não parecia muito capaz de sustentar a si mesmo. E o sonho deles, de se darem bem como músicos de hip-hop, parecia a coisa menos realista do mundo. Ela compunha a música e os backgrounds, tocava teclado e cantava as letras dele.

— Estamos superanimados com o bebê, mãe.

— Vocês vão se casar?

— Casar? — Ela franziu as sobrancelhas, soltou uma bufada de ar pela boca e balançou a cabeça. — Nosso amor não precisa de legalidades. Além disso, estar casado garante o quê?

Eu tampouco sabia como me sentia com relação àquilo. Pelo menos, se não desse certo, ela não teria que passar pela confusão do divórcio.

Eu a abracei, então, e a princípio ela ficou rígida, depois relaxou nos meus braços. — Vou organizar um chá de bebê.

Ela afastou a cabeça e sorriu. — Claro. Convide todas as suas amigas. Eu as adoro.

Agora, ela diz despreocupadamente: — Olha só, vou levar a mãe do Aaron à festa.

— Sissy? Você vem trazê-la aqui?

— Pensei em ir visitar uma amiga enquanto a festa estiver rolando e, depois, levar Sissy de volta para casa.

— Significa que vou ver você.

— Sim, e a Sissy não sabe como chegar aí. Ah, mãe, ela está tão animada com essa festa. Passou o dia inteiro de ontem cozinhando.

— Ela é a biscoiteira virgem este ano.

— Ela achou isso o máximo. Uma festa que faz dela novamente uma virgem, seja no que for. E ela a ponto de se tornar avó pela quarta vez... — Nos fundos se escuta a ira das cordas de uma guitarra elétrica e, então, ouço Aaron: — Ei, amor! É você.

— Tenho que ir.

— Te vejo lá pelas seis, então?

— Entre seis e sete. Está bem? O turno da Sissy no hospital só termina às quatro e ela ainda vai ter de se arrumar. E daí tem o trânsito da hora do rush... e parece que vai ter chuva com neve esta noite.

— Tudo bem.

— Eu só vou entrar para te ver um minutinho... Tchau, mãe.

— Dirija com cuidado. — Ela não me escuta; já desligou.

Tento mergulhar no livro de suspense que estou lendo, mas não consigo me concentrar. Talvez os biscoitos já tenham esfriado o suficiente. Começo a contar doze e os coloco num saquinho Ziploc. Quando há treze sacos cheios de biscoito, apanho os pequenos estojos para maquiagem que encontrei na loja de quinquilharias, com estampas animais: onça, cobra, tigre. Os biscoitos ensacados vão para os estojos. Pego fitas e amarro laços vermelhos e dourados nas alças, enrolando as pontas. Há um saquinho extra para Tara levar. O resto dos biscoitos, cerca de três dúzias, é colocado em sacos Ziploc maiores e, depois, vão para o congelador.

Limpo a mesa e varro o chão. A casa está arrumada. Meus biscoitos estão prontos. A sopa está fervendo lentamente. Eartha Kitt ronrona cantando *venha rapidinho pela chaminé esta noite*. Tudo está perfeito.

FARINHA

Farinha, para mim, é algo sempre certo. É uma coisa na qual nem penso: está sempre presente na minha cozinha, assim como estava sempre presente na cozinha da minha mãe, sendo parte da vida cotidiana.

Quando Sky e Tara eram pequenas, faziam desenhos na farinha que eu peneirava no balcão, depois que cortávamos biscoitos ou abríamos massa para torta. A farinha que usamos como base de quase todos os nossos biscoitos é a de trigo refinado. O trigo, que é um cereal, pode ser transformado em pães, massas, biscoitos, talharins, suco, cereais de café da manhã e cuscuz. Também é fermentado para fazer cerveja, vodca e álcool.

Li em algum lugar que o trigo foi provavelmente cultivado primeiro na Turquia, há cerca de dez mil anos. Era um cultivo ideal por fazer autopolinização, brotar a partir de sementes, permitir a colheita após poucos meses e ser facilmente armazenado.

A integração do trigo à vida doméstica permitiu que caçadores e coletores se assentassem. As cidades cresceram.

A partir do momento em que nós, humanos, passamos a contar com uma fonte estável de alimento, não precisávamos mais viajar para caçar e coletar. Conforme passou a haver suficiente comida disponível, começamos a fazer trocas com outros grupos e a espalhar nossos conhecimentos e produtos pelo mundo afora. Assim, o trigo chegou à região do Egeu há cerca de oito mil e quinhentos anos e, à Índia, há aproximadamente seis mil anos. Cinco mil anos atrás, o trigo chegou à Grã-Bretanha, à Etiópia e à Espanha e, mil anos depois disso, à China.

Três mil anos atrás, arados movidos a cavalo e semeadoras aumentaram a produção do cereal. Até recentemente, durante o século XIX, o trigo era colhido da mesma forma que nos tempos pré-históricos, com uma foice, sendo posteriormente amarrado em feixes para ser debulhado por animais que rompiam os talos ou por fazendeiros, socando os grãos. O cereal era, então, jogado para o alto para que os resíduos fossem separados, deixando apenas as sementes principais. Em 1834, Cyrus McCormick inventou a colheitadeira, e a industrialização provocou mudanças tanto na produção alimentícia quanto na nossa sociedade.

A história de como o trigo foi transformado em farinha acompanha a história das máquinas. Primeiro, era feito moendo-se os grãos num pilão, o que resultava num mingau ou num caldo, e não em farinha para pão. As pedras para moer, que são duas pedras grandes, em que a de cima é pressionada por um operador, podiam ser vistas no Antigo Egito. Começou-se a utilizar a energia hidráulica para mover as pedras há dois mil cento e cinquenta anos, em Roma. E a energia eólica foi dominada há cerca de mil anos. Então, vieram os motores a vapor e a eletricidade.

A farinha é composta por carboidratos, gordura e proteína. O trigo contém mais proteína que o arroz e os demais cereais, e é o mais nutritivo dentre os grãos comuns. Aí vai uma dica de culinária: a porcentagem de proteína, que vai de 9 a 12 por cento, determina a dureza e a dificuldade de mastigar do alimento. A farinha para pães contém uma alta porcentagem de proteínas, ao passo que os biscoitos ficam mais gostosos quando feitos com farinha de menor conteúdo proteico. Farinha mais leve, com menos proteína, é melhor para produtos fermentados quimicamente, como bolos, biscoitos e bolachas. Nesses casos é melhor usar a farinha para confeitaria, mas se você não tiver, use a farinha comum e reduza uma colher de cada xícara.

O trigo é como o ar: não lhe damos o devido valor. Mas para a maioria de nós, na maior parte do tempo, os grãos são verdadeiramente a base da vida. Pense um pouco: o cultivo do trigo permitiu o desenvolvimento dos primeiros povoados e das primeiras vizinhanças. Portanto, na próxima vez que você estiver medindo uma xícara de farinha, leve em conta o papel primordial que ela desempenhou na civilização humana.

2

Charlene

Bombons de Chocolate com Amêndoas

1 lata (225g) de pasta de amêndoa
1 pacote (340g) de gotas de chocolate meio amargo (aprox. 2 xícaras)
1/4 de xícara de manteiga
1 lata (400g) de leite condensado (aprox. 1 1/4 de xícara)
1 colher de chá de baunilha
2 xícaras de farinha de trigo comum

Preaqueça o forno a 180ºC.

Com uma colher de chá, faça pequenas bolas com a pasta de amêndoa. Faça isso antes de preparar o chocolate. Reserve.

Em uma panela média, misture as gotas de chocolate e a manteiga. Aqueça em fogo brando mexendo sempre até derreter e formar um creme homogêneo. Adicione o leite condensado e a baunilha e misture bem. Acrescente a farinha e misture bem.

Quando a massa de chocolate estiver pronta, banhe nela cada bolinha de pasta de amêndoa. Coloque as bolinhas já banhadas sobre um tabuleiro sem untar. Leve ao forno durante 6 a 8 minutos. Coloque as bolinhas sobre uma grade para esfriar.

Recubra com calda vitrificada ou polvilhe açúcar de confeiteiro. Rende 90 bolinhas.

Calda Vitrificada de Amêndoas

Em uma tigela pequena, peneire 1 xícara de açúcar refinado, 1/2 colher de chá de extrato de amêndoas e leite suficiente para fazer uma calda rala (aprox. 1 ou 2 colheres de chá). Você pode tingir a calda com corante alimentício.

Calda Vitrificada de Chocolate

Em uma tigela pequena, misture 1/2 xícara de açúcar refinado peneirado, 2 colheres de chá de cacau em pó e leite suficiente para fazer uma calda rala (aprox. 2 ou 3 colheres de chá).

Açúcar de Confeiteiro

Em um saco Ziploc grande, coloque os biscoitos frios, 30 de cada vez, e 2 colheres de açúcar fino. Sacuda gentilmente e retire os biscoitos com uma escumadeira para remover o excesso de açúcar.

ELA ENTRA SEM BATER nem tocar a campainha porque Charlene sabe que minha casa é sua casa. Disney a recebe com seu macaco. Na última vez em que a vi, há pouco mais de um mês, seu cabelo estava castanho-claro, mas desde então ela fez luzes louras. Está tentando retomar a vida. Charlene vive em uma cidade a cerca de uma hora daqui e hoje vai passar a noite aqui em casa, comigo. Sua bolsa e uma sacola com mudas de roupa estão penduradas em seu ombro. Ela está usando um jeans preto e uma jaqueta jeans bordada. Charlene ainda está magra demais. Ainda não recuperou os dez quilos ou mais que perdeu desde a morte de Luke. — Finalmente estou magra como manda a moda — ela havia brincado —, ainda que a um preço alto demais.

Ela coloca a sacola de roupas em cima da mesa, ao lado de sua bolsa, e me abraça. Sinto seus ombros tremerem conforme relaxa em meus braços e a aperto. — Quando eu te vejo, minha fachada de força desmorona.

Simplesmente a abraço.

— Fico dizendo a mim mesma que Deus está comigo e que Luke está com Ele. — Charlene se afasta e endireita o corpo, vê a árvore de Natal enfeitada, a panela de sopa e os biscoitos nas embalagens. — Você já fez tudo isso e é só uma da tarde.

— Levantei cedo hoje.

Ela balança a cabeça como se a simples ideia de tanta atividade a deixasse exausta. — O que aconteceu com seu rosto? — Ela se afasta um pouco e aperta os olhos avermelhados, então inclina a cabeça de leve para um lado. — O Jim não...?

O segundo marido de Charlene batia nela, e ela fugiu dele indo se esconder em um abrigo, com Luke e Adam, que na época era bebê. Ela morava em Los Angeles então. Para garantir sua segurança, finalmente se mudou para Michigan.

— Jim? Não! Bati no armário da cozinha enquanto estava fazendo os biscoitos. Não pude parar para colocar gelo.

Ela balança a cabeça. — Isso é que é cozinhar com garra. — E consegue soltar uma risada.

— Fazia muito tempo que eu não te ouvia rir.

Ela volta até seu carro e traz os sacos de biscoito, um prato de queijos e uma caixa de bolachas salgadas. Os biscoitos estão em saquinhos plásticos. — Não tive tempo de comprar caixas para eles, talvez a gente possa dar uma saída e procurar alguma coisa juntas.

— Ótimo. Eu também quero comprar umas flores, de qualquer forma. — Coloco minhas caixas de biscoito numa sacolinha de supermercado e levo para meu escritório. Colocamos o prato de queijos na geladeira e os biscoitos de Charlene sobre o balcão. Disney quase a faz tropeçar.

— Vejo que você está todo arrumado para a festa — diz ela a ele, que abana o rabo, satisfeito com a atenção.

Conheci Charlene antes de Luke nascer. Mais de um quarto de século atrás. Ela e eu namoramos o mesmo cara, mas em vez de brigar por ele, nós o largamos e começamos a sair juntas. Arrumei um emprego para ela no restaurante Gandy Dancer, onde eu estava trabalhando. Então, ela conheceu o pai de Luke e se mudou para a Califórnia. Divorciou-se dele e se casou com o pai de Adam. Depois que o pai de Adam bateu nela, ela voltou com Adam e Luke. Adam tem a mesma idade que Sky. Durante dois anos, nós moramos juntas, somando nossos recursos e cuidando dos filhos uma da outra. Nós duas começamos a estudar; Charlene se tornou enfermeira e eu, com meu diploma em marketing, sou a primeira pessoa da minha família a se formar num curso universitário de quatro anos. Ela é a segunda mãe de Sky, eu sou a segunda mãe de Adam e Luke. Diane veio com o terceiro casamento de Charlene, junto com uma mudança para o outro lado do Estado por causa do trabalho do marido. Mas esse casamento também não deu certo, e ela se divorciou pela terceira vez. É rápido de contar, mas não foi rápido de viver. Ao contar, posso resumir uma década e meia em duas frases.

— Por que você tem que se casar? Por que apenas não mora com eles?

— Eu moro com eles. Daí eu me caso com eles. Parece errado viver com um homem sem se casar quando há crianças na casa.

— Você é bonita demais para o seu próprio bem — digo a ela. Charlene tem traços perfeitos, Grace Kelly ou Diane Lane com um corpo bem torneado. Independentemente do que esteja vestindo, sempre parece elegante e cheia de charme; mesmo agora, mesmo no meio da tragédia, usando jeans preto e camiseta com sua jaqueta de brim. No entanto, ela não é consciente de sua beleza. Ela a ostenta sem nenhuma manipulação, sem nenhum desejo de lucro. Nada de maquiagem extravagante. Nada de produções sedutoras ou de piscadelas falsamente recatadas. E os homens, que poderiam se intimidar com uma mulher tão bonita, em vez disso dão em cima dela. Ela lhes provoca curiosidade e cobiça, uma cobiça que está mais baseada na admiração da sutileza do que no óbvio.

— Eu acho, estupidamente, que o amor resolve tudo. Imagino que deveria ter aprendido, depois do pai de Adam.

ENTÃO, LUKE MORREU.

Eis o que aconteceu:

Luke era um rapaz bonito, tinha os olhos castanhos de Charlene mesclados com o azul dos olhos do pai. Olhos verdes, cílios longos, cabelo castanho ondulado. Alto e musculoso. Um pedaço de mau caminho. E ostentava seus atrativos com a mesma indiferença que Charlene ostenta sua beleza. Sem lhe dar a menor atenção. Ele era serralheiro. Um trabalho que oferecia suficiente risco para ser excitante, e suficiente rendimento para permitir que ele tivesse os brinquedos de que gostava. Motocicletas. Motos de neve. Cavalos. Jet Skis. Ele fez vinte e sete anos no ano em que morreu, e havia se apaixonado por uma mulher um pouco mais velha, Jenny, que tinha dois filhos pequenos. Eles haviam alugado um apartamento juntos e estavam procurando uma casa, planejando o casamento.

Luke estava no trabalho, num dia ventoso de maio — o verão ainda não tinha chegado completamente, então os resquícios do inverno endureciam o vento. Ele estava trabalhando na construção de um novo prédio de escritórios, percorrendo os andaimes, enquanto as barras de aço se estendiam até o sexto andar. As barras fixavam o cimento, as paredes de gesso, os tijolos e a madeira firmemente no chão, proporcionando a estabilidade necessária para a construção. Ele tinha orgulho de seu trabalho, de montar as barras de sustentação. No que ele estaria pensando? Nunca perguntei isso a Charlene, por não querer introduzir uma nova ansiedade, uma nova obsessão. Mas esta é uma das minhas: imagino esses últimos segundos, antes de tudo mudar. Será que ele estava pensando em fazer amor com Jenny? Estaria pensando em fazer esqui aquático no verão? Estaria levemente de ressaca pelas cervejas que havia tomado com sua equipe de trabalho na noite anterior? Ou talvez não fosse nada que eu pudesse imaginar. Talvez ele estivesse pensando em fixar a barra de sustentação, em carregá-la pelo andaime e soldá-la à base. Talvez um pouco de maionese tenha caído do sanduíche de alguém. Talvez uma repentina rajada de vento tenha balançado o andaime justamente quando ele dava um passo. Talvez alguém tenha lhe gritado: "Ei, Luke, vamos tomar uma cerveja hoje à noite?" Ou: "Você viu o jogo dos Tigers?"

Mas ele escorregou.

Ele caiu.

Foi interceptado no caminho pela ponta de uma barra, trabalhada no alto forno até ficar afiada como uma lança. A barra estava dois andares abaixo.

Atravessou a parte baixa de suas costas, perfurou suas vísceras, passou perto do coração, penetrou os pulmões e saiu pelo ombro. Deteve sua queda, então ele ficou ali pendurado, acima do solo, atravessado pela barra. Ficou ali pendurado, totalmente consciente. Para mim, quando penso a respeito, quando penso nele, no querido Luke com seu cabelo encaracolado e seus cílios obscenamente longos ("Nenhum menino merece ter cílios assim", eu costumava brincar com ele), imagino-o como Jesus, pendendo ali, empalado. Preso pela barra de aço em vez de por pregos metálicos. Crucificado pela construção moderna, em vez de pela crueldade romana.

Luke está pendurado. Ele deve ver a barra, o chão quatro andares abaixo, as pessoas se reunindo e olhando para ele lá em cima. A ponta da barra rasga seu ombro, talvez suficientemente perto para que ele a beije. Seus braços pendem ao lado do corpo. Ele diz: "Chamem a Jenny. Chamem a minha mãe."

Primeiro, eles chamam o resgate.

Um dos homens vai até ele. — Ei, Luke. Nós estamos aqui. Estamos todos aqui. Vamos te tirar desta barra, cara.

Levou vinte minutos para encontrarem uma maneira de cortar a barra e transferi-lo, com a barra ainda atravessada em seu corpo, para a ambulância. Inclusive me pergunto se o maçarico que cortou a barra chegou a esquentar seu corpo ou, caso eles tenham usado uma serra, se ele sentiu as vibrações. Analiso esses vinte minutos em que ele ficou pendurado pela barra, totalmente consciente. Acho que o imagino tanto que é quase como se estivesse ali com ele; ele não está sozinho.

Charlene me ligou a caminho do hospital. — O Luke. Ele caiu numa barra e acabaram de tirá-lo de lá. Ele ainda está consciente.

— Fale mais devagar. — Eu não conseguia entendê-la. Não sabia se por causa da ligação ou de seus soluços.

— Uma daquelas barras de sustentação. Ele ficou empalado, está atravessada nele. Foi isso que o homem disse. Eles não conseguem encontrar a Jenny.

— Onde ele está? Onde você está?

— Estou a caminho do Hospital St. Joe. Ele está sendo levado para lá.

— Te encontro lá.

QUANDO CHEGUEI, Charlene estava sentada na sala de espera, grudada nos braços da cadeira. Seus profundos olhos castanhos se moviam sem parar no rosto pálido, os dedos estavam brancos de tanto apertar a cadeira. Ela fechou os olhos com força e balançou a cabeça.

— Acabei de vê-lo. Os médicos estão tentando encontrar uma maneira de retirar a barra. — Suas palavras saíram com dificuldade e, então, ela colocou a mão na base da garganta e inalou para recomeçar. Desta vez, com uma voz estável. — Vão levá-lo para a cirurgia. Podemos vê-lo de novo. Ninguém conseguiu encontrar a Jenny. — Como se se lembrasse, ela pega o celular e aperta um número na memória. E então fecha o telefone. — Acho que ela se esqueceu de pagar a conta. Telefonei para a mãe dela, deixei dez mensagens no telefone da sua casa. Talvez ela esteja fazendo compras. Talvez esteja no trabalho; mas ela, supostamente, não tinha ido trabalhar hoje. — A voz de Charlene tem um tom monótono.

— Você fez tudo o que podia.

— Eu o vi. Nós conversamos. — Ela se vira para mim, seus olhos escuros e brilhantes. — Ele disse que não estava sentindo dor. Doeu no começo, mas agora não dói mais. Ele me disse que estava feliz. Que este tinha sido o melhor ano de sua vida. O ano com Jenny e as crianças. Então, olhou para mim, fechou os olhos e disse: "Você é uma excelente mãe." — Os olhos de Charlene estão cheios de lágrimas e os meus também começam a se encher. Quando ela me contou isso, percebi a gravidade da situação. Por alguma razão, o fato de ele estar consciente, de estar falando, de o haverem tirado de lá e de ele estar no hospital fazia tudo parecer reparável. Mas Luke sabia o risco que estava correndo.

Os médicos saíram, num grupo de cinco. Um homem com dentes alinhados e cabelos grisalhos na frente deu um passo adiante. Fomos até eles. — É uma prova da força e da juventude de seu filho o fato de ele estar vivo. — Ele assentiu com a cabeça para Charlene. — Precisamos retirar a barra. Pensamos em puxá-la de seu corpo, pelo caminho por que ela entrou, mas decidimos que é melhor abri-lo para fazer a remoção. Será uma cirurgia longa e difícil e faremos o melhor possível. Luke está totalmente ciente das possíveis consequências e dificuldades.

Charlene assentiu, tentando entender o que aquilo significava, apesar de estar bastante claro. — Ele ficará bem? — Sua mente não conseguia assimilar a mudança que havia acabado de ocorrer.

O médico piscou. — Se ele sobreviver à cirurgia, a recuperação será demorada e, a esta altura, não sabemos quais limitações ou quais dificuldades ele poderá ter. — Ele mudou o peso de um pé para o outro. — Mas seu filho é determinado.

O médico estava acostumado com pessoas em busca de garantias e resultados positivos que ele não podia prometer. — Faremos o melhor possível, ele tem a juventude e a força a seu favor, e teremos que esperar para ver o que irá acontecer.

Charlene e eu ficamos ali em pé, balançando o corpo de um pé para o outro, segurando nossas bolsas.

— Vocês podem entrar e vê-lo agora. Nós lhe demos algo para ele se sentir mais confortável e vamos levá-lo em breve para a sala de cirurgia. — Ele olhou para seu relógio. Seu cabelo estava cortado bem curto e o couro cabeludo era rosado. — Daqui a quinze minutos.

O rosto de Luke estava tão pálido que seus olhos estavam de um verde brilhante, quase como os olhos de vidro de uma boneca. Quando nos viu, ele sorriu. — Oi, tia Marn.

Quando me inclinei para beijá-lo, sua testa estava assustadoramente fria, mas coberta de suor. Ele forçou um sorriso torto e, então, sorriu de leve para sua mãe. Ela agarrou sua mão.

— Cadê a Jenny?

— Não conseguimos entrar em contato com ela.

— Oh. — Ele murchou. Os lençóis cobriam seu corpo, as margens ajustando-se à cama branca, o que o fazia parecer pequeno e magro. Notei, então, a barra apontando de seu ombro. Vermelho-terracota, enferrujada. Quadrada. As bordas eram pretas e a gaze enrolada junto à sua pele estava manchada de vermelho.

— Vocês falaram com os médicos?

— Eles vão te levar para a sala de cirurgia em alguns minutos. Disseram que a cirurgia será demorada.

Ele olhou de relance para a barra saindo de seu ombro.

— Agora que estava ficando realmente bom... Um segundo. Uma fração de segundo, e tudo muda.

Charlene ofegou.

— Mas não se preocupe. Vou lutar. Sobrevivi à entrada e vou sobreviver à saída. — Ele inalou e fechou os olhos.

Charlene esfregou a mão dele e, então, olhou pela janela, para o céu azul marcado por nuvens e para o estacionamento do hospital repleto de quadrados de carros em tom pastel, em retângulos brancos pintados no asfalto negro. Infinitos retângulos em infinitas fileiras. Ela se voltou para o filho. — Vamos te ajudar a passar por isso. Você é um batalhador.

— Estou tão cansado. — Ele virou lentamente a cabeça para ela, como se a determinação e a raiva houvessem minado sua energia. — Este ano foi bom. Um verdadeiro presente. — Então, ele se virou para mim e disse: — Você vai cuidar dela, certo?

Encontrei seu olhar. Pensei em dizer alguma coisa tranquilizadora e otimista, tipo, *você* vai cuidar dela ou ela vai cuidar de si mesma, como sempre cuidou, mas percebi o que ele estava pedindo. Assenti e disse: — É claro, Luke. É claro. Nós vamos cuidar uma da outra. E de você.

Mas ele sabia o que eu queria dizer e eu sabia o que ele havia pedido.

Ele pareceu adormecer, conforme sua respiração ficava mais profunda. Charlene e eu estávamos uma a cada lado da cama, cada qual segurando uma mão dele. Tubos entravam pela mão que Charlene segurava, conectando-o ao soro. A luz estava completamente imóvel. Um daqueles momentos em que tudo para, como se o próprio ar ficasse denso, as partículas de poeira deixassem de dançar nos raios de sol e o mundo inteiro prendesse a respiração.

Luke abriu os olhos e disse: — Diga a Jenny que eu a amo. E agradeço a ela por ter entrado na minha vida. Talvez seja melhor que ela não esteja aqui. Não quero que se lembre de mim assim. Nem vocês. — Ele fechou novamente os olhos e pigarreou. — Diga a ela que, se eu não sobreviver, estarei olhando por ela e que é para que siga adiante e tenha uma vida feliz. Uma vida feliz por nós dois. — Ele engole em seco.

Charlene inclinou a cabeça, seu cabelo encobrindo o rosto, apertando a mão dele.

— Se eu não estiver aqui para dar a ela todo o amor que pretendo dar, a alegria, a diversão, então ela terá que fazer isso sozinha... terá que fazer isso por mim. — Luke inala o ar. — Diga a ela. E diga a si mesma, mãe.

Charlene pousou a cabeça sobre a cama e eu soube, pelo movimento de seus ombros, que ela estava chorando e que não queria que ele soubesse, determinada a manter uma aparência de força e otimismo. Graças à força de vontade e ao amor materno, tudo ficaria bem. Ele sairia da cirurgia e voltaria ao trabalho, voltaria a andar de motocicleta e de moto de neve. Esse seria um daqueles pesadelos que você enfrenta com o coração aos pulos, mas que, uma vez que o sonho termina, você volta à sua vida normal e esquece tudo.

Lágrimas escorreram pelo meu rosto. Sky tinha perdido o bebê apenas alguns meses antes e pensei naquele nascimento, aquele horrível nascimento sem vida e, agora, isto. Luke parecia estar em paz. Era a morfina, eu disse a mim mesma. Luke perdeu a consciência ou adormeceu. — Acho que ele está descansando para recuperar as forças.

Charlene não respondeu. Manteve a cabeça sobre a cama dele, beijando sua mão.

As enfermeiras entraram e disseram: — Está na hora de ir.

Luke despertou e pôs a mão no cabelo da mãe. Ela ergueu a cabeça e eles olharam um para o outro. A eletricidade entre eles era palpável. — O amor não morre. Você sabe que estarei sempre com você. Certo, mãe?

— Sim, Luke. — O final da palavra ficou preso em sua garganta e ela ficou ali sentada, as mãos vazias, quando o levaram embora. — E eu sempre estarei com você. Você não pode morrer.

Ele não morreu na mesa de cirurgia.

Saiu da cirurgia, mas não recuperou a consciência. Nós esperamos. Àquela altura, Jenny estava conosco e nos revezávamos entre o quarto dele, a sala de espera e a cafeteria. No dia do acidente, ela havia sido chamada no trabalho porque uma colega ficara doente e, em sua pressa de levar as crianças para a creche e chegar ao trabalho, tinha deixado o celular em casa. Quando sua mãe telefonou pela primeira vez para seu trabalho, ela havia saído para almoçar. Jenny chegou ao hospital pouco antes de eles o levarem para a sala de cirurgia. Ela caminhou ao lado da maca, repetindo sem parar: — Eu te amo.

Depois da cirurgia, Charlene cantou para ele as músicas "Puff the Magic Dragon" e "Blackbird", as cantigas de ninar de que ele gostava.

Jenny leu piadas que pegara na Internet. Adam pôs seu iPod para tocar para ele. Diane leu o romance que ele não havia terminado. Nós nos lembramos da vez em que ele e Sky acordaram cedo e decidiram fazer torradas francesas. Eles não tinham permissão para acender o fogão, então as torradas eram pão cru empapado, boiando em litros de calda.

Jenny riu, mas Luke não se moveu.

Durante cinco dias. Até que ficou óbvio que o Luke que estava naquela cama de hospital era apenas uma casca vazia, e que seu espírito já havia partido.

— Ele está comigo — sussurrou Charlene. — Exatamente como prometeu, eu o sinto.

Sky veio para o enterro; mais um enterro, cedo demais após a morte de seu bebê. Ali estávamos nós, na meia-idade e tendo de lidar com as mortes erradas. Deveriam ser nossos pais — a mãe de Charlene ainda estava viva — ou nossos amigos mais velhos. Não nossos filhos. Não nossos netos. O mundo estava de cabeça para baixo.

Charlene me contou, cerca de um mês depois da morte de Luke, que ela fora ao local da construção. Foi num domingo, quando não havia ninguém lá. O amor de Luke pela vida ao ar livre fora uma das razões pelas quais ele se tornara serralheiro. Charlene precisava contemplar sua última visão. O dia em que foi até lá era um daqueles dias ensolarados de junho, com os pássaros cantando loucamente no ar quente e úmido, mas ainda sem o calor grudento do auge do verão. Ela arrastou uma escada até o andar em que ele estivera trabalhando e a apoiou de encontro ao aço. A altura e as laterais ainda nuas do prédio a deixaram zonza. Mas ela não ligava muito se caísse. Inspirou profundamente e fechou os olhos. Seu medo foi superado pelo desejo de estar com ele, vivenciar seus últimos momentos, como se ele não os houvesse enfrentado sozinho, como se eles estivessem juntos.

No segundo degrau de cima para baixo, ela conseguiu obter sua visão. Estava onde ele estivera ao ficar pendurado, empalado na barra. Um campo verde se estendia até as árvores, ao longe. Uma brisa revolvia o gramado. Algumas margaridas inocentes balançavam a cabeça. Ele tinha visto um campo viçoso, em vez do esqueleto do prédio que estava levantando. Você viu a mão de Deus na terra, pensou ela ao descer pela escada, dirigindo-se ao que quer que restasse do espírito de Luke e que ainda flutuasse entre as barras que ele havia fixado, no andaime em que ele havia subido, na borda em que ele havia se sentado para comer seu almoço.

Ela voltou para o carro.

Isso fora há sete meses. Agora, estamos na minha cozinha e a festa do clube do biscoito vai começar dentro de cinco horas.

— Que tipo de biscoito você fez?

— Aqueles de trufa de chocolate. Não quis testar uma receita nova.

— Todo mundo adora.

— Eu não podia perder a festa, perderia meu lugar.

— Você é uma das integrantes originais. Eu mesma faria seus biscoitos e fingiria que eram seus.

— Estou tentando seguir com minha vida como se tudo fosse normal. Como costumava ser.

— Como está o Adam? E a Diane?

— Diane está ocupada sendo uma adolescente, como se isso fizesse tudo entrar nos eixos novamente. O Adam? — Ela pressiona os lábios. — Ele está menos deprimido. Finalmente arrumou um emprego como treinador de cavalos.

— Tá com fome? Quer comer alguma coisa antes de sairmos para fazer compras?

Charlene enruga o nariz e balança a cabeça. — Nunca tenho fome. — E então ela se vira rapidamente, como se houvesse se esquecido de alguma coisa. — Como está a Sky? Não é hoje que ela recebe os resultados dos exames?

— Só no final da tarde. No horário dela. Provavelmente durante a festa.

Ela inspira. — Espero que esteja tudo bem com esse bebê.

— Nenhuma de nós conseguia dormir. Ela me ligou às quatro da manhã, no horário dela.

— Tenho rezado muito por ela. E por você também.

— Estamos precisando de boas notícias. Nós duas. Nós todos — acrescento, depois de pensar um pouco.

— O que ela vai fazer hoje?

— Trabalhar. Ficar grudada no celular o tempo todo e pular toda vez que ele tocar. Tentar não pensar nos resultados dos exames.

— Ela ficará bem, sabe? A Sky.

— Mas *ela* ainda não sabe disso. E ela ficará bem de uma maneira diferente.

Ela assente com a cabeça. — Existem muitas maneiras de se tornar mãe.

— Eles ainda não desistiram da forma convencional. — Verifico meu relógio. — Nós deveríamos ir.

Quando Disney me vê vestir a jaqueta, olha para mim sob as pálpebras, a cabeça abaixada. — Negativo. Você não pode vir comigo. Não desta vez. Além do mais, você tem um trabalho a fazer. Não deixar a poeira cair no chão, Disney — eu digo a ele e ele abana o rabo. — Este cachorro faz a melhor chantagem emocional do mundo.

A neve parou de cair e o sol aponta no céu coalhado de nuvens. Levanto meu rosto para receber sua luz. — Temos que curtir este sol — digo mais para mim mesma do que para Charlene.

O Honda de Charlene dá ré na rua coberta de neve. — Onde deveríamos ir primeiro?

— Vamos logo ali, virando a esquina.

A esquina fica a oitocentos metros de distância. Passamos pelas árvores encurvadas sob seu fardo de neve e viramos à direita na rua do centro comercial. — Quer tentar a loja de 1,99?

— Sim — responde Charlene.

Percorremos os corredores da loja e ela analisa umas sacolinhas vermelhas cintilantes e, então, encontra caixas azuis com bonecos de neve dançando em meio a pinheiros. Só há sete caixas e, então, ela pega outras seis decoradas com árvores de Natal nas bordas.

Empurra o carrinho cheio até o caixa enquanto eu pego pratinhos e guardanapos de papel sortidos.

A moça do caixa pega as embalagens decoradas com os bonequinhos de neve dançantes. — Estas aqui são superfofas — exclama. Suas unhas são curvas e pintadas com listras pretas e douradas. Elas batem nas caixas, fazendo ruído. — Quero comprar umas para a minha mãe.

— Peguei as últimas. Mas tem outras decoradas com árvores de Natal.

Ela pega uma decorada com árvores e dá de ombros. Bate as unhas na caixa para abrir a gaveta.

As compras já estão no porta-malas e Charlene diz: — Para onde, agora? — Ela checa seu relógio. — Você acha que temos tempo suficiente para ir à Crazy Wisdom?

— Claro.

Segunda-feira à tarde não tem muito movimento e encontramos uma vaga na Main Street. O centro da cidade está todo decorado para o Natal. Um artista plástico pintou ramos de folhas de azevinho branco e delicadas frutinhas vermelhas nas vitrines das lojas. As luzes das árvores brilham sob a cobertura de neve. Guirlandas pendem dos postes de luz. A vitrine da Crazy Wisdom anuncia "Tesouros Materiais e Prazeres Celestiais". O aroma de incenso e de velas perfumadas envolve os livros, as joias e uma variedade de pequenos objetos. Desde a morte de Luke, Charlene vem aqui à procura de alguma coisa: esperança da eternidade, insinuações ilimitadas de deuses, promessas de salvação pelo budismo, pelo cristianismo, pelos cristais, paganismo, cabala, I Ching.

Ela apanha uma estatueta de Ganesha, a tromba balançando junto com os braços, e depois outra de Iemanjá, a deusa-sereia africana. Uma prateleira giratória exibe amuletos de runas, signos chineses, signos zodiacais e espíritos animais.

Ela abre um livro e lê, com a cabeça inclinada a um lado.

— "A morte é a passagem da vida. E a vida é a união de várias passagens menores." O que você acha?

— A vida é mais que isso.

Ela aperta os olhos. — Às vezes, gotas de felicidade. — Fecha o livro. — Está vendo, eu ainda me lembro de que a felicidade é possível.

Ela vai até os incensos, pega um chamado "chuva" e o cheira.

— No começo, eu meditava para encontrar Luke. Como se ele fosse vir até mim e implantar uma mensagem e, então, eu o teria novamente. — Devolvendo o incenso ao lugar, ela cheira uma vela com aroma de pinho. — Agora eu medito para encontrar paz. — Ela se vira para mim. — Para fugir deste mundo, talvez, ou para esquecer de mim mesma. Ou apenas para existir num infinito agora, sem passado nem futuro. — Ela dá a volta e vai para outra seção, apanha um livro com uma foto da lua, abre e diz: — Ei, Marnie.

Estou examinando uma caixa de lindos cartões com espíritos animais desenhados.

— Escute esta: "Uma vida de sensações é uma vida de cobiça; ela exige cada vez mais. A vida do espírito exige cada vez menos; o tempo é amplo, e sua passagem doce." Ela fecha o livro e repete: — O tempo é amplo, e sua passagem doce.

— Só não adverte que a vida do espírito é difícil. Tanta coisa a ignorar, e tanto em que se focar e concentrar.

— Tudo é difícil. — Os ombros de Charlene se curvam e ela encaixa o livro de volta em seu lugar.

— Talvez tudo seja uma questão de equilíbrio: espírito, cobiça, amor e divertimento. — Paro por um minuto e, então, acrescento: — E não se esquecer de fazer exercícios regularmente e de passar fio dental.

Ela ri.

Encontro um maço de cartas de baralho com posições sexuais e as examino, me perguntando se existe alguma que Jim e eu ainda não fizemos. Charlene espia por cima do meu ombro e vê um desenho em que as pernas da mulher estão agarradas ao redor das costas do homem e as mãos dele seguram o traseiro dela para levantá-la. Balanço a cabeça. — Meu Deus. Não faço isto desde o Stephen.

Charlene ri. — Nem eu.

Arregalo os olhos.

— Eu quis dizer desde que você estava com ele. Você e Jim poderiam se divertir com isso — diz ela.

— Ou ter um ataque cardíaco simultâneo. — Mas cogito um vinho, luz de velas, música maluca e um jogo que pudéssemos jogar, ele e eu, e que nos levasse às alturas. Escolher cartas e deixá-las ditar até que o sexo brincalhão se transforme em fazer amor e intercambiar sentimentos e aceitação madura. E me lembro do sonho daquela manhã. — Sim. Acho que este poderia ser um dos presentes de Natal, juntamente com a promessa de executar algumas das sugestões.

Ela se aproxima mais de mim. — Nunca te vi tão apaixonada.

— Pois é. Estamos bem. — Então, adiciono minha resposta displicente: — Não o vejo o suficiente. Tudo conspira contra nós. — Aponto um dedo para cada obstáculo na minha lista. — O avião atrasou, o filho dele ficou doente, o porão inundou, ele teve uma reunião urgente em Denver. — E, então, estendo as mãos abertas. — E aí, perdemos nossa oportunidade. E isso pode acontecer duas semanas seguidas.

Enfio as cartas de volta na caixa. — Sei que ele quer me ver. Mas sinto que estou lá embaixo na sua lista de prioridades. Depois dos filhos, do trabalho, da casa... de todas as suas obrigações. Não o vejo o suficiente. Mas não quero ser chata nem exigente.

— É incrível, não é? Agora você está sentindo o mesmo tipo de negligência que sentiram os homens que você namorou depois do Stephen.

— Eu já me disse isso um milhão de vezes. Talvez seja meu medo de intimidade. Primeiro, eu uso minhas obrigações como desculpa e, quando elas já não existem mais, escolho um homem que têm as mesmas obrigações. Será que isso é um truque da vida ou da minha própria psique?

— Você já disse a ele?

— Na verdade, não. Nosso tempo a sós é limitado pela fase da vida em que ele está.

— Você já disse a ele que o ama?

— Que o amo?

Charlene sabe que não digo isso desde Alex. — Ama, sim. — Ela me dá um abraço. — Não tenha tanto medo. — Ela coloca de lado a vela com aroma de pinho que vinha carregando. — Olha só o que todos acabamos vivendo, mesmo não correndo nenhum risco.

— Ah, mas o amor é o maior risco de todos.

— Vou até o andar de cima, enquanto você compra aquele baralho.

No caixa, há um pote de porcelana cheio de cartões de anjos. Fecho os olhos e pego um que diz "expectativa" e, então, subo tranquilamente a escada em espiral margeada por estátuas de Buda e de Ísis até o salão de chá. O cardápio traz uma variedade desnorteante de chás, sopas caseiras do dia, sanduíches e bolos. Na parede, há um cartaz anunciando cantores de folk, contadores de histórias, leitores de tarô e médiuns que se apresentarão no salão de chá, ao lado de um calendário de grupos de discussão e reuniões. Numa mesa diante da janela, um homem magro de cabelo grisalho se inclina sobre um jornal.

Charlene e eu pedimos o chá Nuvens e Bruma e eu peço um bolinho de chocolate vegano.

O garçom tem cabelos totalmente descoloridos e alargadores nas orelhas. Quando ele traz o chá, diz: — Não deixe em infusão tempo demais ou ficará amargo. — O chá flutua num saquinho feito à mão.

Aponto para o bolinho de chocolate. — Eu sei que você vai me ajudar com isto.

— Você só está tentando me fazer comer.

— Me pegou — confesso ao prová-lo.

Charlene pega o outro garfo e começa a comer.

— Você já ri de vez em quando. Está conseguindo superar.

Ela inclina a cabeça para o lado e aperta levemente os olhos.

— Eu não tinha percebido. Há momentos atualmente, frações de segundo, em que não penso nele. Em que não o imagino pendurado na barra ou me lembro de seu olhar ao me dizer que eu era uma boa mãe. E Adam, bem, ele tem sido tão difícil, com a depressão e insistindo que deveria ter sido ele, por causa da bebida, que estou exausta. — Ela mexe o chá. — No entanto, pode ser que ele tenha virado a página. Ele gosta do terapeuta novo e está frequentando as reuniões do AA. E adora estar com os cavalos.

— Só se passaram sete meses. Nem um ano ainda.

— Estou superapreensiva com relação a este Natal e ano-novo. E o aniversário dele em fevereiro.

— Vocês não devem fingir que não há nada de diferente. Conversem sobre ele.

— Não podemos evitar. — Ela espeta outro pedaço de bolo, mas se esquece de comê-lo. — Pensei em acender uma vela que o representasse, para que pudéssemos confirmar que seu espírito está conosco.

Concordo com a cabeça. — Quer que eu vá ficar um pouco com vocês? Se o bebê de Tara respeitar a data prevista para o nascimento, eu poderia ir na véspera de Natal. Voltaria para casa na manhã seguinte.

— Você faria isso?

— Se eu puder... Também não tenho certeza de quando Sky e Troy virão para cá.

— Não posso chorar com meus filhos, eles ficam assustados, como se houvessem perdido Luke e a mim também. Como se eu fosse chorar para sempre. — Ela morde o interior do lábio e seus olhos se enchem de lágrimas. — Diane está determinada a curtir tudo o que os adolescentes devem curtir: festas, namoros, jogos de futebol americano. Na maior parte do tempo, ela está na rua com os amigos. Imagino que seja sua forma de lidar com o assunto. Uma vez, quando eu estava chorando, Adam me perguntou se eu queria me juntar ao Luke. "Não ainda. Não agora", eu disse a ele, mas me pergunto se sua depressão não é uma forma de estar com Luke. Ou sua maneira de me manter aqui.

— Você não vai a lugar algum.

— Não tenho nada a fazer a não ser continuar me arrastando. De algum jeito. — Ela para, fecha a boca e fica imóvel, como se ouvindo a música da flauta tocando ao fundo. Na janela, há cestos de filodendro pendurados em vasos de macramê.

— Merda. Também não sei como te ajudar.

— Você se senta ao meu lado e me ouve e chora comigo. É tudo o que há. É amor.

Eu penso, como já fiz um milhão de vezes, em como Charlene está passando pelo pior pesadelo de qualquer mãe. Isso me assusta toda vez, e sou lembrada de todas as bênçãos que tenho.

— Às vezes, eu penso que Deus queria que Luke estivesse com Ele. Esse pensamento me conforta. — Seus olhos encaram os meus como se esperassem por uma resposta, ou por uma pergunta. Então, ela prossegue: — As pessoas me dizem: "Nossa, que triste que ele não pôde viver sua vida inteira. Você sabe, casar-se com Jenny, talvez ter filhos com ela, envelhecerem juntos." Essa coisa toda. Mas agora me pergunto por que nós insistimos que uma vida inteira deve durar oitenta anos e que qualquer coisa menos que isso é injusto. Essa foi a vida *dele*. Esses vinte e sete anos. Foi a vida inteira *dele*.

— Nunca pensei no assunto dessa forma. Tempo não faz que uma vida seja inteira. Viver sua vida intensamente é o que a torna inteira. — Tomo o chá. — Você se lembra da Doobie?

— Aquela gata cinza gorda?

— Sim. Ela viveu vinte e dois anos. Uma vida longa para um gato. Mas só o que ela fazia era dormir. No inverno, ela mudava de um aquecedor a outro. Teve vinte anos de sono e dois de vida. — Dou de ombros. — Mas, olha só, era o que ela queria fazer. Quem pode julgar?

O pedaço de bolo ainda pende em seu garfo, ainda em sua mão, e ela o come. — Pelo menos eu consigo dormir. E o trabalho é um alívio. E fazer os biscoitos. — Ela ri. — Embora tenha levado ontem o dia inteiro. — Então ela para, balança a cabeça e coloca a mão sobre a minha. — Estou tão feliz por ter você. — Seus olhos estão levemente úmidos.

Aperto sua mão. — Eu também. Somos como amigas de alma ao longo dos anos ou coisa parecida. Tenho algumas assim. Você, Allie, Juliet, Tracy. Pessoas que estão sempre presentes e a quem eu posso contar tudo e qualquer coisa.

O homem dobra seu jornal e passa caminhando por nós. Seus movimentos me lembram do dia à nossa frente. — Ei, melhor irmos comprar as flores — eu digo. — Quase me esqueço delas. — Saindo da loja, Charlene pega o livro e o compra.

Na floricultura Fresh Seasons, uma funcionária empurra um carrinho de rosas e as coloca em baldes com água. Cravos, íris, mosquitinhos, ramos de azevinho e flores de gengibre estão em baldes de água, no chão. Pego uma flor de gengibre e alguns ramos de rosinhas vermelhas e cravos brancos. Compro uma garrafa extra de Chardonnay. O caixa envolve as flores em papel verde e as amarra com ráfia, adicionando um envelopinho de Floralife.

EMBRULHAMOS OS BISCOITOS DE CHARLENE em papel de seda, os colocamos nas caixas decoradas com bonecos de neve e árvores de Natal e, depois, em sacolinhas, e os levamos para o meu escritório. Uma toalha cor de vinho cobre a mesa, e a flor de gengibre num vaso fino enfeita o centro. As rosas e os cravos vão num vaso vermelho em forma de bulbo, na mesinha de centro — à exceção de alguns, que coloco num porta-flores no meu criado-mudo. Uma rosa está num vasinho no banheiro.

Hora de tomar banho. Quando termino de me vestir, Charlene está enrolada no sofá, lendo. — Seu jornal está aqui.

A manchete principal é sobre corrupção entre funcionários públicos. Gastos foram menores na segunda-feira após o dia de Ação de Graças. Acusações e denúncias continuam entre trabalhadores e dirigentes.

— Fui até a farmácia. Sei como dar sumiço em hematomas. — Charlene revira os olhos e percebo que está se referindo aos anos em que sofreu abusos. — O amarelo disfarça o azul, o verde disfarça o vermelho. Isto aqui é azul. — Ela aponta para o meu rosto.

Eu havia esquecido completamente.

Olho para o hematoma pela primeira vez sob as luzes de maquiagem sobre o espelho do banheiro. Realmente, parece que alguém me deu um soco. — Combina com os meus olhos e ressalta a cor dos meus cabelos brancos.

— Você não vai querer responder a perguntas sobre isso a noite toda.

Um pincel com o pigmento amarelo toca levemente o meu rosto.

— Viu? E depois o cobrimos com corretivo. — Charlene adiciona um bege-claro. — *Voilà!* Sumiu o hematoma. Dá uma olhada.

O hematoma é menos evidente.

— Você deveria ter colocado gelo.

— Eu estava fazendo biscoitos e conversando com Sky. Meu rosto não era importante. — Espalho a maquiagem com uma esponja. — Não está doendo. Não muito.

— Às vezes você deve colocar a si mesma em primeiro lugar.

— Sei. Tá bom.

ME INCLINO para a frente para aplicar um pouco de sombra nos olhos, delinear as pálpebras inferiores e aplicar rímel, movimentando o aplicador para não fazer grumos. Calça preta e uma camiseta vermelha nova com pinceladas abstratas em negro, algumas lantejoulas e contas fazem o traje perfeito para esta noite. Afofando o cabelo, examino meus dentes, minhas unhas e coloco brincos de prata nas orelhas. Meu cabelo branco de verdade realça o azul dos meus olhos. Acho que vou deixá-lo crescer um pouco mais. Talvez pedir à Laurie que faça mais algumas luzes platinadas.

Ligo para o celular de Sky. — Como vão as coisas?

— Ela ainda não ligou.

— Ah.

— Eu esperava que você fosse ela.

— Desculpe. Não, só estou ligando para ver como está indo seu dia.

— Só fico rezando para que "esta tarde" esteja mais perto do meio-dia que das seis.

Escuto alguém ao fundo dizer: "Aqui está aquela intimação que você queria", e Sky responde um "obrigada" abafado.

— Parece que você está ocupada.

— Estou tentando ficar... principalmente com o trabalho. Tentando me distrair e fazer coisas.

— Charlene está aqui e nós estávamos nos arrumando para a festa.

— Ah, posso falar um oi para ela?

— Ela está tomando banho. Vou deixar você cuidar dessa intimação. Me ligue assim que você souber, tá?

— Claro.

— Promete?

— Sim, mãe.

Depois de acender velas com aroma de cranberry no balcão da cozinha e na sala de estar, ponho meu iPod para tocar as músicas aleatoriamente e o encaixo no alto-falante. Começa a tocar uma balada e giro pela cozinha, fingindo que Jim está dançando comigo, enquanto apanho taças de vinho e um pratinho com enfeites para as hastes, para que as pessoas possam usar a mesma taça a noite toda. Bato a sopa no processador, devolvo-a à panela, acendo um fogo baixo e salpico manjericão picado. Preparo a mesa para o bufê, colocando algumas tigelas ao lado da sopa de tomate e manjericão.

Todos os anos, quando tudo está arrumado e estou esperando que minhas amigas cheguem, bate uma sensação de ansiedade e agitação. Estou pronta. A casa espera pelas minhas convidadas com um pot-pourri de aromas: de biscoitos, sopa, cranberry e rosas. A cama espera pela pilha de casacos, cachecóis e chapéus. Meu escritório tem espaço para muitas sacolas cheias de biscoitos. A árvore anuncia o Natal, a alegria, a animação. Lá fora, a neve flutua em flocos gigantes.

O palco está armado.

Minhas amigas chegarão uma de cada vez e o silêncio aconchegante se dissipará. Algumas chegarão recém-arrumadas, vindas de casa, e outras virão direto do trabalho. Algumas passarão no mercado para comprar aperitivos ou vinho. Umas poucas entrarão com os biscoitos e o vinho gelados por terem passado o dia inteiro no carro. Mas cada uma traz consigo um turbilhão de expectativa e entusiasmo. E de serenidade, já que podemos ser nós mesmas, umas com as outras. Conhecemos umas às outras há tempo demais e já passamos por coisas demais para ter qualquer reserva ou cautela. Vimos nossos filhos crescerem, relacionamentos se desfazerem e evoluírem a novas configurações, promoções de trabalho e mudanças de carreira, doenças e cirurgias, rugas e dilatação de barrigas e peitos. Já lidamos com traições e brigas. Contudo, há uma tensão adicional este ano, e não estou certa de como Jeannie e Rosie lidarão com ela.

O chuveiro para e Charlene se movimenta pelo banheiro, passando hidratante, penteando o cabelo e, então, o secador começa a zunir. Ela sai em alguns minutos, vestindo um traje preto e uma jaqueta de oncinha. — Você está linda, apesar dos pesares.

— Hã?

— O hematoma no seu rosto.

Minha mão voa até minha face. — Obrigada. Você também. Apesar dos pesares.

Ela inclina o rosto e pressiona os lábios... um gesto que reconhece os inacreditáveis pesares a que me refiro.

Sirvo uma taça de vinho para ela e outra para mim. Coloco um enfeite de boneco de neve na haste da minha taça. Nós nos sentamos no sofá, lado a lado, nossos pés apoiados na mesinha de centro. — A nós — eu digo. Disney pula para o sofá ao meu lado e apoia a cabeça na minha coxa. Acaricio suas orelhas macias.

— À amizade — acrescenta ela. Batemos as taças e bebemos.

AMÊNDOAS

O irmão mais velho de Charlene lutou no Vietnã. Alguns anos atrás, ele voltou lá e visitou a prisão a que se costuma chamar de "Hanoi Hilton". Uma amendoeira sobrevive no cimento do pátio. Um cartaz ao lado dela explica que os prisioneiros usavam os frutos da árvore como fonte de alimentação, a casca da árvore e as folhas para curar disenteria, limpar feridas e aliviar úlceras na pele. A madeira era usada para fazer cachimbos e flautas. A árvore fornecia sombra para o calor úmido. Enquanto Charlene enrolava as bolinhas de pasta de amêndoa, ela se lembrou de seu irmão ter lhe mostrado uma foto da árvore e do cartaz. Ela pensou na árvore, com sua casca cheia de crostas e folhas delicadas, proporcionando tanto alívio e consolo.

E, para mim, seja salgada e assada, ou moída em pasta, as amêndoas são uma das coisas que mais gosto de comer. Quando era pequena, me lembro de observar as frutas de marzipã pintadas com corantes alimentícios e moldadas em forma de laranjas, que eram servidas como guloseima em todos os Natais. Mais tarde, aprendi que o centro das rosas de açúcar de decorar bolos era, com sorte, pasta de amêndoa e, já adulta, eu adorava decorar bolos com folhas ou flores feitas com ela.

Originária da Índia e do leste da Síria e da Turquia, a amendoeira foi uma das primeiras árvores frutíferas cultivadas e sua adaptação ao consumo doméstico é uma prova da engenhosidade de nossos antepassados. Em sua forma silvestre, as amêndoas contêm cianeto. Os primeiros humanos eliminaram a toxicidade dos frutos assando-os. Porém, as amêndoas que consumimos hoje não são tóxicas. Acredita-se que tenha ocorrido uma mutação comum e que, devido a esse feliz incidente, os seres humanos tenham hoje uma fonte não tóxica de amêndoas. As amendoeiras são fáceis de cultivar porque produzem frutos a partir das sementes e não são necessários enxertos. As amêndoas são consumidas há cerca de cinco mil anos e foram encontradas na tumba de Tutancâmon, no Egito, além de serem mencionadas na Bíblia, quando, da vara de Aarão, milagrosamente, brotam flores e frutos.

As amêndoas estão aparentadas às cerejas, aos damascos e às ameixas. O "fruto" que comemos é a semente. A parte carnosa da fruta, ao contrário, apenas constitui a carapaça ao redor da semente. Existem duas espécies de árvore. A de flores cor-de-rosa produz amêndoas doces e a de flores brancas produz amêndoas amargas. As amêndoas amargas retêm as substâncias químicas, inclusive o cianeto, existentes nas amêndoas originárias e são utilizadas para fins medicinais. Podem ser mortais se consumidas em altas doses. É a partir das amêndoas doces que produzimos amêndoas salgadas tostadas, marzipã, baklava, merengues, biscoitos, confeitos e cujo aroma usamos na aromaterapia. As amêndoas também são moídas e transformadas em farinha para pessoas que sofrem de doença celíaca e que são alérgicas ao trigo. São transformadas em manteiga e consumidas por pessoas alérgicas ao amendoim e usadas como um substituto do leite, para aquelas com intolerância à lactose. As amêndoas são uma fonte rica em vitamina E, por conterem óleos monoinsaturados, ajudam o corpo a se livrar do "mau" colesterol, enquanto aumentam os níveis de HDL, o colesterol bom. Elas contêm magnésio, que é o bloqueador natural de cálcio, e potássio. Ambos agem na prevenção da arteriosclerose e ajudam no bom funcionamento do coração.

As amêndoas são cultivadas em muitos países às margens do Mar Mediterrâneo e também nos Estados Unidos, que são atualmente o maior produtor do mundo, com metade da produção localizada na Califórnia. As amêndoas são o sexto produto agrícola da Califórnia e seu maior produto de exportação. As amendoeiras foram trazidas à Califórnia em duas ocasiões. Séculos atrás, os missionários espanhóis as introduziram no local, mas o cultivo foi abandonado quando as missões foram encerradas. As amendoeiras encontraram um caminho de retorno ao não vingarem na Nova Inglaterra por causa do clima. Mais uma vez, foram trazidas à Califórnia, onde atualmente prosperam.

3

Rosie

Árvores de Biscoitos em Forma de Estrela

1 xícara (2 tabletes) de manteiga, ou pode substituir a metade por gordura vegetal

1 1/2 xícara de açúcar

1 colher de chá de baunilha

2 ovos

4 xícaras de farinha de trigo comum

1 colher de chá de sal

2 colheres de chá de fermento em pó

1/4 de xícara de leite

Bata bem a manteiga e o açúcar até obter um creme claro. Acrescente a baunilha e os ovos e bata até a mistura ficar fofa. Em uma tigela à parte, misture completamente a farinha, o sal e o fermento em pó. Adicione cerca de 1 xícara dos ingredientes secos ao creme feito com a manteiga. Acrescente o leite e, depois, o resto dos ingredientes secos. Leve à geladeira por 2 a 3 horas (ou deixe durante a noite toda).

Preaqueça o forno a 200°C.

Abra a massa e corte os biscoitos em forma de estrelas de tamanhos decrescentes. Você pode comprar cortadores em forma de estrelas ou fazer o que eu fiz: recortar os moldes em papelão. A estrela maior deve ter aproximadamente 15cm de largura, e a menor 2,5cm. Eu fiz quatro tamanhos diferentes e, como são doze biscoitos no total, cortei três de cada tamanho.

Asse em tabuleiro forrado com papel-manteiga por 8 a 10 minutos, até que as bordas estejam crocantes e levemente douradas. Retire os biscoitos do tabuleiro e coloque-os sobre uma grade para esfriar.

Quando estiverem frios, monte-os um sobre o outro, utilizando glacê de confeiteiro para unir os biscoitos.

Glacê de confeiteiro

Na batedeira, bata 3 claras e 1/4 de colher de chá de cremor tártaro até formar espuma. Aos poucos, acrescente 450g de açúcar refinado (aproximadamente 4 xícaras), batendo em alta velocidade por 4 a 7 minutos ou até obter uma consistência cremosa. (Obs.: Se a mistura ficar grossa demais, acrescente água, 1 colher de cada vez, até chegar à consistência desejada.) Reserve em tigela coberta com um pano úmido para o glacê não secar.

Para montar a árvore:

coloque uma das estrelas maiores no centro de uma bandeja redonda. Comece a empilhar as estrelas restantes, da maior para a menor, utilizando uma pequena quantidade de glacê de confeiteiro para mantê-las no lugar; vá alternando a posição das pontas das estrelas conforme as for empilhando para montar a árvore. Depois de montada, você pode decorá-la com mais glacê e polvilhar a árvore com açúcar de confeiteiro ou açúcar colorido. Fica ao gosto do freguês.

DISNEY CORRE COM seu macaco na boca ao som de uma batida na porta. Abro-a e Rosie entra rapidamente, com uma lufada de neve e um sorriso de batom vermelho, o casaco preto comprido inflando-se atrás. Seu cabelo curto emite brilhos iridescentes conforme a luz atinge os flocos de neve que se derretem.

— Oi. Oi. Oi. — Ela farfalha suas sacolas e beija o ar, colocando seu fardo sobre a mesa. — Está começando a ficar feio lá fora... neve em forma de cristais de gelo. Volto já. — A porta bate quando ela sai novamente antes que eu possa perguntar se precisa de ajuda. Ela volta com mais sacos. — Eu não me dei conta de quantos seriam. Só pude colocar três em cada um. — E lá vai ela porta afora novamente. Pego duas das sacolas e as levo para meu escritório, e ela volta com uma tigela de macarrão tailandês com molho de amendoim, que coloca sobre a mesa.

— Pronto — anuncia ela. — Então, agora já posso receber meus abraços. — E agarra Charlene. — É TÃÃÃÃÃO bom te ver. — Ela suaviza o tom da voz, transformando o cumprimento tanto em condolências quanto numa expressão de prazer; fica claro que ela não tinha certeza de que Charlene estaria em condições de vir à festa. Charlene atua como se se tratasse de pura amizade, sem o toque de preocupação e pena. Então, Rosie me agarra como se estivesse, enfim, em casa. — Ah, Marnie.

Ela cheira a ilangue-ilangue e lima.

— Você está ótima. Como vai o Jim? Como vão as meninas? Alguma notícia?

— Não. — Bebês são um assunto complicado para Rosie. Ela tem uma vida perfeita, exceto por uma falha. Bem, duas. Chegaremos à segunda em um instante. Rosie é muito bem casada com um advogado. Ela era assistente legal na firma em que ele trabalhava, justamente na época em que ele estava se divorciando da esposa. Eu sei, mas não sei se Kevin sabe, que Rosie estava esperando que aquele casamento terminasse. Ela o sentira no desinteresse que a esposa demonstrava pela firma e havia me contado, mais de dez anos atrás, quando começara a trabalhar com ele, que desconfiava que ele estivesse tendo um caso.

Nós duas éramos solteiras e estávamos procurando homens, ou pelo menos parceiros de dança, no parque Top of the Park. Nós nos conhecemos numa aula de jazz de manhã cedo, ambas trazendo café na bolsa de ginástica. — Pelo menos assim eu danço um pouco — comentei numa manhã, enxugando o suor com minha toalha.

— Você gosta de dançar? Então, vamos juntas — sugeriu Rosie.

— Negócio fechado. — E trocamos números de telefone.

Naquela noite, no Top of the Park, a banda tocava rock clássico e nos encontramos perto da barraca de cerveja. Allie estava conosco. Rosie usava um vestido frente única florido que exibia seu bronzeado, seus braços tonificados e a ossatura dos ombros. Seu cabelo não era curto na época e caía pelas costas, liso e pesado. Havia um brilho nela, um esplendor tão grande, que todo homem que passava por nós se virava para olhar de novo.

— Estamos maravilhosas hoje — brinquei, diante dos olhares. — E, Rosie, você está absolutamente espetacular. O que está rolando? Homem novo?

Ela ruborizou. Aquilo a entregou completamente.

— Ai, ai, ai. — Allie também tinha percebido. — Pois. Pois. Pois! Quem diria? Conte-nos tudo.

— Não é nada. Ainda não. Mas pode vir a ser.

— Uma dessas paixonites secretas?

— Bem, ele é casado.

Allie e eu reviramos os olhos.

— Não façam essa cara. Ele é infeliz. Posso ver. E acho que talvez esteja tendo um caso, ou pensando em ter, ou apenas desejando ter. Ou simplesmente viva infeliz em casa. A esposa dele é uma bruxa.

— Quantos anos tem esse cara? Onde você o conheceu?

Rosie tomou um gole de sua Red Rock e disse: — Ele é um dos advogados da firma e é uns vinte anos mais velho que eu. Tem uns quarenta e tantos, cinquenta.

Olhei para ela e ela resplandecia, como se o máximo da felicidade fosse estar com ele e, se isso não fosse possível, então falar sobre ele fosse quase tão bom.

— Ele é tão solitário. Costumamos sair depois do trabalho para tomar um drinque... todo mundo vai, não é nada inadequado. Mas ele fica vermelho toda vez que me vê. É tãããão bonitinho. E ele é porto-riquenho, então é um rubor sutil, só no pescoço.

Allie endireitou os ombros e inspirou. — Por que você não escolhe algo mais difícil? Um: ele é mais velho. — Ela abaixou o dedo indicador. — Dois: ele meio que é seu chefe. Não deveria estar se engraçando com as funcionárias. — Ela abaixou o dedo anular, deixando o dedo médio levantado. — Três: ele é casado. — Ela sibilou a palavra. — "Casado" pesa mais na balança.

— Eu sei, mas tem esse não sei quê de especial.

Um homem se aproximou, um cara alto com cabelo encaracolado e um rosto de traços esculpidos, agarrou a mão de Rosie e a puxou para a pista de dança. Allie e eu os seguimos para dançar.

Mais tarde, peguei Rosie para dançar e perguntei: — Quem é o cara? Ele é bonitinho. E não tem aliança.

Rosie ergueu uma sobrancelha, um gesto que eu mesma havia dominado depois de ver Vivian Leigh em *E o Vento Levou*... Ela, de fato, namorou com ele por um tempo, mas sem aquele ardor que sentia só em pensar em Kevin. E eu presenciei, espantada, Kevin se divorciar, e Rosie, paciente, doce e sensualmente pegar os cacos e ajudá-lo a juntar. Ela conseguiu caminhar de mansinho entre minas explosivas em potencial e sair do outro lado ilesa, imaculada, casada e próspera.

Agora, eles estão assentados na vida que construíram juntos. As habilidades profissionais e sociais dela se ampliaram quando eles abriram uma nova firma e ela passou a administrá-la para ele. Certamente não vai deixá-lo sozinho, para fantasiar com mulheres ainda mais jovens, com corpo ainda mais perfeito, longe de seu olhar vigilante.

Só tem um porém. Nós estávamos tomando uma taça de vinho numa sexta-feira após o trabalho. Eu estava preocupada por estar me envolvendo com um homem mais jovem.

— E daí? Pelo menos você não tem a questão do bebê — ela comentou.

Tomei um gole do meu vinho.

— Quer dizer, vocês dois já têm filhos.

— Sim. Só temos que ver como cada grupo de filhos irá aceitar o outro. E administrar nosso tempo em função das necessidades das crianças dele.

— Mas isso é factível. Eu adoraria ter um bebê. Mas Kevin já passou dessa fase. Não quer passar por isso novamente. Ele diz que agora é hora de viver *sua* vida. — Ela entrelaçou os dedos e os colocou sobre a mesa. Suas unhas eram médias e estavam pintadas estilo francesinha. Ela levantou um braço. Um garçom passava quando ela apontou para sua taça vazia. Ele assentiu com a cabeça e a colocou em sua bandeja.

— Pois é. — Dei uma risadinha solidária.

— Sim. Ele sempre fez tudo que devia fazer. Tudo pelas aparências. A faculdade de Direito, o casamento, o trabalho duro para criar uma reputação, as reuniões de pais e mestres e os eventos de caridade... a coisa toda. O motivo de ele ter saído de casa foi para poder fazer as suas coisas. — O garçom colocou uma taça de vinho de cor rubi na frente dela. Ela segurou a haste com dois dedos e girou o líquido. Então, deu de ombros. — Então. Eu era, e agora sou, parte das suas coisas. — Ela sorveu o vinho. — E quanto a mim? E quanto ao que eu quero?

— Você sabia como ele se sentia.

Ela abaixou o queixo. — Sim. — Rosie mordeu um lado do lábio e balançou a cabeça. — Mas eu não sabia. Eu não sabia como iria me sentir *agora*. Quando nós nos apaixonamos e abrimos a firma dele, pensei que tudo que tínhamos seria suficiente. Era tudo tãããão, mas tãããão excitante. As férias, e depois aprendemos a mergulhar e, então, a empolgação de fazer que a firma fosse lucrativa e de construir a reputação dele. Daí, arrumamos os cães. Pensei que seria suficiente. Mas não ter filhos parece egoísta. Tão sem propósito.

— Filhos constituem uma diferença irreconciliável. Você pode ceder em qualquer outra coisa, mas filhos são um foco de vida importante demais. Um compromisso grandioso demais. A paternidade engole a sua vida, e isso pode ser algo arrebatador ou destruidor. Ou ambos. Mesmo quando você o faz de livre e espontânea vontade.

— Seria diferente para ele se o bebê fosse nosso. Nosso bebê, fruto do nosso amor. A ex e ele discutiam. Eles nunca concordavam em nada. Nós concordamos em tudo. — Ela para por um momento e olha de lado. — Exceto nisso. Mas nós o faríamos juntos, assim como a firma. Iria dar certo.

Os braços de Rosie, tonificados pela ginástica na academia, se cruzaram sobre a mesa, um sobre o outro, seus lábios estavam firmes enquanto ela encarava meu olhar.

Suavizei minha voz e me inclinei na direção dela. — Mas talvez o que ele queira e precise seja de *toda* a sua atenção. Talvez ele não queira dividir você. — Expliquei para ela dessa forma. Talvez o protesto dele fosse resultante de sua dependência, um desejo de cercá-la.

Mas ela estava decidida. — Ele me divide com a firma.

O garçom trouxe um prato de mariscos ao molho de ervas ao vinho. Abri um mexilhão, passei-o no molho e tentei novamente.

— A firma é a firma *dele*. A firma de vocês, dos dois. Ele a vê como seu amor por *ele*.

— Exatamente o que estou dizendo. Então, nossos filhos seriam a mesma coisa.

Eu sei quando os impulsos e as necessidades dificultam o exame das alternativas. Vi sua determinação de aço. Eu não disse, mas me pergunto se deveria tê-lo feito: "Mas você fecha a porta do escritório e vai para casa. Não há como fechar a porta a um filho... nem mesmo depois de dezoito anos. É realmente para sempre."

Taí uma coisa que eu questiono: quando vejo uma amiga se direcionando para uma estrada difícil, até que ponto devo confrontar e até que ponto compreender, sabendo que estarei presente para apanhar os cacos? Até que ponto sou a amiga que ouve, carinhosa, e até que ponto devo apontar os perigos? Até que ponto aceito e até que ponto devo advertir? Vejo perigo nesse caso. Kevin foi claro desde o começo quanto a não querer mais filhos. Rosie está modificando as bases do contrato deles. Será que um bebê vale a perda de um casamento? Talvez. As amigas sempre vão fazer aquilo que desejam fazer, apesar de tudo. E, apesar de tudo, eu estarei ao lado delas. Não tenho nenhum interesse em mudar isso.

E Rosie parece levar uma vida que comprova que o improvável é possível. É assim que ela vê a si mesma. Ela desviou o olhar e, depois, voltou a olhar para mim e disse: — Se você estivesse prestes a morrer, o que diria que foi a coisa mais importante que fez na vida?

E eu dei a resposta que ela esperava: — Minhas filhas.

Ela ergueu um ombro.

Beberiquei o vinho e disse: — Rosie, você sempre dá conta das coisas difíceis e faz com que tudo dê certo, ainda que seja por um fio. Espero que consiga se sair bem com isso também. — Nós sempre repetimos as coisas que deram certo para nós, mesmo quando elas deixam de funcionar. Logicamente, não sabemos que elas não funcionam mais até que seja tarde.

Agora, oito meses depois, quando Rosie pergunta se eu soube alguma coisa de Sky e como vai Tara, eu sei que sua pergunta está carregada de esperança por tabela, de medo, de terror. E de inveja. Quanto a mim, sou lembrada de que tenho o potencial de tais benesses... ou de tais perdas.

— Tara deve chegar a qualquer minuto. Ela vai trazer a biscoiteira virgem e, depois, irá visitar uma amiga. Então você poderá vê-la.

— Oh, adoro quando temos novas biscoiteiras... Ela é a outra avó, certo?

Dou uma risada. — É. Tara a está trazendo de Detroit. — Examino meu relógio. — E Sky deve receber notícias sobre o exame a qualquer momento. Eu esperava que ela já tivesse ligado, a esta altura.

Charlene arruma os talheres em pilhas simétricas. — Como você está?

— Incrivelmente ocupada. A festa de Natal da firma é na semana que vem e o fornecedor do bufê está me enchendo a paciência com a organização; e o evento para arrecadação de fundos da Ordem dos Advogados é na noite seguinte e nós dois fazemos parte do comitê. Portanto, não tenho tido um minuto para respirar. — Rosie expande os pulmões e exala para adiantar a história. — E, depois — ela continua quase como se houvesse esquecido —, é aniversário da filha de Kevin, minha enteada, logo após o Natal e, teoricamente, iremos todos esquiar em Steamboat. Só coisas boas. Tudo tãããão excitante e tãããão movimentado e não sei como vou conseguir fazer tudo. — Seus cabelos em camadas balançam e saem do lugar e, então, ela lança um sorriso brilhante que apaga a cena de exasperação.

— Mas você sempre consegue — diz Charlene com gentileza, um pouco de irritação, mas em consideração ao sentimento de ansiedade e pânico alheio.

— E então, a Jeannie vem? — A voz de Rosie muda de tom, a ansiedade irrompendo.

— Sim.

Ela morde o lábio e coça o queixo. Então, assente devagar com a cabeça. — Sinto saudade dela. Nós éramos tão próximas. Nós três.

— Talvez vocês duas devessem conversar.

— Nós tentamos. Ela ainda está furiosa comigo, como se fosse eu quem estivesse dormindo com o pai dela. — Ela pega uma bolacha salgada e uma fatia de queijo.

Coloco a mão em seu braço.

A campainha toca e lá estão Juliet e Laurie. Juliet está trazendo enormes sacolas brilhantes cor-de-rosa e uma bandeja. Agora vejo neve flutuando pela abertura da porta e flocos perdidos cobrem seu cabelo crespo e louro que esvoaça com a estática. — Eu já sei o que fazer — grita Juliet, entrando casa adentro com passadas largas.

Laurie entra atrás dela. — Não posso ficar muito, tenho que voltar para a bebê. — Ela segue Juliet.

Juliet volta, tendo depositado os biscoitos no escritório e o casaco em cima da minha cama, para abraçar a todas nós. Ela remove o papel-alumínio da bandeja, revelando uma pasta de homus rodeada por montículos de cenouras alaranjadas, tomates amarelos e vermelhos, e azeitonas pretas; então, ela diz: — Ui, esqueci — e sai correndo sem casaco. Volta com um saco de torradinhas de pão sírio integral. Ela as coloca numa bandeja e solta um suspiro de alívio.

Suas tarefas estão feitas. — Agora é hora da FEEESS-TTTTAAAA! — ela trina. Juliet é alta, quase um metro e oitenta, quando usa saltos altos. Ao longo dos últimos anos, tem feito aulas de dança do ventre. Agora isso fica evidente em seu corpo em forma, que ela exibe no decote ousado de uma camiseta casual e uma calça acinturada. Sei pelo seu traje que ela está vindo direto do trabalho: administração em enfermagem. Também reconheço a bandeja de homus. Ela a comprou no Plum Market a caminho daqui.

Laurie traz uma tigela de tomates-cereja e amêndoas salgadas.

— Bem, pensei que sempre faz bem alguns aperitivos saudáveis. E, com a bebê, os biscoitos foram tudo o que eu consegui fazer.

Rosie corre até ela, com uma taça de vinho branco na mão, a haste decorada com um de meus enfeites para taças de vinho, uma bolinha de Natal. — Então, como ela está? Há quanto tempo você está com ela?

— Três meses e, bem, ela está começando a sentar. Está com um ano. — Laurie adotou um bebê da China. — Você quer ver as fotos? — pergunta ela.

— Claro!

Laurie pega Rosie pela mão e a puxa até o quarto para pegar as fotos em sua bolsa.

— Como você está se sentindo, quer dizer, de verdade? — Juliet pergunta a Charlene, enquanto serve um pouco de vinho tinto e escolhe uma árvore de Natal como enfeite para sua taça.

Juliet é minha amiga mais antiga. Eu a conheci na sala de monitoria na nona série, a única menina que eu conhecia que adorava Marvin Gaye e BB King, enquanto os Beatles e os Monkeys atraíam todos os demais adolescentes. Ela é dois meses mais velha que eu, mas devido à sua pele oleosa, que amaldiçoou sua adolescência com espinhas, ela não tem uma ruga no rosto. Costumamos brincar que a praga do colégio se tornou sua bênção depois dos quarenta e que minha pele perfeita, sem poros abertos e translúcida, agora revela minha verdadeira identidade.

Antes que Charlene possa responder, Rosie sai feito um tufão do quarto, chacoalhando as fotos de Olivia, a bebê de Laurie.

— Aimeudeus. Ela é tããããão tããããão linda, não dá vontade de morder? — Olivia está em uma cadeirinha de carro, olhos amendoados sobre as bochechas gordas e o cabelo espetado saindo de um laço de fita de bolinhas roxas e cor-de-rosa. Sua boca está aberta num daqueles sorrisos que expressam a mais absoluta alegria. Laurie a surpreendeu com uma brincadeira de "Achou!" para captar aquele momento. Rosie morde o lábio inferior com os dentes e balança a cabeça, os olhos cheios de lágrimas, e eu sei que ela acredita que um bebê vale *sim* arriscar seu casamento. E por um segundo a porta se abre para seu futuro, assim como a porta real se abre para que Allie entre. Sem casaco. Óculos escuros, embora já tenha anoitecido. Braços cheios de sacolas. Ela entra sem estardalhaço, nos contorna, passando pela nossa conversa nas pontas dos pés e indo até o escritório para deixar seus biscoitos. Daí ela volta a sair e entra novamente, desta vez com um casaco pendurado no braço, os óculos escuros presos nos dentes e uma caçarola coberta com papel-alumínio, que ela segura com as duas mãos. — Os pratos vão aqui? — pergunta ela. Faço que sim com a cabeça, ela encaixa seu prato ao lado do macarrão tailandês e remove o papel-alumínio, revelando um frango assado na brasa. — Casacos no quarto?

Taylor está logo atrás dela. Taylor, com seus brincos de penduricalho e enrolada numa echarpe esvoaçante que ela não tira. Neste instante, apesar da lindíssima echarpe, de redinha preta com bolinhas cor-de-rosa e brancas, ela parece uma meretriz. Traz torradinhas e uma pasta, seus biscoitos e uma garrafa de vinho, tudo ao mesmo tempo. As roupas são os vestígios de sua carreira de cantora.

Faço que sim com a cabeça. Adoro esta parte da noite, quando minhas amigas chegam cheias de animação e carregadas de delícias.

Elas trazem calor, a despeito do frio, e transmitem toda a emoção das festas de fim de ano. Uma vez mais, sentimos a excitação infantil pelo Natal. Eu armei o palco, mas elas o enchem com ação e com emoção, um acontecimento que é, por sua própria natureza, melhor devido ao acaso fortuito que lhe deu origem. Bem, e ao amor que sentimos umas pelas outras. E à nossa história compartilhada. Todo ano, mal posso esperar que elas cheguem, e fico animadíssima em ver cada uma delas.

Conheci cada uma ao longo da minha própria jornada: no ensino médio, quando era hippie, como uma jovem mãe, como divorciada, como mãe solteira, no mundo dos negócios, com um homem ou outro. Às vezes, quando penso na minha vida, penso na menina que conheceu Juliet, na hippie que conheceu Vera, na mulher batalhadora que conheceu Charlene e na empresária que conheceu Allie. É difícil juntar todas essas etapas na vida de uma só mulher.

Eu. A esposa traída por um homem, a esposa que ficou viúva jovem. E agora. Agora. Com duas filhas grávidas. Nesta casa cheia de paredes pintadas e decoradas à mão em tons de berinjela, bege e lavanda, com uma árvore de Natal toda enfeitada. Às vezes não consigo conceber as diferentes versões de mim, de Marnie. E, no entanto, as amigas que conheceram as outras adaptações minhas ao longo das décadas ainda são parte da minha vida corrente. É como se as minhas amigas fossem provas da minha história. Testemunhas, quando estamos todas juntas, de toda a minha existência. Eu as amo como amo a mim mesma, em todas as minhas variedades e aspectos. E as amo pelas mulheres espetaculares que são, cada uma à sua maneira.

Meus olhos se enchem de emoção. E Allie, batom recém-passado nos lábios finos, estreita os olhos para mim, se perguntando o que está acontecendo. Ela percebe, então, a leve mancha azulada no meu rosto, ainda visível sob a maquiagem amarela. Inclina a cabeça e toca seu próprio rosto. — Tudo bem?

— Sim. Bati no armário da cozinha. Fúria culinária. — E a abraço. — Eu amo você. Eu amo vocês.

Ouço ruídos na porta dos fundos e Disney sai correndo, pulando feito um maluco, tão excitado que deixa cair o macaco. Então, ouço a voz de Tara: — Chegamos — ela cantarola. — Ei, Disney. Lindo lenço. — E então diz, mais baixo: — Sempre entramos pela porta dos fundos.

Estou preparada para ver o cabelo negro de Tara raiado de azul e maquiagem prata por todo o rosto, mas seu cabelo está no tom ruivo-claro original, não há argolas nem maquiagem.

— Você está como antes, como a minha filhinha. — Eu rio. — Se livrou de toda a dureza e de toda a armadura.

Mas Tara não teve a intenção de abandonar sua personalidade urbana e me olha com uma carranca: — Tem coisas demais acontecendo para eu me preocupar com isso.

Eu me inclino na direção dela e a beijo. Abraço-a junto de mim o máximo que posso, contornando aquela bola dura que será meu neto. E ela relaxa nos meus braços.

— Estou tão feliz em te ver, meu bem.

— Foi um sacrifício chegar até aqui com esta tempestade de neve.

Sissy está logo atrás dela, com dreadlocks curtos e um cachecol de cor berrante aquecendo o pescoço. — Ei, onde eu coloco a comida? — Ela pousa o prato na mesa e, então, abre os braços e dá aquele sorriso que me faz sentir bem-vinda em sua presença. — Me dá um chamego aqui, vai. — Ela dá um beijo estalado na minha bochecha, então tira a tampa do prato, revelando sushis.

— Sushi, adoro!

— Tome cuidado com este molho, porém. Está superpicante. — Os olhos grandes de Sissy se enrugam levemente com o sorriso. Eu a apresento às outras mulheres, embora ela tenha conhecido Charlene no verão passado.

Charlene diz a Tara: — Comprei um perfume, um CD de relaxamento e um cristal para te ajudar durante o parto. Você está praticando a respiração?

— Ah, sim. Estamos fazendo o troço todo do método Lamaze.

— Pode apostar que sim — acrescenta Sissy.

Juliet diz para Tara: — Adorei seu cabelo. Você gostou?

— É minha cor natural. Ou o mais próximo que me lembro. Se chama Pôr do Sol Âmbar. Fui de Pérola Negra a Pôr do Sol Âmbar. — O cabelo de Tara está curtinho, quase num corte militar. — Daí, concluí que deveria voltar completamente ao natural. Então tirei o piercing do nariz, o da sobrancelha e os sete brincos. Portanto, aqui estou. Só eu. Sem nada. Eu e o pequerrucho... — Ela dá uns tapinhas na barriga —, preparados para nossa aventura.

Tara está à vontade com as minhas amigas, que a conhecem desde que ela era um bebê, ou desde o ensino médio, e durante todas as fases de seu desenvolvimento.

— Mas eu não sei, não. Este cabelo ruivo-claro parece sem graça demais. Talvez eu aplique uns toques de platinado ou de fúcsia, depois que o bebê nascer. O que vocês acham?

Ela parece despojada e nova. Quando pisca, noto que seus cílios têm dois tons: o castanho-claro que já foi meu tom natural e o ruivo de Stephen, como se nossos genes tivessem tido uma briga e nenhum deles houvesse ganhado, então, concordaram em existir lado a lado, dando espaço um para o outro.

Tara olha para mim e diz: — Você está ótima, mãe. Espero que meu cabelo fique da cor do seu, este branco absoluto, quando eu tiver a sua idade. É desta cor que quero fazer as mechas.

— Obrigada, meu bem. — Alguns anos atrás, ela criticava tudo em mim.

— Parece que você está quase pronta. Você e o pequerrucho — diz Charlene, olhando para a protuberância da barriga dela.

Rosie vai até Tara. — Você está linda. Tão, tão... — Ela para, procurando a palavra, e então diz: — Grávida. — E balança a cabeça, como se estivesse dando um veredicto.

— Pois é, estou gigantesca. Até aqui. — Ela coloca as mãos sobre os seios. — Tamanho 48! Dá para acreditar?

— Ah, então é isso que se tem de fazer para tê-los. Engravidar. — Rosie ri. — Agora eu sei.

— Bem, tenho que ir à casa da minha amiga. Já estou atrasada. — Tara se aproxima de Sissy, que já está conversando com Juliet. — Volto às onze, tá?

Sissy franze as sobrancelhas. — Não vá esquecer. Eu trabalho amanhã às sete. Está bem, doçura? — Ela observa Tara partir, seu sorriso farto revelando dentes alinhados e brancos.

As mulheres se reúnem em volta da mesa, beliscando pedaços de frango, mergulhando cenoura no homus, sushi no molho de wasabi e pão no azeite de oliva temperado, cada uma equilibrando sua taça. Juliet conversa com Sissy, provavelmente sobre hospitais, já que ambas são enfermeiras. Rosie interroga Laurie sobre o sono de Olivia e o processo de adoção na China. Allie e Charlene se debruçam, lado a lado, sobre seus pratos de macarrão tailandês. Ao encher uma tigela de sopa, não percebo como estou faminta até que começo a comer. Temperei a sopa com a quantidade perfeita de manjericão, modéstia à parte. O som de múltiplas conversas, de risos e o tilintar dos utensílios inundam a cozinha e a sala de jantar.

Verifico meu relógio. Sky já deveria ter ligado. Penso em dar um pulo até o banheiro e telefonar para ela, mas decido não fazê-lo. Talvez seja dominador demais, talvez intrusivo demais. Deixemos que ela decida quando me contar. Meu celular está em vibracall e preso ao meu quadril.

Jeannie chega vestida com uma camiseta tie-dye em dégradé que exibe seu colo e Rosie se aproxima ainda mais de Laurie, dando um passo para o lado de forma a dar as costas para a entrada. Jeannie traz uma salada com laranjas e nozes e experimenta as torradinhas com pasta de Taylor. Perambulamos em volta da mesa nos servindo, segurando nossa taça de vinho, cada haste graciosamente decorada com um berloque do jogo que Juliet me deu de presente de aniversário há alguns anos. Olho para ela e ela ri de algo que Sissy diz. Rosie liberou Laurie e está conversando com Charlene sobre a economia, enquanto Allie, Jeannie e Taylor discutem oportunidades de negócios para Taylor.

Por um momento, observo minha festa, o prazer que sentimos umas com as outras e a camaradagem relaxada que conseguimos manter, ano após ano. A flor de gengibre rodeada por velas adorna a mesa. Sissy pega um pouco de frango e se une a Charlene e a

Rosie, enquanto Juliet apanha mais vinho, enchendo todas as taças que estão vazias ou quase. As velas brilham suavemente, as luzes cintilam na árvore de Natal.

— Estamos todas aqui? Onde está a Tracy? E a Alice? — Juliet me pergunta. — E a Vera?

— Elas não poderão vir... Tracy está no Havaí com Silver e você sabe que Alice está na Califórnia. — Os pratos agora estão empilhados ao lado da pia.

Rosie interrompe a conversa com Charlene e pergunta: — E a Vera?

— A Vera vem. Infelizmente, ela teve um compromisso essa tarde, então chegará atrasada. — Percebo que Sissy franze a testa e checa seu relógio. — Deveríamos começar. Ela nos alcança quando chegar. — Ninguém mais está comendo. Pelo menos por ora, mas eu sei que vão comer durante toda a festa.

— Hum. E quanto às regras com relação a Tracy e Alice? — Taylor pergunta. — Nós não vamos perdê-las, né?

Eu rio. — Não. Já estou com os biscoitos delas aqui. Alice enviou os dela por FedEx e a Tracy os fez antes de viajar com o Silver.

— Não vai ser a mesma coisa sem elas. Elas são uma parte muito importante — diz Jeannie.

— Todas somos importantes. E elas estão aqui em espírito — eu digo. Encontro o olhar de Jeannie. — Ei, está na hora de começar.

Passamos para a sala de estar. Como se precisasse do conforto e da segurança proporcionada por seu refúgio, Charlene espera numa poltrona estofada. Pode-se sentir o aroma de pinho da árvore e de canela das velas acesas. Adornando a mesa, meu pé de moleque feito em casa, receita secreta de família que nunca revelei a ninguém, e amêndoas banhadas em chocolate. Nós enchemos a sala, sentando quatro no sofá, uma em cada poltrona e no pufe. Juliet se senta entre Jeannie e Rosie. Bem, pelo menos elas não terão de olhar uma para a cara da outra.

Disney escorrega para baixo da mesinha de centro. Eu trouxe uma cadeira do meu escritório e, então, as nove estão acomodadas em seus lugares, cada qual com seu vinho ou água, cada qual conversando com a vizinha.

— Hum, Juliet e Jeannie estão sentadas juntas — Charlene provoca. — Vocês já sabem o que aconteceu na última vez em que elas fizeram isso, no ano passado. — Nós rimos, lembrando das conversas e das risadas estridentes que atrapalharam o fluxo de biscoitos e das histórias que os acompanhavam.

Levanto o dedo e o balanço, como se estivesse falando com duas crianças: — Vocês duas poderiam se comportar esta noite?

Elas brincam: — Prometemos. Prometemos. Allie vai nos manter sob controle.

— Sei. — Allie revira os olhos. Todas sabemos que ela não é nada controladora.

— Quem quer começar?

— Eu quero ir por último — diz Taylor. Ela encaixou uma cadeira num canto para poder se sentar ao lado de Allie, que está no sofá. A cadeira está encaixada entre Sissy e Allie.

— Eu começo. — Rosie se levanta e vai pegar seus saquinhos de biscoito. Ela os traz em duas sacolas de uma só vez e todo mundo começa a conversar. Meu celular ainda está quieto. Abaixo o volume da música e, então, sento-me no meu canto, perto da cozinha. Bebo um pouco de vinho. Agora posso curtir a festa. Charlene está sentada ao meu lado e há um espaço para Vera, para quando ela chegar, no outro lado. Rosie volta com as últimas sacolas. A conversa e as risadas aumentaram.

— Como isto funciona? — As sobrancelhas de Sissy estão juntas e franzidas. — O que devemos fazer? — Sissy tem um rosto desses que expressam emoções facilmente, de forma que cada movimento que ela faz, levantando as sobrancelhas ou sorrindo, é amplificado. Agora, conforme ela ergue as sobrancelhas, há um vislumbre de ansiedade, a primeira vez que sinto algum desconforto por parte dela.

— Nós nos revezamos distribuindo os biscoitos. No primeiro ano em que o fizemos, todas começaram a entregar os biscoitos simultaneamente. Se você consegue imaginar doze pessoas repassando treze saquinhos de biscoitos, pode imaginar o desastre que foi. Passamos horas desvendando quem estava com os biscoitos de quem. Então, resolvemos entregá-los uma de cada vez e, como cada uma de nós havia gastado tempo para fazer treze dúzias de biscoito, deveríamos falar alguma coisa sobre aquele biscoito em particular. É nossa maneira de reverenciar o esforço de cada mulher. Faz com que o biscoito e o trabalho envolvido nele sejam especiais. Essa, acredito, foi a primeira regra. Isso e nada de usar pratos de papel cobertos com filme plástico.

— Como foi que tudo começou? — As sobrancelhas de Sissy agora estão relaxadas e o indício de incerteza foi apagado.

— Quando Charlene e eu morávamos juntas, passávamos uma noite por ano fazendo seis ou oito tipos diferentes de biscoito. Nós chamávamos de "a noite de cozinhar, beber e dar risada". Ficávamos acordadas a noite toda enquanto as crianças dormiam. Escutávamos muita música e bebíamos demais. Fizemos isso durante anos. E, então, fui convidada para uma troca de biscoitos e decidi fazer aquilo. Levou mais ou menos cinco anos para se solidificar. Nos primeiros anos nós bebíamos demais e fazíamos muita farra. Percebi que precisávamos de comida. Portanto, a coisa evoluiu. Acrescentamos as regras conforme fomos sentindo necessidade delas.

Rosie se levanta da ponta do sofá, com suas sacolas de biscoitos à frente. — Ok, gente — começa ela, mas ninguém a escuta, à exceção de Juliet, que para de conversar com Jeannie. — Então — diz Rosie, mais alto, e Taylor e Allie ficam quietas. Mas Laurie ainda está rindo de alguma coisa que Allie disse.

Rosie tenta novamente. Coloca a mão na cintura e olha de cara feia. Não diz uma palavra, apenas olha para cada uma de nós com aquele olhar de professora primária e nós calamos a boca. É a vez dela e ela quer nossa atenção. Seu cabelo perfeitamente penteado, a mão de unhas bem-feitas na cintura, o franzido das sobrancelhas e sua altura ao ficar em pé, enquanto todas estamos sentadas, finalmente nos fazem ficar quietas.

— Obrigada — diz ela docemente e inclina a cabeça para o lado. — Eu quero contar a vocês sobre os meus biscoitos. Passei a manhã inteira de sábado fazendo-os. Peguei a ideia da Internet. Assei todos eles e, cuidadosamente, coloquei-os para esfriar antes de montá-los... portaaaaaaanto, foi um mooooonte de biscoitos. — Ela inspira ruidosamente, ilustrando a enorme quantidade de trabalho e dificuldade. — Vocês sabem como eu tenho estado ocupada com tantas coisas a fazer... Aimeudeus. E os biscoitos são sempre algo extra. Bem, estavam todos em cima da mesa de jantar e sobre o balcão e, então, tive que colocar papel-manteiga em cima da cama e colocar mais biscoitos ali. — Ela exala. — Daí, comecei a lavar uma montanha de roupas enquanto eles esfriavam porque, afinal, eu tenho que fazer as tarefas domésticas também e, mal acabei de colocar a roupa na máquina, o Kevin me liga. Pensei em colocar alguns biscoitos em cima da lavadora e da secadora também. Mas Kevin precisa que eu verifique uma coisa no computador, a respeito de um processo. "Estou fazendo os biscoitos", digo a ele. — Sua voz muda para um tom adocicado, enjoativo, que ela ronrona quando fala com Kevin. — "Eu sei. Eu sei que é o dia dos biscoitos. Detesto te incomodar." — E agora ela faz um tom de voz mais grave.

— Cara, ela treinou direitinho — brinca Taylor.

Jeannie diz: — É, meu marido também sabe que é melhor ficar longe no dia dos biscoitos. "Não interrompa a biscoiteira no dia dos biscoitos", ele diz.

— Ahã. — Rosie chama a atenção novamente para si. — Então, entro no escritório e preencho a tal escritura de transferência para ele e isso leva uns quinze minutos. Enquanto isso, estou pensando que está tudo bem, que os biscoitos estão esfriando e tal. Daí, mando a escritura para ele por e-mail. — Ela aperta um botão imaginário de enviar. — Telefono para ele e digo que está em sua caixa de entrada e começo a voltar para os meus biscoitos. — Ela segura um telefone invisível entre os dedos. Se inclina levemente à frente. — Mas, daí, lá vem a Thelma saindo do quarto com uma expressão culpada naquela fuça canina. Olho para dentro e, obviamente, ela havia pulado na cama, comido metade dos biscoitos e estropiado a outra metade. — Rosie balança a cabeça, irritada. — Aquela cachorra! — E balança novamente a cabeça. — Amo aquela cachorra, mas... — Ela exala para mostrar exasperação. — Então, olho para a sala de jantar e ela havia puxado uma folha de papel-manteiga para o chão e comido aqueles biscoitos também. Portanto, tive que refazer tudo. E, como vocês vão ver, tive que verificar quais ela havia comido para refazê-los do mesmo tamanho, o que me tomou quase uma hora a mais e, depois, refiz os biscoitos e tive que deixá-los esfriar.

Sentimos a irritação de Rosie por ter de repetir o trabalho, uma irritação que foi se elevando a um alto nível de ansiedade, conforme ela contemplava todas as tarefas que ainda tinha pela frente e, agora, também aquelas que teria que refazer. O rosto de Jeannie está virado para o outro lado e, em vez de olhar para Rosie, ela examina seu anel de noivado e aliança.

— Eu costumava usar essa desculpa na escola. "O cachorro comeu" — diz Taylor numa voz cantarolada.

Rosie ignora nossas risadas. — Mas ficou tudo pronto. Juro que cachorros dão mais trabalho do que filhos. Quando Kevin chegou em casa, disse: "Ainda está fazendo biscoitos?" Eu devo ter olhado feio para ele porque ele escapuliu para a sala de tevê e não saiu de lá até que o chamei para jantar. Bem. Aqui estão.

Ela tira uma caixa de papel-alumínio de uma das sacolas. A tampa forma as pétalas de uma flor que se abre. Enfia a mão lá dentro e tira uma árvore de aproximadamente vinte centímetros de altura, feita de biscoitos em formato de estrela. A cobertura é de neve com grânulos vermelhos.

— Aimeudeus.

— Como você fez isto?

Agora Rosie está em seu momento de glória. — São doze biscoitos... tem que ser doze, certo? — Ela olha de relance para mim. — Cada um menor que o outro, colados com glacê. Estão vendo a dificuldade que eu tive para saber quais tinham sido comidos?

— É lindo demais para comer. Vou usar a minha como centro de mesa na noite de Natal — diz Juliet.

Rosie está radiante de orgulho.

— Bem, o resto de nós já nem precisa mais mostrar os biscoitos. Este só pode ser o mais bonito — diz Allie.

— É uma receita simples de biscoito de açúcar e eu apenas desenhei as estrelas no papelão e as usei como molde para cortar os biscoitos. Na verdade, há vários de cada tamanho empilhados de forma assimétrica, assim as estrelas ficam parecendo galhos de árvore. Eu escolhi as árvores porque precisava de alguma coisa para servir como centro de mesa no meu jantar de Natal e achei que pudesse usar isto.

— Achei muito legal. E as caixas também são lindas — digo.

Ela sorri para mim. — Pois é, tive a maior dificuldade para encontrá-las. Assim, você pode tirar os biscoitos sem estragar a montagem.

— Rosie, você pode ser superocupada e se achar uma desvairada, mas sempre cumpre suas tarefas. Estas árvores são maravilhosas — diz Charlene. Eu a venho observando. Ela parecera um pouco melancólica, recostada em sua poltrona e observando a festa, então fico aliviada quando diz alguma coisa.

O rosto de Jeannie continua virado para o lado oposto de Rosie.

— Está bem, então vamos começar a entregá-los. — Rosie entrega a caixa para Juliet, que a repassa adiante por todas nós, até que chega a Charlene. E Rosie segue entregando as caixas a Juliet e cada uma de nós passa a caixa para a mulher sentada à esquerda até que cada amiga tenha uma.

— Ei. Cadê a sacola para a caridade? Quem vai cuidar disso? — pergunta Allie.

— Eu cuido — Charlene diz, e Rosie lhe entrega uma caixa, que ela coloca em uma das sacolas vazias de Rosie.

— E eu vou guardando os biscoitos da Vera até que ela chegue. E também os da Tracy. — Coloco uma sacola vazia na cadeira que estou guardando para Vera e outra entre mim e Charlene. — Quem vai fazer a sacola da Alice?

Rosie diz: — Eu faço. Tenho espaço aqui para a sacola dela. — E coloca uma das caixas na sacola vazia.

Allie se levanta para pegar mais vinho. Não é uma pausa, e sim um reposicionamento.

— Traga-me um pouco de vinho tinto, por favor — grita Jeannie.

Eu me levanto, apanho uma garrafa cheia de vinho branco, trago a de vinho tinto e as coloco na mesinha de centro. Sei que há um intervalo, depois que cada uma conta sua história e distribui os biscoitos, em que vamos ao banheiro, pegamos mais comida, conversamos e brincamos, enquanto a noite vai passando. Sinto o celular mudo no meu quadril e verifico o relógio. Pego o celular para ver se, de alguma maneira, perdi alguma ligação ou se há alguma mensagem. Nada. Nenhuma ligação. Nenhuma mensagem. Murcho um pouco e volto a me concentrar nos rostos calorosos das mulheres, que riem e conversam. Sirvo um pouco mais de vinho tinto para mim e pego um pedaço de pé de moleque. Dou uma olhada em Sissy, mas ela está conversando com Laurie, Taylor e Allie. Allie diz alguma coisa, provavelmente uma de suas piadas de duplo sentido que são absolutamente obscenas e Taylor e Sissy explodem em gargalhadas. Exatamente como pensei, Sissy está bem. Combina com todas estas mulheres. E, então, penso no meu neto prestes a nascer e espero que ele também combine.

— Ei, Juliet, você é a próxima.

AGENTES LEVEDANTES

Antes, eu não entendia a química envolvida em assar bolos, pães etc. Não se ensinava ciência prática nas aulas de química do meu colégio, então eu simplesmente seguia as receitas, vagamente ciente de que precisava adicionar substâncias para que a massa se transformasse num produto de confeitaria. Contudo, o bicarbonato de sódio, o fermento em pó e o cremor tártaro propiciavam a magia necessária para que biscoitos inflassem no forno. Não tenho problema nenhum em improvisar nas quantidades de condimentos e demais ingredientes que uso quando estou cozinhando, mas nunca improviso com a química da confeitaria. Assim é como funciona:

O bicarbonato de sódio é um hidrogenocarbonato de sódio. Os antigos egípcios encontraram depósitos naturais dessa substância e costumavam usá-la como sabão. Hoje, o bicarbonato de sódio pode ser usado como antiácido, agente branqueador dos dentes, para eliminar odores da geladeira e como desodorizante de tapetes, se você pulverizá-lo antes de passar o aspirador de pó. Quando combinado à umidade e a um ingrediente acidífero — como iogurte, chocolate, suco de limão, vinagre, soro de leite ou mel —, formam-se bolhas de dióxido de carbono que se expandem com o calor. A reação começa assim que os ingredientes são misturados, portanto você precisa levar ao forno imediatamente todas as receitas que sejam fermentadas unicamente com bicarbonato de sódio ou elas não crescerão!

O fermento em pó também contém bicarbonato de sódio, mas o agente acidulante já está incluído (o cremor tártaro), assim como um agente secante (geralmente amido de milho). É usado em vez da levedura por ser mais rápido, já que o levedo demora três horas para atuar. O fermento em pó moderno geralmente tem ação dupla. Com o pó de ação dupla, libera-se gás à temperatura ambiente quando o pó é adicionado à massa, mas a maior parte do gás é liberado quando vai ao forno. É por isso que as receitas mandam misturar todos os ingredientes secos e, depois, acrescentar os líquidos. Além disso, as receitas mandam misturar só até que os ingredientes estejam úmidos, o que minimiza o escape de gás da massa. Se você misturar por tempo demais, a reação terminará e as bolhas terão escapado. Você pode fazer seu próprio fermento, se tiver bicarbonato de sódio e cremor tártaro. Simplesmente misture duas partes de cremor tártaro com uma parte de bicarbonato de sódio. Nos fermentos em pó modernos, o cremor tártaro é substituído em parte por uma substância de ação lenta, como o pirofosfato ácido de sódio, e praticamente não reage à temperatura ambiente.

Algumas receitas exigem bicarbonato de sódio, enquanto outras pedem fermento em pó. A escolha de qual será usado dependerá dos demais ingredientes. O bicarbonato de sódio deixará um gosto amargo, a não ser que seja equilibrado pela acidez de outra substância, como o soro de leite. O fermento em pó contém tanto um ácido quanto uma base e seu efeito geral é neutro, em termos de sabor. Receitas que pedem bicarbonato de sódio geralmente pedem também ingredientes neutralizantes como o leite. Já o fermento em pó é um ingrediente comumente usado em bolos e biscoitos.

O cremor tártaro é um subproduto da fabricação do vinho. Nós o conhecemos principalmente como estabilizante de claras de ovos batidas. Os merengues, por exemplo, são claras de ovos batidas com cremor tártaro e açúcar. O cremor é o ingrediente ácido do fermento em pó.

Quando os biscoitos da Juliet pedem cremor tártaro e bicarbonato de sódio, ela está na verdade fazendo seu próprio fermento em pó. Mas sempre que uma de nós adiciona bicarbonato de sódio, fermento em pó ou cremor tártaro e depois retira biscoitos fofos e outras delícias assadas do forno, estamos nos beneficiando da magia da química.

4

Juliet

Biscoitos Mergulhadores da Pensilvânia

- *225g (2 tabletes) de manteiga amolecida*
- *2 xícaras de açúcar branco*
- *1 xícara de açúcar mascavo*
- *2 ovos grandes batidos*
- *1 colher de chá de baunilha*
- *3 xícaras de farinha de trigo peneirada*
- *1 colher de chá de bicarbonato de sódio*
- *1 colher de chá de cremor tártaro*
- *1 xícara de nozes-pecã picadas miudinhas (Pode usar mais. Sempre uso nozes-pecã torradas.)*

Junte a manteiga, os açúcares, os ovos e a baunilha em uma tigela grande. Misture bem. Numa tigela separada, misture os ingredientes secos e as nozes. Lentamente, acrescente os ingredientes secos à mistura de açúcar. Misture bem com as mãos. Separe a massa em quatro partes. Modele cada parte formando um rolo de aproximadamente 15cm de comprimento, 6cm de largura e 2,5cm de espessura. Embrulhe cada rolo bem apertado em papel-manteiga e leve ao congelador por três horas ou de um dia para o outro.

Preaqueça o forno a 180ºC .

Para assar, corte em fatias finas, de aproximadamente 4mm, com uma faca afiada. Asse por 8 a 12 minutos até que doure levemente nas bordas. Fique atenta, pois os biscoitos podem passar do ponto muito rapidamente. Deixe esfriar por alguns minutos antes de remover da assadeira. Cada rolo rende de 25 a 30 biscoitos.

Os biscoitos ficam bem crocantes e são uma delícia mergulhados no café ou no leite. São minha opção predileta de café da manhã durante as Festas e também servem como um lanchinho à noite!

JULIET REMEXE OS QUADRIS e vai rebolando até meu escritório para buscar suas sacolas. Ela paira acima de nós, com seu cabelo louro em camadas.

— Todo esse Pilates que você tem feito está valendo a pena — comenta Allie.

Juliet estende a mão para tomar um gole de vinho e diz:

— Recebi o maior elogio da minha vida. Minha filha veio à minha casa inesperadamente e eu tinha acabado de sair do banho, vestida só de calcinha e sutiã e ela disse: "Uau, mãe. Vou ficar feliz se quando eu tiver a sua idade meu corpo estiver metade em forma do que está o seu. Você está ótima."

— Bem, pode-se ver a diferença. Como a Mulher Maravilha — diz Laurie.

Juliet franze as sobrancelhas e fecha um olho, numa expressão perfeita e caricata que expressa: *Sei. Claro.* — A celulite e os joelhos enrugados estão debaixo das roupas. — Ela ri.

Entro na cozinha para buscar torradinhas e pasta e Laurie me segue. — A Juliet é uma figura. Tem um ótimo marido, uma ótima carreira, ótimos filhos, netos. E ainda por cima, é linda.

A menção aos netos imediatamente me faz lembrar de Sky. Meu celular ainda não tocou.

— E está em excelente forma física. — Laurie serve Coca-Cola Light em sua taça de vinho. — E mora numa casa maravilhosa! Bem, não sei como ela consegue. E faz tudo parecer tão fácil.

— Todas já tivemos nossa cota de problemas.

— Mas a dela é invisível. Ela parece flutuar através dos obstáculos. Até mesmo do câncer.

— Ela ficou assustada. Eu também fiquei. Depois, ela frequentou grupos de apoio durante vários anos. — Alguns dias antes de sua cirurgia, Juliet havia conversado comigo sobre seu medo. Sem os seios, o que aconteceria com seu casamento? Então, ela acrescentou: "Além disso, grande parte das minhas sensações eróticas está nos mamilos." Eu não sabia o que dizer. "Melhor perder os mamilos que a vida." "Exatamente." E ela desviou o olhar.

— Bem, está vendo? Ela transformou limões em limonada — diz Laurie.

— Pois é — concordo. Lembro-me de quando a conheci, a garota que se sentava ao meu lado na sala de monitoria reclamando de seu cabelo crespo, que ela não conseguia alisar o suficiente para acompanhar o estilo da época. Tanta coisa é determinada por nossa aparência se adequar ou não ao ideal da adolescência. O cabelo dela, suas espinhas e sua altura faziam dela uma girafa entre pôneis.

— Eu odeio odeio odeio meu cabelo — ela tinha dito, um dia.

— Eu costumava querer ter o cabelo exatamente assim. Passava horas enrolando mechas nos dedos para tentar fazer cachos.

— Costumava — retrucou ela. — Quando você estava no primário.

— Quem sabe, talvez o cabelo crespo volte à moda.

Ela usava o perfume Jean Naté. — Aposto que sim. — Ela aplicou batom branco nos lábios e pincelou delineador nos olhos.

— Pelo menos você tem pernas compridas — eu disse.

Ela puxou sua minissaia para baixo. — Sim. E, como resultado, minhas saias estão mais de dez centímetros acima dos joelhos.

E eu fui mandada para a diretoria por usar saias curtas demais. Duas vezes.

Ela não queria aceitar nada de positivo. Penso nela agora e em seu brilho de autoconfiança, em sua facilidade para enfrentar diversos papéis e pessoas. Por baixo da suavidade e das conquistas, ela continua sendo a garota insegura que morava no estacionamento de trailers, fazendo estardalhaço por causa do cabelo crespo naquela época, e fazendo estardalhaço por causa da celulite agora.

Laurie diz: — Parece tudo tão fácil. Ela é, bem... — Laurie dá de ombros, procurando uma palavra. — Sempre capaz.

Então percebo o que ela está dizendo. — É difícil adaptar-se à nova vida como mãe.

Ela se encolhe um pouco e, quando se vira na minha direção, vejo seus olhos arregalados e imóveis, como os de um veado à luz dos faróis do carro. — Estou encantada com Olivia, mas... — Ela pega um pedaço de frango e enfia na boca. — Acho que sinto como se fosse apenas *ela*. Não existe mais *eu*. E eu estou... bem, estou cansada. Ela ainda não dorme a noite toda e eu tento limpar a casa enquanto ela tira seus cochilos. E não consigo fazê-la feliz.

Minha mão está no ombro dela. — Ela passou por um monte de coisas. Foi cortada de suas raízes e transplantada. Ela irá se adaptar. — Me pergunto se quando o feto domina nosso corpo está nos preparando para quando o bebê dominar a nossa vida. A adoção é um arrebate repentino. Tanto para a mãe quanto para o bebê. Sem falar na mãe biológica. Penso em Sky e em seu exame. Se sua gravidez não puder ir adiante, então talvez ela adote.

— Talvez seja por isso que ela chore tanto.

— Só se passaram alguns meses. Tantas, mas tantas mudanças para vocês duas. Para você também. Não importa quanto você a quisesse e quanto você a ame.

— Bem, imagino que seja óbvio. É que não parece óbvio quando é com a gente.

— É como com a Juliet. Ela não aprendeu a ser a Juliet que ela é agora de uma hora para outra. Foi uma coisa de cada vez.

E ela não é exatamente a Juliet que pretende ser. O estacionamento de trailers deixou cicatrizes. Não o lugar, mas tudo o que significava: ser mais pobre que seus amigos, ter uma mãe solteira trabalhando à noite para manter os três filhos. Juliet teve de aprender as coisas sozinha. Só quando arrumou um emprego embalando compras na Kroger foi que pôde obter algumas coisas às quais o resto de nós nem dava muito valor, como as fotografias tiradas na escola, por exemplo. Ah, eles tiravam fotos dela, mas ela nunca recebia nenhum pacote para levar para casa. O resto de nós trocava retratos para guardar na carteira assinados no verso com dizeres do tipo "1/2 de não me esquecer".

Uma vez, ela disse que já tinha dado todas as fotos dela e encolheu os ombros. No ano seguinte, disse que sua mãe a estava obrigando a dar todas as fotos para seus primos e primas.

— Você deveria ter pedido mais — disse a garota sentada no outro lado dela.

— Foi o que eu disse à minha mãe. — Juliet revirou os olhos com aquele olhar universal de exasperação que as adolescentes dominam tão bem. Eu sempre lhe dei uma foto minha, de qualquer forma. Eu era tão boba na época, com meus óculos pretos e meu cabelo bufante. Uma vez, examinei a carteira dela e notei que minha foto e uma da sua mãe, com o irmão e a irmã, eram tudo que ela tinha. As demais repartições plásticas estavam cheias de bilhetes e recibos. Então eu entendi as desculpas que ela inventava. Depois disso, visitei o trailer dela.

Agora, sua casa, perfeitamente decorada em tons neutros com apenas plantas e almofadas dando toques de cor, proclama sua transição. Por dentro, é inescrupulosamente arrumada e impecável. Fora, há um jardim de flores em vasos, árvores podadas e um campo de grama macia e uniforme. Tão diferente do trailer bagunçado de dois quartos, estacionado num pátio de cascalho e apertado demais para as quatro pessoas. Depois de obter seu diploma de enfermagem, ela ajudou o marido, Dan, a se formar na faculdade de Direito. Sua filha agora é professora e o filho está na faculdade de Medicina. Ambos são casados. A filha tem um menino e a esposa de seu filho está grávida. Uma família de comercial de margarina numa casa de comercial de margarina. Segura. Próspera. Feliz.

Ela se esforça para manter essa imagem intacta. Mas existe um outro lado. Eu sei disso, em parte, porque estava presente, por acaso, quando tudo começou. E, em parte, porque a conheço desde sempre. Juliet e Dan e eu e Stephen estávamos num festival de blues e jazz. Isso foi há muito tempo. Antes que as coisas ficassem estranhas e ruins com Stephen. Quando todos acreditávamos em monogamia, fidelidade, lealdade e que o amor podia vencer tudo. Juliet e eu tínhamos deixado nossos maridos com suas cadeiras e cervejas para tentar nos aproximar de Al Green. Estávamos esmagadas num grupo com outras pessoas, gritando para ele, mas tão perto que, quando ele estendeu a mão para baixo, Juliet esticou o braço e o tocou. Seus olhos se encontraram.

Ela agitou o braço no ar e remexeu os quadris ao som da música. Os olhos dele varreram seu corpo de cima a baixo e se detiveram um momento em seus lábios cheios e nos cabelos crespos. Ele rompeu o contato visual e examinou o público. Uma multidão de gente dançando, pulsando sob o sol forte. A multidão gritava sobre o som estridente dos megafones.

Juliet e eu nos balançávamos na frente do palco, de braços erguidos, cantando junto com ele.

E, então, terminou. Era seu último bis.

— Meu Deus, preciso fazer xixi — sussurrou Juliet e caminhamos até o banheiro químico e entramos na fila. Juliet parou de falar e ficou olhando para uma mulher que estava saindo. Ela era atraente, uns dez anos mais velha do que nós, e vestia calça cáqui, Dockers, uma camisa estampada e um lencinho no pescoço. Quando viu Juliet, veio em sua direção e comentou sobre o clima perfeito para o show, enquanto no ano anterior havia chovido o tempo todo.

— Preciso voltar para o Tom. Te vejo na próxima festa do hospital. — Seus lábios estavam recém-pintados de vermelho brilhante.

— Está bem — Juliet tinha murmurado, o rosto vermelho, os braços caídos ao lado do corpo. Ela era de novo a colegial reclamando de seu cabelo crespo demais e inventando desculpas por não ter fotos.

— Quem era aquela?

— Nem queira saber.

MAIS TARDE, NAQUELA SEMANA, fomos caminhar no Gallup Park. Tara estava na creche e eu tinha me dado uma folga dos estudos para passar uma tarde com a minha amiga mais antiga. Passamos pelo lugar em que havia sido o festival, agora sem pessoas, mantas, cadeiras, barracas de comida indiana, italiana, de sanduíches, cerveja, vinho e refrigerante. Em vez da voz de Al Green havia apenas o silêncio, interrompido por um ocasional pato grasnando.

— Quem era aquela mulher?

Ela imediatamente soube de quem eu estava perguntando. — Ah, meu Deus. — Ela apertou os olhos e engoliu em seco. — Ela é a esposa de um dos médicos com quem eu trabalho.

— E você o detesta?

Ela soltou uma bufada e, então, apressou o passo, os cabelos balançando sobre os ombros. — Ao contrário. Somos bons amigos.

— Você tem uma queda por ele?

— Pode-se dizer que sim. — Ela continuou andando, suas pernas compridas atravessando o ar de verão, os seios voluptuosos balançando com suas passadas. Eu tive de correr para acompanhá-la.

— Ei. Vá mais devagar.

Ela diminuiu o ritmo. — Ok. — Caminhamos juntas até passarmos por um banco e virarmos uma curva. — Ah, meu Deus.

— O que foi?

— Merda. Eu ainda não contei isso nem a mim mesma. — Ela se virou para mim. — Prometa. Para ninguém. Nunca.

Nós paramos e nos encaramos. — Juliet. Nós guardamos os segredos uma da outra há anos.

Ela assentiu. — Eu... nós nos apaixonamos, acho.

— Você está tendo um caso?

— Bem, não. Não estamos fazendo nada a não ser trocar olhares sensuais e conversar no consultório dele depois do trabalho. E, uma tarde, nós escapulimos e fomos até Hudson Mills e caminhamos pelo parque e paramos para comer batatas no Wendy's no caminho de volta para casa. E conversamos sobre o que sentimos um pelo outro. Nossas obrigações com nossa família. Portanto, nada está acontecendo.

— Ah. — Inspirei fundo.

— Decidimos ignorar um ao outro e conseguimos fazer isso durante alguns dias, mas então ele me dá um daqueles olhares, aqueles do tipo eu-te-quero-tô-com-saudade e eu fico toda arrepiada. E daí ele deixa uma mensagem no meu pager: "Estou com saudade." E algumas horas depois, ele me chama no consultório dele. E eu não consigo parar de pensar nele e relembro cada conversa mil vezes.

— Como mariposas em volta de uma chama.

— Não queremos isso. É tão errado. Adultério. — Ela estremece. — Tão errado. Me sinto mal comigo mesma. Me sinto mal com a simples ideia. As mentiras. Os segredos. — Suas mãos seguram os cotovelos de encontro ao peito conforme ela caminha.

— Todas nós já tivemos sentimentos por outros homens.

— Mas estes parecem... não sei... arrebatadores. Irresistíveis. Eu não quero desestabilizar a vida dos meus filhos. E não quero magoar Dan. Mas nós nos beijamos uma vez e os lábios dele ficaram contra os meus, o suave sabor mentolado de sua boca, a textura de sua língua, juro que pude senti-lo por horas e naquela noite tive um sonho incrível.

— E Dan?

— Ele apenas pergunta por que eu me levanto tão cedo. Não consigo dormir. Acordo às quatro, ansiosa por sair. Digo a ele alguma coisa sobre ter muito a fazer e limpar a casa, lavar a roupa, preparar o lanche das crianças. Isso tudo.

— E quanto ao seu sentimento por Dan? Você e o Dan?

Ela baixou os olhos, examinou os pés de unhas vermelhas nas sandálias de dedo. Eu me virei para ela, mas seus olhos estavam fechados. Ela havia trocado o perfume Jean Naté por Charlie.

— Nada. Não há mais atração. — Ela deu de ombros. — Talvez não se possa esperar que o sexo seja ótimo depois de quinze anos. É orientado para o produto. Só tem a ver com o orgasmo. Não com nossos sentimentos um pelo outro. Nem mesmo com sexo por diversão. Simplesmente se apresse e goze logo para que possamos dormir e levantar e dar conta do dia seguinte.

— Talvez vocês devessem tirar umas férias. Só vocês dois. — Atravessamos a ponte de madeira. Um casal de cisnes flutuava lado a lado, descendo o rio.

— Lembra? Paris na última primavera?

— Eu achei que vocês tivessem se divertido!

— Eu adorei a viagem. Os museus e as igrejas. Caminhar pelo Quartier Latin e ficar sentada nos cafés. Nada de se divertir fazendo amor. Ou sequer conversando. Foi a mesma coisa que aqui. Montes de coisas para fazer.

Eu não sabia o que dizer a ela. Mas se pudesse voltar àquele dia, não sei o que diria de diferente. Ela não podia, ou não queria, melhorar as coisas com Dan. Talvez ela já o tivesse diminuído, em sua mente. Essa inversão na forma pela qual se percebe um homem, fazendo-o parecer menos, como um copo semivazio. É uma cara da moeda que torna impossível ver a pessoa sob a lente positivista da esperança.

— Ele simplesmente não é excitante. Ele nem sequer me enxerga mais.

Uma onda de arrepio percorreu meu braço. — O que aconteceu com vocês dois? — A pergunta advém do meu desejo de amor permanente e de uma família intacta. É como se eu já soubesse que Stephen e eu estávamos condenados, embora eu não tivesse como saber.

Mas ela não responde e caminhamos em silêncio. — Você tem razão. Vou realmente tentar consertar as coisas com Dan. Comprar umas lingeries sensuais. Perfume novo. Fazer um boquete de uma hora nele e ver se isso acende as coisas.

Só piorou ainda mais. Suas tentativas não foram retribuídas em espécie. Ele apenas rolou para o lado, exausto, e dormiu, interpretando sua atenção como algo comum. E a explosão aconteceu com Tom, o médico.

— Ele me entende. Ele me conhece. Quer dizer, ele também vem de uma... bem, de uma família pobre. Seu pai era alcoólatra e ele só fez faculdade por causa de uma bolsa de estudos por jogar futebol. Seu pai achava que faculdade era uma enorme perda de tempo. — Ela piscou os olhos, fechando-os, e balançou a cabeça. — Como minha mãe. "Arrume um emprego." — A voz de Juliet imita o tom estridente da mãe. — "O que você vai fazer com um diploma de faculdade? Só vai andar por aí de nariz empinado se achando melhor do que a gente."

Estávamos tomando café na feira de frutas e verduras.

— Olha o que ele me deu. — Ela passou o dedo indicador por uma corrente de ouro em volta do pescoço. — Quando uso isto, me lembro dele. — Seus olhos cintilavam.

Dois anos mais tarde, depois de encontros à tarde em motéis da periferia das cidades de Ann Arbor, tardes de agarramentos no cinema e encontros fortuitos no hospital, ele alugou um apartamento. Eles o mobiliaram juntos. Ela descreveu a cama que eles compraram e a colcha florida em estilo Monet. Um sofazinho e uma tevê. Compraram até mesmo panelas e tigelas, pratos e talheres.

— Vocês compraram utensílios de cozinha? Isso não era o que eu havia imaginado.

— Às vezes cozinhamos um para o outro. Mas, na maior parte do tempo, simplesmente nos encontramos algumas tardes por semana. — Ela ruborizou. — Dan nunca me ajudou a escolher nada. Ele dizia que eu podia fazer do jeito que quisesse. Mas, Marnie, é tão divertido fazer isso junto com alguém. — Ela sorriu.

Isso foi há doze anos. E o caso amoroso se tornou parte da sua rotina.

Ano passado, fizemos outra de nossas caminhadas. Mais uma vez no Gallup Park no final do inverno, começo da primavera, e percorremos a floresta e os caminhos em meio à natureza, listrados por trilhas de esquis de cross-country. — Não mentimos mais para nós mesmos nem para o outro. Eu e o Tom. Se fôssemos morar juntos, já o teríamos feito. Nossos filhos estão crescidos; já não podem mais servir como desculpa. A esposa do Tom sobreviveu ao Alzheimer da mãe e à morte dos pais. Eu sobrevivi ao meu câncer de mama com a ajuda do Tom.

Tom a visitara depois da mastectomia e esteve ao lado dela durante a quimio e a radioterapia. Quando fui visitá-la, ele estava lá.

Quando ela disse o nome de Tom, seu dedo foi até a corrente de ouro e deslizou por ela, como se lembrando de que ele estaria sempre com ela. — E Dan sobreviveu à cirurgia de ponte de safena. Tom também ajudou nisso, nos bastidores, mas ajudou mesmo assim. Tom e eu temos as mesmas discussões ridículas, sempre repetidas, nunca são resolvidas de verdade, como qualquer casal. Assim como eu e Dan. Às vezes nem mesmo fazemos amor; apenas dormimos nos braços um do outro.

— Por que vocês continuam?

— Porque nos conectamos. Estamos ambos um *com* o outro. E é a minha... — Ela dá de ombros, esforçando-se para encontrar a palavra certa. — Vida? Estou ligada a ele da mesma forma que estou ligada a Dan. Cada um em sua caixinha. Nenhum dos dois realmente me vivenciando. E eu achei que com Tom seria diferente. Lembra? Mas a nenhum dos dois eu dou tudo de mim. — E, então, ela se volta para mim e suas pupilas estão dilatadas. — Acho que você é a única que tem uma ideia do todo.

Intimidade, penso. Nós todos lutamos tanto para sermos autênticos com alguém. Talvez Juliet não pudesse abandonar o estacionamento de trailers e tivesse que manter um pouco da baixeza para conhecer a si mesma. E como eu a conheci no passado, e fui visitá-la naquele espaço apertado, ela podia me contar também sobre seu caso amoroso. Ou talvez seja uma válvula de escape contra o ideal de perfeição da classe média.

Charlene grita: — Ei, estamos esperando.

Levo as tigelas de torrada de pão pita, de pasta de espinafre e de siri e me sento. Juliet está em pé. Ela sorri.

— Ok. Esta é uma antiga receita de família. Minha avó era da Pensilvânia e costumava fazer estes biscoitos para que meu avô os mergulhasse no café. Quando eu era criança, meu avô preparava um pouco para mim... praticamente só leite morno, com uma ou duas gotas de café, para que eu pudesse acompanhá-lo. Minha avó sempre fazia esses biscoitos antes do Natal e, quando eu ia visitá-los, na manhã do dia vinte e cinco, meu avô e eu comíamos nossos biscoitos juntos. — Juliet se cala. Seus olhos estão brilhantes de umidade. — Nossos Natais não eram muito fartos. Roupas. Talvez um ou dois brinquedos. E os biscoitos. E a cerimônia de mergulhá-los no café era a única coisa que eu realmente compartilhava com meu avô. É absolutamente minha única lembrança dele. — Seus braços estão cruzados e sua voz é estável. — Toda vez que faço estes biscoitos, mergulho o primeiro deles no café e penso na cozinha da minha avó, com o piso de linóleo desgastado onde ela ficava, e o saleiro e o pimenteiro de gatinho, em cima da mesa na salinha de jantar. O cheiro do meu avô misturado ao do café e dos biscoitos. E, é claro, o sabor do biscoito. Não sei se é a lembrança ou se eles realmente são tão deliciosos assim. Vocês é que vão me dizer.

Ela se cala novamente. Em geral, isso é o suficiente para uma história sobre a origem de um biscoito, mas Juliet umedece os lábios. Ela pisca os olhos e vira de costas para nós e, então, se vira novamente como se anunciando que vamos conhecer uma Juliet diferente. — Agora. — Sua voz é mais baixa e contém um sussurro rouco. Ela toma um gole do vinho e levanta um dedo. — Uma biscoiteira precisa conhecer seu próprio biscoito. E os meus biscoitos contêm nozes. Assegure-se de utilizar a quantia exata. — Ela levanta as sobrancelhas. — E sejam gentis com as nozes. — Sua voz rouca nos diz que estamos em outro nível e que a conversa não é sobre nozes que dão em árvores. — Sejam gentis porque as nozes se machucam com facilidade. Neste caso, eu balanço a faca ao picar. Balance-a suavemente para que as nozes se dividam e não sejam esmigalhadas. — Ela desliza a mão, os dedos apertados, para a frente e para trás e move os quadris junto com o movimento.

— Asse-as aos poucos. Justo... — ela faz uma pausa e suspira — na temperatura correta. — Vira a cabeça para o lado e olha pelo canto dos olhos. — Certifique-se de que elas não esquentem demais antes que você esteja pronta para usá-las. — Ela balança a cabeça devagar e sussurra: — Vocês, definitivamente, não as querem quentes demais.

Jeannie ri alto.

Os olhos de Laurie estão fixos em Juliet.

Juliet faz uma pausa e diz: — Daí você mexe a massa. Eu mexo com as mãos. Tenho de confessar. — Ela abre os lábios e, lentamente, os umedece. — Depois que eu mexo, lambo a massa dos dedos. — Mostrando a língua, ela coloca a ponta na base do dedo indicador, deslizando-o lentamente, muito lentamente, pela língua. Quando chega à ponta do dedo, ela a coloca dentro da boca e o suga. — Hummmm. Vocês precisam garantir que esteja delicioso. Do gosto certo antes do próximo passo. Então. — Ela coloca as mãos nos quadris e se inclina. — Vocês têm de fazer os rolos. Primeiro, dividam a massa em partes. — Ela junta massa invisível entre as palmas e a apalpa na nossa direção. — Os rolos devem ter pelo menos quinze centímetros de comprimento. — Suas mãos se separam cerca de quinze centímetros. — Pelo menos quinze. Às vezes, maior é melhor. Às vezes, não. Depende do que *você* quer.

— Eu quero vinte centímetros — grita Taylor.

— Maior é sempre melhor. Vou querer vinte e cinco — diz Rosie.

— Então você vai usar tudo num rolo só. — Juliet se vira para ela. — Você pode fazer assim. Mas eu quero quatro ou cinco.

— Quatro ou cinco? — Taylor solta um gritinho. — Pai do céu! Eu só aguento um.

— Mas vocês têm que fazê-lo com cinco centímetros de largura. — Ela abre o polegar e o indicador aproximadamente cinco centímetros e os move para a frente e para trás pelas laterais do rolo invisível. Faz isso algumas vezes.

— E não se esqueçam de ser gentis com as nozes. — Mas neste ponto já estamos rindo tanto que mal escutamos os comentários umas das outras.

— Mal posso esperar para experimentar essas nozes.

— Pode ficar com as nozes. Eu quero a massa. Esse rolo de quinze centímetros. — Allie ri.

Juliet enfia a mão na sacola grande de compras e tira os pacotes feitos com papel escarlate brilhante e amarrados com uma profusão de fitas iridescentes cor-de-rosa.

Os pacotes de biscoito são repassados pelo círculo.

Charlene está sentada ao meu lado. Ela coloca o pacote em sua sacola e se reclina para observar a bagunça.

Allie prossegue. — Vocês já pararam para pensar no que fazemos aqui? Quero dizer, no simbolismo freudiano da coisa? Freud disse que o que toda mulher quer de presente é um falo. Mas nós fazemos coisas gostosas umas para as outras, fazemos um pacote bonito, bem bonito, geralmente em algum tom de vermelho, e nos presenteamos. Eu sempre soube que ele estava errado.

Procuro por Sissy, me perguntando como ela estará indo, o que estará achando dessa conversa obscena, mas ela está sorrindo e conversando com Allie.

Laurie abre o pacote e apanha a receita. — Depois disso é preciso colocar no congelador. Bem frio. Bem, acho que é isso que estou fazendo desde que a Olivia chegou.

— Estes biscoitos estão deliciosos. Não era apenas a sua lembrança de infância. São fabulosos, mesmo sem café.

Os pacotes escarlate são distribuídos e coloco um na sacola para Vera e outro para Tracy. Nós todas abrimos ansiosamente os pacotes e provamos um biscoito, exclamando que são maravilhosos.

— Elegantes e perfeitos — diz Laurie. — Como você.

— Elegante? Você acha que sou elegante? — pergunta Juliet.

— Não apenas elegante. Eu não sabia que você tinha tantos talentos. Você deveria ter um programa de televisão. Um misto da chef Rachel Ray com a sexóloga Dra. Ruth. Receitas e conselhos sexuais.

O grupo todo ri.

Juliet se levanta e vai até a cozinha. Vejo de relance suas costas, a cabeça baixa, um ombro caído e a sigo.

— O que foi?

— Não sei. É só que... bem, de certa forma fazer esses biscoitos e pensar no meu avô e no Dan e no Tom e, sei lá o que acontece com este ano, mas está pesado. — Suas palavras jorram em sussurros rápidos. — Está tudo tão difícil de aguentar — ela diz novamente e seus ombros se encurvam. — Sinto saudade dele. — Ela molha os lábios. — Mas não é dele. É do pai que eu nunca tive, e do Dan com quem eu achei que estava me casando, e do Tom com quem achei que pudesse me casar. E, enquanto isso, sou só eu e meus filhos e minha vida subdividida. E você. — Ela fecha os olhos. — Sempre você. E a minha mãe, é claro, na casa de repouso. Ainda gritando comigo. — Enquanto fala, desliza a corrente de ouro entre os dedos.

— Quem poderia saber, quando estávamos naquele show, que você estaria onde está agora, que Tara estaria grávida e Sky estaria passando pelo que ela está passando?

Olho para o meu relógio. Eu pensava que ela já teria ligado a esta hora.

— É verdade! — Juliet dá um tapa na testa. — Só estou pensando em mim mesma. Sky receberá os resultados do exame hoje. Coisas demais acontecendo.

— Esta noite você foi o máximo. Jogou melhor do que nunca.

— Talvez seja tudo isso mesmo. Apenas um jogo.

E, então, Rosie entra. — Jogo? Que jogo?

Juliet e eu lançamos um olhar uma para a outra e Rosie diz:

— Ah, eu interrompi a conversa.

— Precisamos voltar, de qualquer jeito. Quem é a próxima?

— Jeannie. — E, então, Rosie sai.

Penso na ironia de Jeannie ser a próxima e me lembro da risada áspera que Juliet e Jeannie sempre compartilham. Ambas estão envolvidas em triângulos amorosos e nenhuma das duas sabe sobre a situação da outra. Pelo menos não acho que Jeannie tenha contado a Juliet. E não posso imaginar Juliet contando a Jeannie sobre Tom. Me viro para Juliet: — Vamos jantar esta semana, ou almoçar? Só nós. Talvez no Roadhouse?

— É claro. — E Juliet me abraça. — Eu te amo — ela diz.

— Eu também.

— Eu me senti péssima quando Stephen estava te traindo. Fiquei preocupada que você fosse deixar de ser minha amiga.

— Quê? Deixar de ser sua amiga?

— Que você começasse a se sentir, sei lá, mal, estranha, já que eu estava fazendo com alguém a mesma coisa que Stephen estava fazendo com você.

— Não parecia a mesma coisa. Você não estava fazendo comigo. E Stephen estava comendo o mundo inteiro. Talvez isso seja egoísta ou egocêntrico, mas assim são as coisas. E isso foi há tanto tempo.

— Marnie — Allie nos chama. — Juliet.

— E aqui estamos nós. Aqui, ainda, estamos nós. — Apanho uma garrafa de vinho e cantarolo um pouco ao voltar para a festa. — Achei que precisávamos de mais suprimentos.

— Parece uma boa ideia.

E o espírito festivo me preenche novamente.

NOZES

Confesso que tenho um fraco por todos os tipos de nozes e frutos secos. São meus petiscos favoritos e, desde a descoberta de seus benefícios para a saúde, ficou fácil racionalizar seu consumo. Fácil até demais! Biscoitos cheios de nozes estão certamente entre os meus favoritos.

Porém, por mais que eu adore comer nozes, devo admitir que acho as nozes pretas um pouco suspeitas. Podendo chegar aos 40 metros de altura e se espalhar por mais de vinte, a nogueira-preta americana é frequentemente considerada a árvore nacional dos Estados Unidos. Tenho várias plantadas no meu quintal e são árvores frondosas e que dão sombra, mas é difícil, geralmente impossível, cultivar certas plantas perto delas. Antes de comprar qualquer planta, pesquiso para saber se conseguirá sobreviver. Árvore-de-judas e coração-sangrento florescem; lilás e peônia morrem. As nozes mancham as mãos, podem ser usadas como tintura, e a madeira da árvore é bastante valiosa. A noz é menor e tem uma casca mais dura do que a noz comum, que se desenvolveu de forma silvestre ao longo de uma área extensa, do sudeste da Europa, cruzando a Ásia até quase a China. As nozes silvestres vêm sendo colhidas e consumidas desde os tempos pré-históricos. A prática de prensá-las para obter óleo já era mencionada na Grécia Antiga. Os romanos aceitavam pagar preços altos por nozes de boa qualidade e tinham a tradição de jogar nozes nos casamentos. Os primeiros colonizadores da Nova Inglaterra trouxeram a noz comum para cá a despeito de já existirem várias espécies nativas boas. As nozes são uma excelente fonte de proteína vegetal e também de Ômega-3. Também ajudam a diminuir o nível de colesterol LDL (o colesterol ruim) e da proteína C-reativa (CRP), que é um marcador de risco de doenças cardíacas.

As pecãs, assim batizadas pelos índios algonquinos, são as mais importantes das espécies nativas da América do Norte, e vêm de uma árvore aparentada à nogueira comum. Tanto as pecãs quanto os mirtilos são nativos da América do Norte e foram alimentos importantes para os índios americanos. A árvore decídua vive e dá frutos por até trezentos anos, chegando a atingir 40 metros de altura e espalhando-se por mais de vinte. Algumas árvores silvestres continuam produzindo nozes mesmo depois de velhas, mas a maior parte vem das árvores plantadas ou cultivadas. Antoine, um escravo afro-americano da Louisiana, propagou as pecãs através de enxertos de pecãs silvestres superiores a galhos de mudas de pecã. Seu clone ganhou um prêmio na Exposição do Centenário da Filadélfia em 1876 e sua árvore estimulou a indústria de cultivo da pecã. As nozes-pecã são uma excelente fonte de proteína e gordura insaturada e diminuem os níveis de colesterol.

Os amendoins sempre integraram os lanches de Sky e Tara, na forma de manteiga de amendoim, junto com geleia de morango feita em casa. Os amendoins não pertencem à família das nozes, mas são um tipo de feijão ou ervilha, que enterram os caules de suas flores no chão depois de polinizadas para que as vagens e sementes se desenvolvam de forma subterrânea. Cultivado pela primeira vez durante o período pré-incaico e provavelmente adaptado ao consumo doméstico na Argentina ou na Bolívia, é uma das plantas mais importantes do Novo Mundo. O cultivo na América do Norte foi popularizado por afro-americanos, que trouxeram a palavra *nguba* originária do idioma Kikongo, que se tornou *goober*, que é um termo popular para se referir ao amendoim. Os amendoins se espalharam rapidamente, levados à África pelos portugueses. Hoje em dia, são amplamente consumidos em forma de manteiga de amendoim, no molho tailandês, como petiscos e na comida chinesa. Adoro de todos os jeitos. São um produto agrícola vital para a nutrição, já que são 30 por cento proteína e contêm elementos benéficos à saúde, como niacina, antioxidantes e a coenzima Q10. Infelizmente, muitas pessoas são alérgicas aos amendoins e apresentam reações tão graves que até mesmo o aroma pode desencadear incidentes arriscados. Li que as causas do grande número de alergias a amendoim nos Estados Unidos se devem ao nosso hábito de torrar o fruto, usar óleo de amendoim em produtos para a pele e ao consumo de produtos derivados da soja.

A maioria de nós aprendeu na escola sobre George Washington Carver e sua descoberta das trezentas utilidades do amendoim, mas o cultivo do fruto se espalhou com o aumento da necessidade de óleo, devido à escassez de outras fontes vegetais durante a Primeira Guerra Mundial. O Congresso dos Estados Unidos definiu o amendoim como um de nossos cultivos agrícolas básicos.

5

Laurie

Biscoitos Eremitas

1 xícara cheia de açúcar mascavo
1/4 de xícara de margarina amolecida
1/4 de xícara de gordura vegetal
1/4 de xícara de café frio
1 ovo
1/2 colher de chá de bicarbonato de sódio
1/2 colher de chá de sal
1/2 colher de chá de canela em pó
1/2 colher de chá de noz-moscada em pó
1 3/4 de xícara de farinha de trigo comum
1 1/4 de xícara de uvas-passas ou de outra fruta seca
3/4 de xícara de nozes picadas

Preaqueça o forno a 190ºC. Bata o açúcar mascavo, a margarina e a gordura vegetal até obter um creme. Acrescente o café, o ovo, o bicarbonato de sódio, o sal, a canela e a noz-moscada. Adicione os demais ingredientes e misture bem. Coloque colheradas redondas de massa num tabuleiro sem untar, deixando cerca de 5cm entre uma e outra. Leve para assar até que quase não faça marcas ao tocar a superfície do biscoito, de 8 a 10 minutos. Remova imediatamente do tabuleiro. Rende aproximadamente 4 dúzias de biscoitos.

— BOM, EU QUERO SER A PRÓXIMA — anuncia Laurie.

— Mas teoricamente é a vez da Jeannie — diz Juliet. — Ei, biscoiteira-chefe, podemos fazer deste jeito, em vez de ir em círculo?

Elas adoram me atormentar com as regras.

— Hum. Vamos violar as regras? Não se podem violar regras — Rosie provoca enquanto serve vinho nas taças vazias e se coloca de pé, com a mão na cintura.

Está vendo? As regras dão origem a mais brincadeiras.

Mas, então, Rosie pergunta quem quer mais vinho e seus olhos se encontram com os de Jeannie, que balança a cabeça num "não" seco e mantém o rosto virado para o outro lado. Rosie não percebe. Ela não aceita responsabilidade e Jeannie acha mais fácil culpar a ela que a seu pai.

— Eu vou por último, e não estou sentada ao lado de Rosie — Taylor nos lembra.

— Olivia pode precisar de mim e, bem, pode ser que Brian ligue. — Laurie bate em seu quadril, indicando o celular.

Não consigo evitar tocar o meu. Ainda silencioso. Ainda nenhuma ligação de Sky.

— E eu quero muito dar os biscoitos de todo mundo. — A túnica cor de vinho que Laurie usa ressalta as mechas avermelhadas em seu cabelo. Ela usou a mesma túnica ano passado.

— Brian ficará bem. Você só está com saudade da sua bebê — diz Allie, não com desdém, mas com suavidade.

— Eu adoro tanto esta festa. Adoro vocês e Ann Arbor — diz Laurie. O toque de nostalgia em sua voz me surpreende. Nossos olhares se encontram. — Não quero perder nem um minuto. Este é o começo do excitante período de festas. — Seu sorriso transmite seu entusiasmo.

— Claro. Você é a próxima. — Faço um sinal com a cabeça para Laurie.

Laurie vai até meu escritório e volta com suas sacolas. Disney a segue, o rabo girando em círculo e os olhos brilhantes.

Laurie é minha cabeleireira. Vera começou a usar um corte de cabelo particularmente sexy e ousado há uns dez anos e me contou que Laurie o havia cortado. Venho cortando o cabelo com ela desde então. Naquele ponto, ela só estava trabalhando para pagar a faculdade, mas nunca mais parou de cortar cabelos. Laurie me ajudou na transição do meu cabelo de louro para o que está cada vez mais se transformando em branco-acinzentado. — Realçará o azul dos seus olhos. E te dará mais vitalidade.

— Tem certeza que não vai me fazer parecer mais velha?

— Não. Talvez mais exuberante.

Lentamente, fomos clareando a cor que eu usava. Gradualmente, ela aumentou a quantidade de mechas brancas. Agora está completamente branco. Durante um daqueles anos, quando eu ainda era praticamente loura, levei para ela algumas dúzias dos nossos biscoitos. Brian os adorou e ela também gostava de fazer biscoitos. Eu sabia que Jackie iria se mudar, então Laurie entrou para o grupo.

Neste ano, depois de adotar Olivia, ela diminuiu sua clientela para abrir espaço para sua própria licença-maternidade, passando a trabalhar três tardes por semana em vez de cinco. Seu marido é corretor imobiliário. O orçamento deles diminuiu, mas Laurie nunca comenta nada. Ela não se encontra conosco para fazer compras nem para jantar fora, mas isso poderia ser por causa de Olivia.

— Traga-a com você — eu digo. — Nós adoraríamos vê-la.

Faz-se silêncio no telefone e, então, ela diz: — Bem, melhor não.

— Nós só vamos tomar uns aperitivos no Zingerman's. — Tento encorajá-la, mas ela recusa mesmo assim.

Enquanto ela se agita para lá e para cá apanhando suas sacolas e as demais mulheres voltam a papear com as vizinhas, penso em todos os anos em que tive de ouvir sobre a baixa contagem de espermatozoides de Brian. As injeções, os tratamentos, até mesmo a operação que eles tentaram. Mas nada funcionou.

— Talvez um milagre. Só precisa de um. — O cabelo dela era repicado, então, e louro.

Mas o nadador rápido e perseverante de que eles precisavam nunca chegou lá, então eles decidiram adotar. Eu conto isso em uma frase, mas levou dez anos para eles chegarem a essa decisão. Uma década de expectativas, lágrimas, perdas e dezenas de milhares de dólares. Então, mais alguns anos para perceber que a espera nos Estados Unidos era de cinco anos, enquanto a espera na China era menor. Uma semana antes de partir para a China, Laurie me mostrou uma foto de um bebê com bochechas gordas e cabelo espetado em todas as direções.

— Eu já a amo — disse Laurie, tocando a foto enquanto seus olhos se enchiam com esperança, mas também tristeza, pelo fato de não dar à luz sua própria filha. Ela tamborilou o dedo na foto de forma hesitante. Fechou os olhos e sussurrou: — Espero que isso dê certo.

Sky e eu já havíamos superado, com sacrifício, a morte do bebê dela. Me perguntei se algum dia Sky iria estar no lugar em que Laurie estava naquele momento. Será que eu iria ficar ansiosa por um neto que não tivesse nascido da minha filha?

— Quer dizer, ter filhos já é difícil quando você tem noção de onde eles vêm. De você. Do seu homem. Ainda assim é assustador. Mas isto, bem... — Suas palavras se desvaneceram conforme ela baixou a cabeça.

— É um salto rumo ao desconhecido.

O amor nasce dos laços, não da biologia. Mas acho que a conexão biológica facilita uma compreensão mais imediata do temperamento e da personalidade. Preferências, interesses, até mesmo inclinações por cores, comidas e hobbies são, em parte, determinados pelos genes. De fato, algumas características que supostamente se aprendem durante a formação da personalidade são influenciadas pela biologia.

Tome como exemplo a habilidade de se maravilhar com algo. Maravilhar-se. Quem teria imaginado que isso fosse biológico? Quem teria imaginado que um quadro, um pôr do sol ou uma música bonita não fossem capazes de arrebatar todo mundo? No entanto, trinta e cinco por cento das pessoas nunca experimentaram essa emoção. Foi Allie quem me contou isso. Ela leu em um livro sobre as bases biológicas da personalidade. E ficou tão espantada com essa informação quanto eu. Enquanto eu me maravilhava olhando para os olhos infinitos de Olivia, ponderei sobre essas questões, ponderei sobre mim e Laurie e Olivia, e sobre Sky e eu. Preparando-me para qualquer futuro que eu tivesse à frente. Preparando-me mentalmente para apoiar Sky na adoção de um bebê, se as notícias sobre esta gravidez não fossem boas.

— Sim. Assustador, às vezes. Espero que eu consiga amá-la o suficiente.

— Essa ligação, esse fluxo de amor maternal vem do cuidado. — Isso eu sabia. Veja o quanto eu amei Luke. — Você está preparada.

Ambas fitamos os olhos de Olivia. — É sempre excitante e assustador ao mesmo tempo. — Eu queria que ela entendesse que ela era como qualquer outra mãe. Uma forma diferente de começar, mas para todos os efeitos, o amor e o medo são iguais.

Talvez eu só estivesse contando a nós duas uma história da carochinha.

— Não seria maravilhoso, simplesmente maravilhoso, se pudéssemos ligar e desligar a fecundação quando quiséssemos? Pense só na tristeza que poderíamos evitar.

Estávamos tão próximas que eu podia sentir o cheiro de limão de seu perfume.

Ela soltou um suspiro exasperado de ironia.

— Não há forma de fazer seguro de um filho, seja ele natural ou adotivo. É um lance de sorte. — Penso em Tara e nos anos em que havia tensão entre nós. — Você e Olivia estão partindo numa grande aventura — eu disse. — Uma aventura além das fronteiras tradicionais. — Segurei as mãos dela. — Especial. — E então a abracei. — De um extremo do mundo ao outro. E da China! Quem sabe a que Olivia irá te apresentar?

Agora olho em volta da sala, para todas estas mulheres, tantas que têm sido parte da minha vida há décadas. Família, parentesco, é aquilo que você constrói a partir dos acidentes da vida; diferentes décadas, diferentes biologias, diferentes países, diferentes raças. Isso, com toda certeza. Analiso os traços de Sissy e os imagino mesclados aos meus. Será que o bebê terá aquele sorriso impressionado, o sorriso que Aaron tem? Será que ele herdará seus dentes alinhados? As sobrancelhas finas? Logo verei as feições do acidente de Tara e Aaron, embora cada concepção em si seja uma bênção inesperada.

Se as coisas não derem certo, uma parte de Sky sempre ficará triste por não ter podido dar à luz, não poder ver o amor entre ela e Troy no corpo de um bebê, mas ela ainda assim terá uma família, de alguma forma, uma mais diferente do que se ela houvesse dado à luz. Se este embrião estiver malformado, vou encorajá-la a adotar. Mas eu sei que, quando temos filhos, nossa rede de segurança fica cheia de buracos. Coisas maravilhosas ou horrorosas são sempre possíveis.

Quando Laurie trouxe Olivia para casa, ela me telefonou.

— Você tinha razão. Eu estava preparada. Assim que eles a colocaram no meu colo, em seu cobertorzinho cor-de-rosa, com seus dedinhos minúsculos, eu me apaixonei por ela. Ela olhou para mim e eu era dela. Como se seus olhos houvessem me engolido e me reivindicado como sua mãe.

Agora, Laurie está em pé, uma caixa branca de confeitaria na mão cuja janela de celofane revela o conteúdo. Está amarrada com laços vermelhos e verdes, as pontas dobradas. Laurie é uma das biscoiteiras mais jovens. Ela e Taylor estão com trinta e poucos anos. O resto de nós se estende pelos quarenta e cinquenta. Eu tenho cinquenta e sete. Mal posso acreditar, parece tão adulto. Em alguns anos, terei idade suficiente para me beneficiar da previdência social. Previdência social! Isso parece coisa de velho. Como foi que isso aconteceu? Vera tem quarenta e poucos. Allie tem uns sessenta. Ou quase. Nós abrangemos todas as décadas da vida adulta.

— Este foi um ano muito importante para mim. Bem, vocês sabem, por causa de Olivia. E esta festa é a primeira vez que me separo dela, exceto para ir trabalhar, desde que ela veio. E... — Laurie para e olha para cada uma de nós.

Percebo pela hesitação cheia de nervosismo em sua voz que ela vai fazer um anúncio. Meu coração se acelera e me inclino para a frente.

Ela pressiona os lábios e diz: — Bem, eu amo vocês. — Sua voz vacila. Todas nós sabemos que ela vai fazer uma declaração importante e estamos quietas, nossos movimentos foram interrompidos conforme nos preparamos para o que ela vai dizer.

Ela estala os dedos, inala rapidamente e diz: — Os biscoitos! Voltemos aos biscoitos. Estes aqui são os tradicionais biscoitos de frutas e nozes, chamados "eremitas", mas este ano, bem, venho pensando muito sobre o planeta e numa vida longa e saudável para Olivia... Na saúde de todas nós. — Ela abarca com um gesto o nosso círculo e diz baixinho: — Imagino que isto pareça uma propaganda ecológica sobre o futuro dos nossos filhos, mas eu modifiquei esta receita e a deixei mais saudável. Usei farinha de trigo integral. Adicionei mais nozes; dizem que elas têm muito ômega-3. Usei cerejas secas em vez de uvas-passas ou cidra e abacaxi cristalizados. Mas vocês podem usar qualquer coisa que quiserem. Abusei do açúcar mascavo orgânico. Foi por isso que fiz este biscoito em particular este ano. Venho pensando muito em saúde.

Ela distribui as caixas. Coloco uma na sacola de Vera, uma na sacola da caridade e pego uma para mim.

— Saudável ou não, estão deliciosos. — Charlene experimenta um. — E eu adoro cerejas secas.

Laurie ri. — Bem, pensei em usar mirtilos secos, já que li em algum lugar que mirtilos e nozes são extremamente saudáveis juntos, mas os mirtilos não tinham muita cara de festas natalinas.

— Eu adoro frutas secas e nozes. Não há nada melhor. — Allie dá um sorriso enigmático. — Saudáveis, mas engordativos — ela acrescenta.

— Todos eles são engordativos. — Taylor olha para Allie, e seu olhar se demora.

Disney corre até a porta pouco antes de a campainha tocar. A gola de pele de Vera suaviza seu rosto, que ainda parece recém-maquiado. Ela não se une ao grupo, mas vai de fininho com seus biscoitos até os fundos, sai novamente e volta com uma bandeja de frios, que coloca sobre a mesa; então tira o casaco e se senta. Vera me mostra o polegar levantado e fico sabendo que ela conseguiu fazer a venda. — Parabéns — murmuro para ela.

Ela franze o cenho e toca um dedo em sua bochecha, onde está o meu hematoma.

O corretivo amarelo deve ter saído. Dou de ombros e balbucio em resposta: — Não é nada. O armário da cozinha. — Nem está mais doendo.

Ela está tentando não interromper, mas não dá certo.

— Ei, Vera. Como estão as estradas?

Ela assente com a cabeça para Laurie, ainda em pé, segurando a última caixa de biscoitos.

— Molhadas, mas não escorregadias. Acho que a temperatura está alta demais para congelar de verdade.

— Estávamos sentindo sua falta! — Jeannie diz.

— Bem, aqui estou. Atrasada, mas aqui. — Vera está vestindo uma saia de pelo de camelo com franjas na barra, botas marrons de cano alto e uma blusa colorida que ressalta seu cabelo platinado. Indico sua cadeira. — Aqui estão seus biscoitos.

— Como foi no trabalho?

— Fiz a venda.

Rosie estende a mão para lhe dar um "toca aqui" por cima da mesa de centro.

— E agora posso ouvir a última parte da história de Laurie. — O comentário de Vera faz todos os olhares se voltarem para Laurie, que sorri com gratidão.

— Mal posso esperar para ouvir sobre Olivia — murmura Vera.

— Vocês receberam os biscoitos e ouviram a história. Embora não haja muita história sobre os biscoitos. Nem sei onde consegui a receita original. Talvez em alguma revista. Bem, fiz os biscoitos enquanto Olivia tirava seus cochilos. Vocês sabem: um dia eu fiz a massa, no dia seguinte os assei. Por sorte, é só colocá-los de colherada... não precisa cortar nem enrolar. Deixei-os esfriar sobre a mesa de jantar, Olivia não alcança ali e, finalmente, os coloquei em caixas no terceiro dia. — Ela se inclina e toma um gole de água de sua taça. — Brian ajudou a experimentá-los. — Ela ri.

— Bem. — Laurie se cala. Seus olhos circulam lentamente pela sala. Ela estuda cada uma do círculo, nossas sacolas cheias de caixas de biscoitos. Jeannie começou a cortar e a tingir o cabelo com Laurie quando viu como o meu tinha ficado. A primeira vez que Laurie veio à festa dos biscoitos, ela sabia que Vera e Jeannie também estariam lá.

Mas eu não sabia que ela conhecia Allie. Allie tinha sido sua terapeuta quando ela e Brian descobriram a baixa contagem de espermatozoides. Allie nunca me dissera nada, mas depois da primeira festa dos biscoitos, Laurie mencionou ter se consultado com Allie profissionalmente. Elas tinham analisado até que ponto ser mãe era importante para Laurie, quanto Brian significava para ela e quais eram suas opções. Agora seus olhos se detêm em Allie. Taylor também ainda está olhando para ela, e Allie, o foco da atenção, coloca uma mecha de cabelo atrás da orelha, um gesto que indica desconforto.

Laurie sorri para Allie e seus olhos deslizam até Juliet, que se tornou sua amiga desde que se conheceram na primeira festa do biscoito de Laurie. Quais foram os biscoitos de Laurie, quando ela foi a biscoiteira virgem? Os mesmos de agora, lembrei. E eu sei qual será seu anúncio.

Inspiro profundamente e meus olhos se enchem de lágrimas. Ela está completando o ciclo.

— Bem. — Ela tenta novamente. — Tenho novidades.

— Então, você está grávida — Rosie deixa escapar.

— Não. Olivia é suficiente para mim no momento.

Eu sei o que ela vai dizer. Só não sei para onde ela vai.

— Vocês sabem, bem, todas vocês sabem porque as afetou, de uma forma ou de outra, o quanto a economia está ruim. Mas particularmente para nós, particularmente para os corretores imobiliários. Vendem-se casas, mas os preços são baixos, conseguir financiamento bancário está mais difícil do que nunca e agora muita gente nem sequer tenta vender suas propriedades. Bem, dá para pegar umas execuções de hipoteca, mas geralmente são situações tão tristes que as pessoas expressam sua revolta contra o sistema injusto, e contra sua própria credulidade e falta de sorte, destruindo as casas. Ou simplesmente abandonam a casa e, com ela, parte de sua mobília. Quando você entra no imóvel, vê o amor que essas pessoas tinham por ele, os bancos das janelas forrados com o tecido favorito de um filho, uma escrivaninha com a impressão das mãos da família, cortinas estampadas. Roseirais tomados pelo bolor. E aí fica difícil encontrar compradores. — Quando está apreensiva, Laurie se expressa como uma professora; influência de sua mãe, que foi docente do ensino médio. — Bem... — ela dá de ombros —, nós precisamos do dinheiro agora. E... — ela abaixa o olhar — vocês sabem que diminuí minhas horas de trabalho, em parte por causa de Olivia, mas, sinceramente, porque as pessoas não estão mais indo tanto ao cabeleireiro. Menos reflexos caros. Menos cortes de cabelo a cada seis semanas.

Vera, Jeannie e eu olhamos uma para a outra, como se repreendidas.

Ela percebe nossa expressão e diz: — É como as coisas são, sabe? Bem, faz algum tempo que estamos pensando nisso... e a irmã de Brian mora na Carolina do Norte. Nós não teríamos que enfrentar novamente o inverno. Estaríamos mais perto dos meus pais, já que eles vivem na Flórida. É um dos poucos lugares em que o mercado imobiliário não foi muito atingido. — Ela conta os aspectos positivos apontando nos dedos. — Brian conseguiu fazer contato com outro corretor. E o cunhado dele faz armários, então Brian pode trabalhar com ele até as coisas se encaminharem. E eu posso tirar minha licença. Então suponho... — Laurie engole em seco e transfere o peso para o outro pé — que esta é minha última festa do clube do biscoito.

— O quê? Você não pode nos abandonar! — diz Rosie.

— Aimeudeus. — Os cantos da boca de Vera se viram para baixo.

— Ai, não. — Charlene está arrasada.

— Ah, mas que pena. Que pena — diz Taylor.

— Mas você pode voltar. Como a Lynda — diz Rosie. — Ou ir e vir, como a Alice.

— Eu sei. Pensei em tudo isso. Mas acho que vou iniciar um grupo em Charlotte. Tudo bem? — Ela olha para mim.

— Claro.

— Quando você vai mudar? — pergunta Rosie.

— Nós vamos por etapas. Depois das festas, Brian colocará nossa casa à venda. Se não vender em três meses, vamos alugá-la. Mas ele estará na Carolina do Norte para abrir sua corretora de imóveis; ele já tem licença para operar lá. Eu ficarei aqui, torcendo para que as coisas se resolvam. — Ela cruza os dedos indicador e médio. — Mas, independentemente de qualquer coisa, vou me mudar para lá em junho.

O silêncio recai sobre o grupo.

— Não posso ir e vir como Alice. Não com a Olivia.

Várias de nós concordam.

— Precisamos viver como família. Não todos espalhados.

Avalio as coisas de que Laurie está abrindo mão por seu amor por Brian. A filha adotiva e, agora, essa mudança. Mas quando se faz parte de um casal, as decisões são tomadas em conjunto. Você se sacrifica pela família.

— Se tudo der errado, vamos vender a casa em leilão público. E existe a possibilidade de que a corretora de Brian a compre, para segurá-la até que o mercado melhore.

— Ah, Laurie — diz Jeannie. — Será tão difícil ir embora. E o que nós vamos fazer sem você?

— O que mais vou sentir falta é de vocês. Minhas amigas. Eu sei que não vou encontrar amigas como vocês.

— Não mesmo. Ninguém é como a gente. — Todas rimos.

— Mas você vai encontrar outras.

— Diferentes.

— Mas ninguém como a gente. — Mais risos.

— Já passei por tantas coisas com vocês. — Laurie encontra meu olhar. — Bem. Quer dizer, vocês conhecem minha história inteira. Outras pessoas simplesmente me conhecerão como uma mãe.

— Você vai fazer novas amigas. — Olho para Allie e ela diz: — É, na creche da Olivia e no jardim de infância. Conheci amigas da vida inteira na creche. E nas atividades esportivas das crianças. Acredite, ser mãe é infalível para atrair amigas.

Então, Allie sorri para Laurie e sua voz fica mais baixa:

— Será difícil por um tempo, mas você vai conseguir e se sairá bem. Você sempre consegue. — O tom de voz de Allie transmite a importância da mensagem.

Os olhos de Laurie se enchem de lágrimas. — Bem, eu queria contar para vocês. Não queria deprimir todo mundo hoje, mas essa é, na verdade, a história dos meus biscoitos. Eu pensei no fato de deixar vocês. Deixar Ann Arbor com as luzes no centro da cidade, o esqui cross-country, a Magic Mountain, o Top of the Park e os cafés no verão. Os parques e as galerias de arte. O salão e a minha clientela. E, é claro, isto aqui.

— Por que cargas d'água você não escolheu a Flórida? — pergunta Jeannie. — Meus pais moram lá e eu poderia te visitar quando fosse vê-los.

— Desde que meus pais se mudaram, ficou mais fácil ir embora daqui e nós pensamos na Flórida, mas o mercado imobiliário lá está tão ruim quanto o nosso. Ninguém quer pagar as altíssimas taxas de seguro. — Ela para abruptamente e seus olhos lacrimejam. — Só que vai ser difícil pra caramba abandonar essas lembranças.

— Ei. Você pode levar as lembranças consigo.

— Mas, bem, é como o Top of the Park. Eu sei que é divertido. Espero ansiosamente por ele todos os anos. E a Townie Party. E isto. E não vou ter nada pelo que esperar lá.

Allie assente. — A antecipação faz parte da diversão. Mas você ficará ansiosa por todas as descobertas novas.

— Mesmo agora, já é diferente. Estou sempre pensando: será que esta é a última vez que faço isso ou vejo essa pessoa ou faço compras aqui? Como se eu não quisesse abrir mão de nada, mas eu sei... eu sei que estou a caminho de uma nova aventura. — Ela pressiona os lábios. — E será melhor para nós, para Brian, Olivia e para mim.

— E você poderá criar novas lembranças.

— A Carolina do Norte é um estado excelente. O oceano, as montanhas.

— Não tem neve!

Sissy diz: — Morei no mesmo lugar a minha vida inteira, a um quarteirão de onde nasci. Minha família está toda ali. Não consigo imaginar sair de lá, mesmo que esteja tudo caindo aos pedaços. Você não muda de amigos porque as circunstâncias mudam. — Ela dá de ombros. — Acho que continuo no mesmo lugar para melhorar as coisas.

— Eu também não poderia ir embora, de jeito nenhum — diz Jeannie. — Passei minha vida toda aqui. Sou urbana de cabo a rabo. Não sei se me reconheceria, caso aqui não fosse mais minha casa. — Ela sorri para Sissy.

— Deus! Ela não está indo para o Polo Norte no século XVIII ou coisa parecida. Existem aviões. E carros. E e-mail. E celulares. Você pode visitar — diz Rosie.

— E pode ficar na minha casa — diz Juliet —, temos um quarto sobrando desde que as crianças se mudaram. Você tem que vir para a feira de artes. O que seria da feira de artes sem a gente passeando juntas por lá?

— Bem, não se esqueçam de que não vou embora ainda. Estarei aqui talvez até junho.

— Sua casa é tão, mas tão linda que provavelmente será vendida logo e você se mudará em fevereiro — reclama Rosie, de brincadeira.

— Bem, espero que sim. — Laurie ri.

— Todas nós esperamos. — Levanto minha taça. — A novas aventuras e novas cidades.

— Vamos todas de carro até lá no ano que vem para te atazanar.

— Por favor, façam isso.

— Vamos fazer uma semana do saco cheio só para mulheres.

— Combinado.

— E, não se esqueça: vou abrir uma franquia do seu clube do biscoito lá. Bem... — Laurie arregala os olhos com prazer. — Eu serei a chefe das biscoiteiras.

— Às biscoiteiras do mundo todo — eu digo.

Brindamos com as taças.

CANELA

Minha mãe rendia homenagem à canela fazendo torradas de canela para nós: torradas quentes e amanteigadas, cobertas com canela e açúcar. O calor derretia a manteiga e transformava a mistura de açúcar e canela na guloseima perfeita para as manhãs de inverno. Hoje em dia, polvilho canela no meu café, de manhã. Seu aroma revigorante faz meu dia começar com entusiasmo e concentração. É frequentemente considerado o aroma do Natal, e condimenta grande parte de nossos confeitos, perfumando nossa casa com seu aroma doce e vivo. Eu não conhecia as propriedades terapêuticas dessa especiaria até há pouco tempo. A canela ajuda a prevenir acúmulos indesejáveis de plaquetas sanguíneas e impede a proliferação de bactérias e fungos, inclusive da problemática cândida. Suas propriedades antimicrobianas são tão eficazes que essa especiaria pode ser utilizada como uma alternativa aos conservantes alimentícios tradicionais.

O consumo de canela estimula a capacidade do organismo de utilizar o açúcar do sangue, enquanto a inalação deste condimento impulsiona a atividade cerebral. De forma mais específica, a canela melhora a atenção, a memória de reconhecimento virtual, a memória operacional e a coordenação motora-visual. Portanto, masque chiclete de canela quando tiver que fazer uma prova.

Considerada ao longo dos tempos como algo precioso, a canela tem uma história repleta de monopólios zelosamente protegidos por trás de seu comércio e exploração, incluindo-se a descoberta do Novo Mundo pelos europeus. A canela vem da casca de uma pequena árvore perene, conhecida desde tempos remotos e nativa do Sri Lanka. Importada da China para o Egito há quatro mil anos, era utilizada para embalsamar corpos. Moisés recebeu a ordem de usar a canela como óleo para unção e, no Cântico dos Cânticos, a canela perfuma as roupas do ser amado. Em sinal de remorso, o imperador romano Nero ordenou que se queimasse o suprimento anual de canela, depois de ter assassinado sua esposa.

Até a Idade Média, a fonte da canela era um mistério para o mundo ocidental. Os árabes estabeleceram um monopólio primitivo e conseguiram manter sua origem em segredo durante centenas de anos. Balsas da Indonésia transportavam canela para a África Oriental e os comerciantes árabes traziam a especiaria através de rotas comerciais terrestres até a Alexandria, no Egito, onde era comprada por comerciantes venezianos da Itália, que dominavam o comércio da especiaria na Europa. A ascensão de outros poderes mediterrâneos, como os sultões mamelucos e o Império Otomano, interrompeu o comércio e os europeus se viram forçados a procurar outras rotas para a Ásia.

Dessa forma, Colombo navegou para a Ásia e, no caminho, descobriu o Novo Mundo!

Colombo pensou ter encontrado canela em Cuba em 1492, mas era a canela silvestre das Índias Ocidentais. Apesar disso, sua descoberta foi um fundamento lógico para a ocupação contínua da ilha. Os portugueses encontraram canela silvestre no Ceilão no século XVI, e os holandeses tomaram a ilha em 1636 e começaram a cultivá-la. Após a conquista britânica em 1796, a Companhia das Índias Orientais adquiriu o controle e o manteve até o século XIX. A essa altura, a verdadeira canela já era cultivada em outros lugares e a casca de cássia, a qual é difícil de ser diferenciada da canela quando moída, tornou-se também aceitável pelos consumidores. Finalmente, o comércio da canela viu-se liberado de monopólios e segredos.

6

Alice

Esferas Amanteigadas de Pecã

Metades de pecãs para decorar (não torradas)
1 xícara de farinha de trigo
1/2 colher de chá de sal
1 xícara de manteiga amolecida
3/4 de xícara de açúcar mascavo
1 gema grande
2/3 de xícara de pecãs picadas

Torre as metades de pecã a 180°C por 10 minutos, virando-as a cada 3 minutos. Deixe esfriar e quebre-as em pedaços pequenos.

Preaqueça o forno a 165°C. Peneire a farinha e o sal. Reserve. Bata a manteiga com o açúcar por 3 minutos até obter um creme. Adicione a gema e misture bem.

Com a batedeira em baixa velocidade, acrescente a farinha até misturar completamente. Adicione as pecãs picadas. Leve à geladeira por 1 hora.

Usando um pegador de sorvete de 2,5cm de diâmetro, vá colocando bolinhas de massa num tabuleiro forrado com papel-manteiga, deixando um espaço de 7cm entre elas. Decore com uma metade de pecã.

Asse durante 12 a 14 minutos, virando o tabuleiro na metade do tempo. Deixe esfriar completamente. Rende 3 dúzias.

Meu celular vibra e meu coração dispara. Fujo para a cozinha enquanto tiro o celular do bolso e lá está a foto de Alice, tirada quando estávamos bebendo no pátio do Gratzi, no verão passado, no fim de uma tarde de quarta-feira. O guarda-sol lançava uma sombra que ressaltou o sorriso dela. Meu celular está configurado para mostrar a foto dos meus amigos quando eles ligam.

Não é a Sky. Ainda não.

— Estávamos falando de você. — Ainda não fui visitar Alice, então não tenho uma imagem mental do cenário em que ela está. O marido dela, Larry, encontrou o emprego perfeito em San Diego e, no momento, Alice está trabalhando aqui e viajando para a Califórnia um fim de semana sim, outro não. Alguns fins de semana é o Larry que vem para cá. Eles compraram um imóvel num condomínio a alguns quarteirões da praia e ela pode ver o Pacífico do canto de sua sacada. Enquanto conversamos, imagino o mar cintilando por trás dela.

— Como vai a festa?

— Excelente. Mas sentimos sua falta. Laurie acaba de distribuir os biscoitos dela. Ela vai se mudar para Charlotte, provavelmente em junho.

— Uau, isso sim é que é novidade. — Sua voz está ansiosa, querendo captar um pouco do espírito da festa. — Gostaria de estar aí. Procurei um voo com preço baixo, mas não tive sorte. Além disso, estarei aí em poucas semanas, a tempo para a Townie Party e verei a maioria de vocês lá. Mal posso esperar.

— Você vem à minha casa e nós vamos juntas. Você e o Larry, Jim e eu. — Isto é, se Jim estiver livre.

— Esse é o plano — diz Alice.

— Ei, pessoal — grito ao voltar para a sala de estar, passando por Vera, que está a caminho da cozinha.

— Alice está ao telefone — digo.

— Oi, Alice. — Juliet é seguida por um coral. Aponto o telefone para o meio da sala para que Alice possa ouvir nosso carinho.

— Você está fazendo falta!

— Gostaríamos que você estivesse aqui.

Rosie estende a mão. — Deixe-me falar com ela.

Entrego a ela o telefone. Taylor vai até a cozinha, onde Vera, Charlene e Jeannie fazem uma segunda visita à comida. Estão atacando o salame e o queijo que Vera trouxe. O sushi de Sissy já acabou e eu retiro o prato. Vera se serve de sopa. Ela ainda não jantou.

Percebo a necessidade de circular e reagrupar, de comer, fazer xixi, conversar e dar um intervalo na rotina dos biscoitos.

— Você estará aqui no ano que vem? — Rosie pergunta ao telefone. — Ei, Laurie vai se mudar. Ela vai começar um grupo novo.

Levo alguns pratos vazios da mesa para a pia, então apanho uma tigela de frutas e a coloco sobre a mesa. Depois, abro outra caixa de amêndoas cobertas de chocolate, coloco-as num recipiente e levo para a sala de estar.

Rosie entrega o telefone para Charlene e vai para a cozinha.

Eu a sigo. Quando entro na cozinha, Jeannie rapidamente se vira para voltar à sala de estar, um prato em uma mão e uma taça na outra.

— Oh. — Rosie para de repente, as costas retesadas e as escápulas coladas uma à outra. — Quase te dou um encontrão. — Ela empina o queixo, mas sua voz treme um pouco.

O rosto de Jeannie fica vermelho, suas sobrancelhas se levantam. — Você não consegue prestar atenção aonde vai? — Ela aperta os dedos em volta da haste da taça, que está decorada com um dos meus berloques. Seus dedos estão brancos com o esforço e me pergunto se ela irá quebrar a taça. — Você tem alguma consideração pelos outros? Alguma que seja? — ela sibila.

— Desculpe. — Agora o tom de Rosie é mais hostil do que arrependido. Ácido. E ela cerra um pouco os olhos. — Desculpe por tudo. Desculpe por respirar. — Ela já está farta de ser o bode expiatório de Jeannie.

Fecho os olhos com força e aperto os lábios diante da discussão. Amigas brigam. Ciúmes, sentimentos feridos, medo de ser deixada de fora ou dispensada por outra amiga mais próxima, tudo isso evolui ao longo do tempo. E se resolve. Rosie e Jeannie tinham sido tão próximas, as melhores amigas. As três — Rosie, Jeannie e Sue — eram as três mosqueteiras. Seja pelo sentimento de culpa ou por vergonha, Sue saiu do clube este ano, deixando uma vaga aberta para Sissy. Eu fiquei aliviada. Não podia imaginar elas três na mesma sala. Isto aqui já é ruim o suficiente.

Agora, aqui estão elas, Jeannie segurando um prato cheio de legumes, homus, pão pita e frango na brasa. O vinho treme na taça.

Rosie mantém a postura rígida, as costas retas como uma tábua e os olhos semicerrados. — Pois é. Tampouco vi você correr para contar à sua mãe. Está vendo só? Você é exatamente como eu. Está tomando a mesma decisão que eu tomei e pondo a culpa em mim.

Rosie tem razão.

Jeannie a olha com raiva. Empina o queixo. — Eu — ela ladra — não fui responsável por esta merda toda. — Jeannie inclina o prato. A comida escorrega para a borda.

Dou um passo em sua direção.

Charlene surge por trás dela. Também assistiu ao desenrolar da cena. — Jeannie? — ela chama baixinho. — Jeannie? — Ela toca em seu braço inclinado.

Jeannie se vira.

Os olhos de Charlene estão imóveis e sombrios, linhas fundas vão de suas narinas aos cantos da boca. Sua tristeza dissolve a raiva de Jeannie, por ora. A morte do filho de Charlene ganha da angústia de Jeannie. Charlene faz um gesto com a cabeça indicando um canto. — Ainda não tive oportunidade de conversar com você hoje — ela diz, como se nada de incomum estivesse acontecendo, e coloca a mão no ombro de Jeannie, de forma carinhosa, mas direcionando-a firmemente para longe de Rosie. Elas dão as costas para o resto de nós e se juntam numa conversa.

O rosto de Rosie está branco, exceto por dois círculos vermelhos perfeitos em suas bochechas.

Quando ela se serve de um pouco de vinho, sua mão treme. Ela toma um grande gole e, então, fecha os olhos bem apertados. Estendo a mão para tocar em seu braço.

Eu amo as duas. Não vou tomar partido. Me pergunto se elas conseguirão se reaproximar algum dia.

— É isso. Ela nunca vai conseguir superar.

— Nunca é muito tempo.

— Ela transformou tudo em minha culpa. Ao passo que eu não fiz nada. — Rosie engole mais vinho. — E sinto falta dela. — Ela inspira fundo, balançando a cabeça. — Da pessoa que eu achei que ela fosse, enfim.

Allie entra na cozinha, segurando o telefone no alto. — Todo mundo já teve sua chance? — Ela sacode o telefone pra lá e pra cá. Um coro de “sim” lhe responde.

Parece haver muita coisa acontecendo de uma só vez, mas tenho que falar com Alice, então pego o telefone.

— Estou com saudade — ela diz. — Não parece fim de ano, sem essa festa.

— Pelo menos você receberá os biscoitos. Poderá levá-los com você, quando voltar.

— É. Essa droga de morar em dois lugares diferentes é dureza. Minha vida dividida entre duas cidades diferentes, duas casas diferentes, dois grupos de amigos diferentes. Bem, um grupo de amigos. Quando estou aqui, somos só o Larry e eu. Nós esperávamos que esses fins de semana sozinhos duas vezes por mês fossem um oásis.

— Neste instante, eu adoraria ter um tempo para me divertir sozinha com Jim.

— Esse fim de semana quem se divertiu foi o computador. — Alice geralmente mantém uma fachada otimista, ignorando ou negando o estresse de se deslocar entre duas cidades, dois fusos horários, duas casas. Então, ela acrescenta: — Ele teve tanto trabalho a fazer que, com muita sorte, consegui que ele assistisse a um pouco de tevê comigo. Eu poderia ter ficado em Ann Arbor. A não ser pelo fato de que, pelo menos, estamos juntos. E essa pressão no trabalho dele irá diminuir até quarta-feira. O fim de semana que vem deveria ser só para a gente. Normal. — Ela dá uma risada. — Ou o que quer que signifique normal para nós. Talvez seja essa loucura. — Ela fica quieta por um minuto e a ouço inspirar. — Como vai a Sky?

— Pensei que fosse ela ligando, em vez de você.

— Desculpe. Me ligue amanhã, tá? A qualquer hora. Inclusive no meio da noite. Promete?

— Pode deixar.

Desligo o telefone e, automaticamente, verifico se perdi alguma ligação. Não perdi. Penso em aproveitar este intervalo para ligar para Sky, mas decido não me intrometer. Agora são seis horas na Califórnia. Ela já deve estar sabendo. Talvez sua obstetra tenha precisado fazer um parto, e ela e Troy estejam beliscando nervosamente o jantar. Preciso ser paciente, lembro a mim mesma. Minha pior, absolutamente pior, virtude.

Eis então que ouço risos e me viro em sua direção. Jeannie, Sissy e Charlene estão juntas, dando gargalhadas na frente da geladeira. Jeannie diz alguma coisa e é respondida pela risada alegre de Sissy.

Não há ninguém na sala de estar. Pego os biscoitos de Alice e coloco um pacote no lugar de cada pessoa. Quando ela os enviou para mim, eles estavam em saquinhos Ziploc junto a doze sacolas brancas decoradas com espirais prateadas e pelinhos brancos. Agora, esperam que os membros da festa os reivindiquem.

Volto à cozinha e vou até o grupinho em frente à geladeira.

— Jeannie, acho que você é a próxima.

Rosie entra na sala de estar segurando um prato. Ao passar por nós, ela abaixa o olhar.

— Pode ser? — pergunto a Jeannie.

Seu sorriso é rápido demais, um esgar nervoso. Daí ela diz:

— Sim. Serei a próxima. — Ela encontra o meu olhar e assente com a cabeça.

MANTEIGA

A manteiga tem má reputação. É culpada pela obesidade e, devido à sua gordura animal, por entupir artérias e aumentar o risco de doenças cardíacas. No entanto, ela nos serviu durante milhares de anos como fonte de proteínas valiosas e como elemento de realce do sabor em molhos, pães e bolos. Por décadas eu substituí a manteiga por margarina só para descobrir, recentemente, que as gorduras trans presentes na substituta eram ainda mais prejudiciais.

Na escola primária, Sky recebeu a tarefa de fazer manteiga a partir da nata do leite; nós nos revezamos batendo-a num recipiente até a manteiga "surgir". Com esse projeto, aprendi que a manteiga é produzida ao bater leite fermentado ou fresco. Pode ser feita com leite de ovelha, cabra e búfala, embora o leite de vaca seja o mais utilizado. Manteiga feita com leite de diferentes espécies tem sabor diferente e, além disso, a dieta do animal também afeta o sabor, especialmente se inclui ervas aromáticas.

São necessários de 8 a 11 litros de leite para fazer meio quilo de manteiga. A manteiga é a nata batida, maturada pela ação das bactérias produtoras de ácido láctico que estão presentes de forma natural na nata não pasteurizada. Esse tipo de leite produz manteiga cultivada. A manteiga cremosa doce, que é o tipo mais comumente usado nos Estados Unidos, é feita com nata pasteurizada e, posteriormente, se lhe adicionam saborizantes.

Ambos os tipos de manteiga podem ser vendidos com sal, que funciona como conservante, ou sem sal. Outra forma de conservar a manteiga é através do processo de clarificação, que retira a água. Basta aquecê-la levemente para que a emulsão se rompa e a gordura venha à superfície. Deixando a água evaporar completamente se obtém o *ghee*. É o *ghee* que Allie usa para fazer seus biscoitos de Ramadã. Na Índia, o *ghee* é usado como oferenda para os deuses.

Como até mesmo a agitação acidental pode transformar nata em manteiga, é provável que sua invenção date do início da produção dos laticínios, talvez na região da Mesopotâmia, entre dez e onze mil anos atrás. A primeira manteiga teria sido feita a partir de leite de ovelha ou de cabra, já que o gado bovino só foi domesticado mil anos mais tarde. Um método primitivo de fabricação da manteiga, ainda hoje utilizado em algumas regiões da África e do Oriente Próximo, é com um recipiente feito com couro de cabra, cheio pela metade com leite e, então, inflado com ar antes de ser selado. O recipiente de couro de cabra é, então, pendurado por meio de cordas presas a varas e sacudido até que a manteiga surja.

Durante a Idade Média, principalmente no norte da Europa, a manteiga era considerada um alimento de camponeses. Também era usada em lâmpadas a óleo. Nas Ilhas Britânicas, embrulhava-se a manteiga em couro e a enterravam em turfeiras, para sua conservação. Fabricar manteiga era considerado uma tarefa feminina; talvez tudo que tivesse relação com leite pertencesse ao escopo feminino. Era "trabalho de casa", ao passo que o "trabalho na terra", ou os trabalhos externos, eram considerados masculinos. A manteiga foi produzida manualmente até 1860. Depois, deu-se início à manufatura de queijo e tornou-se fácil mecanizar também a produção de manteiga. De repente não era mais um trabalho de mulher e o preço se elevou. Em meados da década de 1950, vendia-se mais margarina do que manteiga, por ser mais barata e considerada mais saudável. Atualmente, em dólares, a margarina e a manteiga estão no mesmo nível; porém, por ser mais barata, vendem-se mais quilos de margarina do que de manteiga. Curiosamente, as vendas de manteiga permaneceram as mesmas ou aumentaram levemente, enquanto as de margarina diminuíram.

Num curso de culinária, aprendi que a manteiga é um excelente meio de cozedura devido a seu sabor marcante e à atraente coloração dourada que proporciona aos alimentos. Entretanto, a manteiga não suporta temperaturas tão altas quanto o óleo. As massas de biscoito e algumas massas de bolo são parcialmente fermentadas misturando-se manteiga e açúcar, o que confere bolhas de ar à manteiga. No calor do forno, as bolhas presas na massa se expandem. Biscoitos amanteigados não contêm outra fonte de umidade além da água e da manteiga. Nas massas de torta, as gorduras sólidas ficam dispostas em camadas quando se abre a massa. No forno, a gordura derrete conferindo à massa uma textura folheada. Por causa de seu sabor, a manteiga é uma gordura deliciosa para esse tipo de massa, mas é mais difícil de trabalhar do que as massas amanteigadas devido a seu baixo ponto de derretimento. Eu já vinha fazendo massas de tortas havia décadas quando finalmente me explicaram isso. Eu simplesmente seguia aquilo que minha mãe me havia ensinado. Agora entendo por que é de grande ajuda gelar todos os ingredientes e utensílios quando se trabalha com massas à base de manteiga. Rosie, Juliet e Taylor fazem biscoitos cujas receitas pedem para gelar a massa antes de assar.

7

Jeannie

Biscoitos da Sorte

Mensagens de sorte

1 clara de ovo grande
1/2 colher de chá de extrato puro de baunilha
1/2 colher de chá de extrato puro de amêndoa
1/4 de xícara de farinha de trigo comum
1/4 de xícara de açúcar
Uma pitada de sal
2 colheres de sopa de manteiga derretida

Escreva mensagens de sorte em tiras de papel de 9cm de comprimento por 1,2cm de largura. Preaqueça o forno a 200°C. Unte dois tabuleiros de 23cm por 33cm.

Em uma tigela média, bata levemente a clara de ovo, o extrato de baunilha e o extrato de amêndoa até que fique espumoso, mas não em ponto de neve. Ou pode utilizar apenas um saborizante, mas aumentando a quantidade para 1 colher de chá inteira.

Peneire a farinha, o açúcar e o sal numa tigela à parte.

Acrescente os ingredientes secos à mistura de clara de ovo e, depois, adicione a manteiga derretida. Mexa bem até obter uma massa mole. A massa não deve ser líquida, e sim escorrer facilmente de uma colher de pau. Pode ser preciso acrescentar um pouco de água.

Observação: se você quiser tingir os biscoitos da sorte, adicione o colorante alimentício nesse ponto, misturando bem à massa. Por exemplo, eu utilizei 1/2 colher de chá de colorante verde para fazer biscoitos da sorte verdes.

Coloque colheres de sopa rasas da massa no tabuleiro, deixando um espaço de pelo menos 7cm entre os biscoitos. Descobri que os tabuleiros frios borrifados com óleo em spray são os que funcionam melhor. Lentamente, incline o tabuleiro para a frente e para trás e de um lado a outro para que cada colherada de massa forme um círculo de 10cm de diâmetro. Tente manter a massa nivelada e lisa. Eu usei um cortador redondo grande de biscoitos para arredondar as bordas.

Leve ao forno até que a borda de cada biscoito esteja dourada e que seja fácil de remover do tabuleiro com uma espátula (5 a 6 minutos).

Retire do forno e remova rapidamente cada biscoito com uma espátula larga (você pode borrifar um pouco de óleo na espátula) e vire-o sobre uma tábua de madeira ou um pano de prato limpo. Coloque rapidamente um papel de sorte no centro do biscoito e dobre a massa ao meio. Coloque a parte dobrada sobre a borda de uma xícara e aperte as extremidades para baixo, uma para dentro da xícara e a outra para fora. Isso irá dobrá-lo no formato tradicional. Depois, coloque o biscoito dobrado numa forminha pequena ou na cavidade de uma caixa de ovos para que mantenha o formato até esfriar. Você pode deixar o tabuleiro dentro do forno com a porta aberta para que os biscoitos que ainda não foram dobrados se mantenham mornos.

Aí vão algumas das mensagens da sorte que usei:

A felicidade de despertar o próprio eu será revelada.

Desfaço-me disto como de uma concha vazia.

Não controlo isso no momento, mas a isso posso sobreviver.

Devemos viver como jardineiros, fertilizando as flores e reconhecendo a mudança das estações.

Que as luzes do Natal iluminem seu caminho.

Em nenhum acontecimento se podem prever as consequências a longo prazo.

Exale o passado, inale o presente, imagine o futuro.

Que eu possa ter a satisfação que permite o florescimento da totalidade das minhas energias.

Se não pode encontrar aquilo que busca dentro de si mesmo, tampouco o encontrará fora.

Para tudo há uma estação, e há um momento para cada finalidade.

A roda está girando. Esta é a fase escura. O que você deve ganhar com a noite?

Festeje com a sua vida.

JEANNIE PERGUNTA: — São os biscoitos da Alice? — e pega a sacola branca.

— Sim — respondo.

Ela pousa sua taça de vinho na mesinha de centro e pega um biscoito. — Estão deliciosos. Estes biscoitos de pecã são crocantes e saborosos. Ela se superou.

— São o máximo. Eu já experimentei um.

Jeannie, então, vai buscar suas sacolas de biscoito no escritório. Ao sair da sala de estar, noto que sua calça jeans está larga e quando ela volta carregando as sacolas, percebo que a camisa que no ano passado exibia seu decote agora está pendendo frouxa. Ela se acomoda no sofá e, por um minuto, estamos sozinhas na sala.

— Jeannie, você precisa resolver essa situação, pelo seu próprio bem. Fazer algo que melhore as coisas para você. — Enfatizo a palavra *você*.

— Não tem nada a ver comigo. Tem a ver com eles. — Quando ela balança a cabeça, a chama da vela lança reflexos avermelhados em seu cabelo.

— Rosie tem razão.

Ela estreita os olhos para mim, respira fundo. E então olha para baixo.

— Vocês duas têm — eu digo.

A HISTÓRIA É A SEGUINTE: Jeannie conheceu Rosie em uma festa que Rosie e o marido deram para inaugurar seu escritório novo. O marido de Jeannie, Mark, também é advogado, então eles foram convidados. Jeannie e Mark têm uma filha, Sara, que está com sete anos. Jeannie trabalha desde o ensino médio no negócio de seu pai, uma concessionária autorizada de carros Saturn. Ela era gerente-geral de vendas antes que Sara nascesse. Mesmo agora ela trabalha lá alguns dias por semana, em vendas. Supõe que irá assumir a concessionária quando seu pai se aposentar. Na festa, Jeannie e Rosie imediatamente se tornaram amigas. Sue e Rosie eram amigas íntimas desde o ensino médio. As melhores amigas. Sue e Rosie expandiram sua dupla e absorveram Jeannie. As três costumavam fazer compras juntas e faziam aulas de jazz. Nas noites de sexta-feira, elas se encontravam no Earle para comer mariscos com vinho. Algumas de nós também aparecíamos por lá, quando era possível, e sabíamos que elas estariam sentadas no bar por volta das cinco e meia, na primeira mesa à vista da entrada. Elas sorriam e acenavam para que quaisquer recém-chegadas se juntassem a elas. Juntas, organizaram uma campanha de arrecadação de fundos para o teatro local e formaram uma organização em auxílio às pessoas lesadas pelo furacão Katrina. Elas assistiam até mesmo aos jogos de hóquei de Sara. As três. Três mães torcedoras pelo preço de uma!

A energia e a organização de Rosie complementavam a criatividade e a assistência de Jeannie. E Sue, a perfeita vendedora, podia vender qualquer ideia que as outras duas sonhassem e conseguir apoio com sua rede de contatos. Jeannie dizia: "Vamos fazer mergulho, parece que os recifes de Cozumel são lindos", daí Rosie pesquisava agências de mergulho e hotéis com tudo incluído, e Sue conseguia um preço especial para as três. Nós as observávamos se atirar de cabeça na vida, cada uma complementando a outra.

Triângulos são geralmente configurações instáveis, mas esse parecia sólido. Nenhuma delas parecia inquieta ou preocupada sobre sua posição com relação às outras. Nenhum dos aspectos negativos que geralmente assolam as amizades femininas estava presente. Nunca havia brigas.

Tenho uma foto dos pés delas, depois de terem feito pedicure. O ângulo da foto é tão perfeito que é impossível saber qual delas tirou a foto. Eu tive que deduzir qual par pertencia a qual mulher. Quer dizer, não olho muito para pés. Em um deles há uma tornozeleira de prata. Sei que esse é o de Sue. As unhas de outro estão pintadas de roxo; suponho que seja de Jeannie. Mesmo agora, sua camiseta tie-dye é em tons de roxo e seu cabelo tem um toque de vinho. O mindinho de cada pé está tocando o dedão de uma amiga, formando um círculo de pés. O esmalte novo resplandece sob o sol. Elas estão pisando num gramado que deve ser de Jeannie, pois seu jardim é tão meticuloso que nós costumamos brincar que ela o corta com uma tesourinha de unha.

Mas Jeannie, acidentalmente, trouxe uma serpente para o jardim e a serpente foi seu próprio pai.

Sue precisava de um emprego. E o pai de Jeannie, Jack, estava procurando aumentar sua equipe de vendas na concessionária de carros. Jeannie conhecia as incríveis habilidades de Sue como vendedora e sugeriu que ela se candidatasse ao emprego. Fez propaganda positiva para o pai e para o gerente de vendas da época. Sue foi contratada.

A curva de aprendizagem de Sue foi quase uma ladeira ascendente, conforme ela evoluiu no emprego. Em seu segundo ano lá, ela ganhou uma viagem para Barcelona para duas pessoas, com todas as despesas pagas, e levou Rosie consigo. Cogitei a possibilidade de Jeannie ter se sentido desprezada ou enciumada. Afinal, fora ela quem conseguira o emprego para Sue. Mas talvez Jeannie tenha sido convidada e recusara por causa de Sara.

Agora, tem uma coisa: o pai de Jeannie é muito charmoso. Um daqueles raros homens que, parados, eu ignoraria completamente, não fosse por sua aura de força física. Mas, quando ele começa a se mover, Jack é simplesmente cativante. Como qualquer bom vendedor, ele se concentra na pessoa com quem está conversando. Com as mulheres, ele olha fixamente em seus olhos, não parece estar analisando seu corpo ou despindo-as com a imaginação e, rapidamente, descobre algo que seja importante para elas. Ele faz perguntas. Parece estar totalmente *presente*, fascinado pelo assunto e atraído pelas respostas. Jack busca paixões sincronistas.

O que as mulheres querem? Queremos ser ouvidas. E conhecidas. E valorizadas. Queremos que alguém nos veja — nossa vida e nosso corpo — como algo excitante. Jack transpira isso. E, conforme você conversa com ele, primeiro se sente valorizada e, então, percebe como seu sorriso torto tem um quê de menino levado. Então você sente vontade de tocar as sardas cobertas por pelos ruivos em seus braços.

Quando Sue começou a trabalhar para ele, não fazia muito tempo que havia ficado solteira, tendo terminado um relacionamento de dois anos porque o cara bebia demais. Os problemas começaram quando esse namorado começou a não aparecer quando dizia que iria, ou a chegar muito tarde.

— Isso não é suficiente para mim. Não acho que seja pedir demais poder ver meu namorado mais que uma vez por semana — reclamou Sue.

Ele geralmente estava bebendo com os amigos ou trabalhando. Parecia inquieto quando estavam juntos. Até mesmo desinteressado em fazer amor.

— Há outra mulher? Me diga logo de uma vez.

— Você é a única mulher que eu quero. Estou bastante ocupado, só isso. — Ele limpou o nariz com as costas da mão.

— Alguma coisa parece estar errada. Parece que perdemos a energia.

— Não tenho nenhum problema com você, Sue. — Ele subiu a calça e deslizou a mão para dentro do bolso e, então, alcançou as meias.

Um saquinho plástico caiu no chão. Ficou ali, luzindo no tapete verde. A princípio, Sue pensou que fosse um saquinho de joia. Quando o apanhou, um pó branco se mexeu lá dentro. — O que é isto?

Ele olhou para ela e deu de ombros.

— É por isso que você tem estado tão distante?

Ele não respondeu.

Sue entendeu instantaneamente que não poderia ter um relacionamento com alguém que usasse drogas pesadas. Ela não fazia o tipo maternal, salvador. A vida era curta demais e ela não estava ficando mais jovem. — Não vou encarar isso. Você tem uma escolha e pode fazê-la agora.

— Não me dê ultimatos.

— Por favor, vá embora.

Ela passou o fim de semana chorando. Na manhã seguinte, Jack notou os olhos vermelhos e extraiu com facilidade a história dela.

Você conhece o cenário: a amizade do ambiente de trabalho que se torna íntima demais, os almoços cada vez mais demorados. Quando Jack notou como a cor azul-turquesa ressaltava o verde dos olhos dela e comentou que adorava cabelos que fossem quase, mas não exatamente, negros, Sue comprou joias de turquesa e escureceu o cabelo.

Eu soube disso tudo depois. Muito depois. Inicialmente, Jeannie ficara contente por Sue ter se adaptado tão bem na concessionária. Quando havia empregados novos, Jack transformava a lealdade e o amor que devotavam a ele em um compromisso com a empresa. Ele espalhava sua aura sobre todos os funcionários. Os carros reluzentes fabricados com praticidade e baixa manutenção pareciam transmitir promessas de energia ecológica, eficiência e honestidade, em meio às profundezas hipócritas do comércio automobilístico.

Agora a amizade de Jeannie e Sue tinha mais uma área em comum. Uma vez, vi Rosie revirar os olhos numa reunião de sexta-feira à noite quando as outras duas começaram a falar sobre o novo Astra. — Chega de falar de trabalho. Estamos numa happy hour — ela disse e mudou de assunto.

Não acho que o pai de Jeannie tenha, alguma vez, sido um modelo de fidelidade conjugal. Um homem com todo esse charme sedutor faz com que uma mulher atrás da outra faça fila, na esperança de que sua preciosa atenção seja evocada apenas e tão somente por ela. Mas, a despeito da competitividade por sua atenção, ele permaneceu casado com a mãe de Jeannie. E as demais mulheres, uma após a outra, foram se afastando.

Mas Sue era diferente. Vinte anos mais jovem, justamente quando ele entrava nos últimos suspiros de sua virilidade. Uma mulher que compartilhava seu zelo pelo trabalho. Uma esposa do trabalho.

Sue e Jack passavam horas no escritório dele, a portas fechadas.

— Você precisa de ajuda? — Jeannie perguntou a ela.

— Ajuda?

— Ei, se você estiver tendo dificuldades para pegar o jeito da coisa, venha falar comigo. — Jeannie apertou seu braço. — Posso te mostrar como tudo funciona. Quer dizer, eu trabalho aqui desde sempre.

— Seu pai lhe disse alguma coisa? — Sue franziu as sobrancelhas.

— Não. Não falou nada.

— Estou indo bem, acho. — Sue deu um sorriso vermelho e brilhante, revelando dentes perfeitamente brancos. Sua aparência, como sempre, era a de alguém que tivesse passado uma semana ao sol. Ela complementava seu visual com correntes de prata no pescoço, nos pulsos, nos tornozelos. Sua avidez e determinação eram suavizadas por sua compleição miúda. E, naqueles dias, ela se vestia em tons de turquesa e azul-marinho, realçando a magnificência do cabelo escuro.

Mas as reuniões continuaram.

Quando perguntei a Jeannie como as coisas estavam indo, ela disse: — Não sei, mas sempre me senti bem na companhia de Rosie e de Sue. Agora me sinto quase excluída da minha própria família.

— Como assim?

— Ah, é o trabalho. Meu pai sempre passa bastante tempo com os funcionários.

Mas suas palavras estavam cercadas por um certo desconforto. Um ano mais tarde, já não havia mais almoços longos. Então, uma vez, Jeannie precisou perguntar alguma coisa para o pai e não conseguiu contatá-lo. Ele não estava no escritório. Não estava em casa. Não atendia o celular. Ela achou que talvez Sue soubesse a resposta, mas tampouco pôde encontrá-la. Jeannie deixou o assunto pra lá. Um mês depois, a mesma coisa voltou a acontecer.

Uma noite de sexta-feira, Sue não foi à happy hour. — Cadê a Sue? — perguntei.

— Só Deus sabe. — Jeannie desviou o olhar e apertou os dedos em volta da haste da taça de vinho.

— Provavelmente, está vendendo um Vue — Rosie adicionou. — Ela se tornou tão, mas tão obcecada com o trabalho. — E, então, ela deu uma olhada para Jeannie. Mas foi um olhar fugaz, seguido por um rubor que só eu notei.

— Ei, não é culpa minha — disse Jeannie.

— Eu sei — Rosie quase sussurrou.

Senti arrepios subirem pela minha espinha.

E, ENTÃO, oito ou nove meses depois, recebi um telefonema às sete da manhã. A princípio, ele se incorporou ao meu sonho: o toque do telefone era o miado de um gatinho que tinha ficado acidentalmente preso no closet. Antes que eu pudesse abrir a porta, percebi que era o telefone.

— Marnie? — A voz de Jeannie estava grossa, e seu nariz entupido.

— Jeannie?

— Me desculpe. Sei que é cedo, mas será que poderíamos tomar café da manhã juntas?

— Venha para cá.

— Ok. Vou deixar Sara na escola e vou direto para aí.

Tirei uns muffins de gengibre congelados da geladeira e fiz café. Me enrolei no meu roupão lilás. Era o começo do outono e as flores haviam murchado. Só os crisântemos floresciam, amarelos e roxos. Sua cor viva era suavizada pela chuva prateada, e os pássaros avisavam que o inverno estava logo ali, virando a esquina.

Jeannie estava usando um boné enterrado na cabeça, sinal certeiro de que seus cabelos precisavam ser lavados. Seus olhos estavam inchados.

— Tome um pouco de café. — Coloquei uma caneca diante dela, na mesinha de centro.

Ela tirou uma caixa de lenços de papel da bolsa e ficou ali sentada, parecendo não saber por onde começar. Disney estava deitado no chão ao lado de Jeannie, observando-a com olhos tristonhos, seu macaco jogado aos pés dela.

Empurrei os muffins na sua direção e me sentei de pernas cruzadas na outra ponta do sofá.

— O que aconteceu?

— Sue está tendo um caso com o meu pai. Ela está transando com o meu pai.

— O quê? — Alcancei suas mãos, mas ela puxou uma, pegou um lenço de papel e assoou o nariz.

— Ela disse que meu pai vai deixar minha mãe.

— Sue te disse isso?

Jeannie balançou a cabeça e fungou. — Descobri sobre o caso e liguei para a Rosie. "Quero saber o que está rolando entre Sue e o meu pai, e nem fodendo venha me dizer que é trabalho." — Jeannie apoiou a cabeça nas mãos. — Rosie, finalmente, foi sincera comigo. "Não posso mentir para você", ela disse. Isso depois de agir como se estivesse tudo às mil maravilhas. — Jeannie levantou a cabeça e engasgou com as palavras. — Há dois anos eles sabiam, às minhas costas, que Sue estava tendo um caso com meu pai; e Sue sempre tão simpática, tão animada, tão fofa, ela.

— Jeannie. — Eu a abracei e, então, ela chorou no meu roupão, no meu ombro.

— Como puderam fazer isso comigo? Meu pai? Minhas amigas? Todos eles. Mentir para mim? Como minha melhor amiga pôde transar com o meu pai? Tirá-lo da minha mãe? Como minha outra melhor amiga pôde guardar esse segredo de mim? Faz pelo menos dois anos que eles estão juntos. Talvez mais. Há quanto tempo ela trabalha para ele? Quatro? Só Deus sabe exatamente quando começou. Rosie é igualmente culpada. — Os soluços de Jeannie abafavam suas palavras.

— Rosie? Não entendo.

— Ela sabia, por dois anos. Sue e meu pai têm um apartamento onde se encontram. Eu venho vivendo uma mentira. Achando que eram meus amigos quando tudo isso estava acontecendo pelas minhas costas.

Cobri os olhos com os dedos, tentando decifrar a história.

— Aimeudeus — ela gemeu. — Uma transando com o meu pai. A outra conspirando para que eu não descobrisse.

— Me conte desde o começo.

Ela inspirou fundo. E recostou-se no sofá, encarando a tela vazia da tevê. — Eu já desconfiava de alguma coisa, há algum tempo. Mas você conhece o meu pai. O eterno vendedor. Sempre cortejando seus empregados para que o adorem como a um mentor. Eu deduzi... esperei, acho... que Sue fizesse parte do padrão normal. — Seus dedos retorciam o lenço. — Mas a atenção dele continuou muito além do primeiro ano de praxe. E eles desapareciam ao mesmo tempo. — Ela deu de ombros. Sua voz era monótona, como se ela já houvesse contado a história a si mesma para compreendê-la, e suas mãos continuavam revirando o lenço. — A princípio achei que fosse coincidência. Que nada. — Um suspiro flutuou pelo ar. — Daí eu troquei meus dias de trabalho, tive que fazê-lo por causa dos treinos de hóquei de Sara, e percebi que os dois sumiam durante duas horas naqueles dias também. Não atendiam ao telefone. Eu não estava procurando nada, sabe? — Ela se virou para mim. — Eu não queria... não passou pela minha cabeça que minha melhor amiga fosse dormir com meu pai. Que meu pai fosse dormir com minha melhor amiga. Não passou pela minha cabeça.

— Jeannie — eu sussurrei, cheia de preocupação por ela.

— Mas então eu tive uma consulta com o oftalmologista num dia de trabalho. A sala de espera é uma vitrine com aquele vidro insulfilme que você pode ver o lado de fora, mas quem está fora não vê dentro. Vi meu pai sair do aparthotel no outro lado da rua. Dois minutos depois, aparece a Sue. Eu a observo. Ela olha dos dois lados da rua e, então, vai embora alegremente. Seu cabelo balançando sobre os ombros, como costuma fazer.

Jeannie estalou a língua contra o céu da boca. — Pensei que fosse passar mal. Fiquei sentada ali durante a consulta. Nem sei como. Simplesmente fiquei ali porque não sabia mais o que fazer.

Paralisada e confusa demais para fazer qualquer coisa que não o próximo item da lista, enquanto meu mundo desabava.

— Como está sua mãe?

Jeannie estava pálida, suas cutículas mordiscadas, as unhas rachadas. — Ela ainda não sabe de nada disso. Está toda animada com a viagem que farão para a Itália, estudando italiano. — Seus soluços pararam e ela balançou a cabeça. — Marnie, o que você faz quando perde suas melhores amigas e seu pai ao mesmo tempo?

— Você não perdeu seu pai. — Bebi um golinho do meu café. — Você já conversou com ele?

— Nem mesmo sei como abordar o assunto. É tão horroroso. Ele dormindo com minha melhor amiga. Quase como se fosse eu.

— Sue não é você.

Jeannie balançou novamente a cabeça. — Não sei como Rosie pôde fazer isso.

— Imagino que ela tenha se sentido dividida. Não podia quebrar a promessa feita para Sue.

— Foi o que ela disse. Ela disse que eles passaram um ano inteiro lutando contra seus sentimentos antes de dormirem juntos. Deus. Meu pai está loucamente apaixonado pela minha melhor amiga. — Seus olhos se estreitaram e ela se recostou, olhando diretamente para mim, com as sobrancelhas erguidas. — Ela contou para você? Você sabia?

— Não. Eu não sabia.

— Merda. Nós fomos a Cozumel antes ou depois de Sue começar a transar com meu pai?

Eu me lembrei de também ter tentado concatenar uma história, quando Stephen foi infiel a mim.

Jeannie sugou os lábios e eles pareceram afinar-se, virados para baixo nos cantos. Os círculos sob seus olhos estavam escuros. Ela abraçou os joelhos e se encurvou como uma bola.

— Penso na minha mãe e fico com o coração na mão.

Eu não sabia o que dizer, então bebi meu café e comecei a comer um muffin. A acidez do gengibre era o acompanhamento perfeito para a situação, a especiaria contra uma doçura que era quase enjoativa. Comida é sempre uma ótima distração e um consolo, mas Jeannie estava além do conforto que a comida podia proporcionar. Ela se segurava com os braços. — Nem mesmo sei como irei para o trabalho amanhã. Como vou fingir que está tudo bem?

— Como você sabe que ele vai deixar sua mãe?

— Perguntei à Rosie se havia algo mais. E ela disse que ele prometeu para Sue que irá deixar minha mãe depois da Itália.

Pigarreei. — Essa pode ser uma daquelas mentiras comuns que os homens casados dizem a suas amantes. A promessa de abandonar a esposa em uma data após a outra. — Estou pensando em Juliet, em como Tom prometeu que sairia de casa depois que seu filho se formasse no ensino médio e depois da formatura da filha. Juliet esperou por uma data após a outra.

— Será que devo contar a minha mãe e destruir seu coração? Se não contar, então serei tão ruim quanto Rosie. Será que devo confrontar meu pai? Será que largo meu trabalho e fujo? É isso que quero fazer. — Ela se voltou para mim e suas pupilas estavam muito claras, quase amarelas, e ela as manteve fixas em mim. — Quero pegar Sara e simplesmente sair dirigindo rumo ao litoral. Qualquer litoral. Começar uma vida nova.

— Você tem muita coisa em jogo aqui. E quanto ao seu marido? Você vai deixar o Mark? Você contou para ele?

Minhas perguntas ficaram pendendo no ar, até que ela disse:

— Ele está se preparando para um julgamento na semana que vem. Não posso incomodá-lo. Sempre tenho que dar a vez para o trabalho dele. Sempre me mantive ocupada com Sara, e depois com Rosie e Sue. E agora... como vai ser?

Tentei ajudá-la a pensar em suas opções. Ela podia contar para a mãe. Confrontar o pai. E Sue. Ela podia abandonar o emprego. Ela podia conversar com o marido. Podia fazer qualquer coisa.

Mas, em vez disso, não fez nada.

A não ser perder peso. E, depois, arrumar uma aula de ioga de manhã cedo.

Depois de fazer suas asanas, depois de tomar banho, depois de alimentar Sara, preparar seu lanche e deixá-la na escola, ela vinha até a minha casa para um café da manhã no qual nunca comia nada. Seu corpo foi ficando mais magro e, juro, mais comprido. Sua nova pessoa, mais delgada, se movia com uma graciosidade aturdida.

— Talvez você devesse procurar um terapeuta — sugeri. — Para poder decidir o que quer fazer.

— Rosie deve ter contado a Sue e ela provavelmente mencionou para meu pai, mas ele está agindo como sempre, normal. — Ela não estava olhando para mim e sim para um ponto fixo na parede, com a voz monocórdia. — Acho que Sue evita ficar na concessionária quando estou lá, porque mal a vejo. Minha mãe fica reclamando que meu pai está trabalhando demais. Enquanto isso, sinto que faço parte de uma peça de teatro. Meu pai não é exatamente meu pai. Nada é como antes, mas nós agimos como se fosse. Nada parece real. Eu ando e falo debaixo d'água. — Ela afastou a torrada besuntada com geleia, observando enquanto seus dedos brincavam com as migalhas. — Flutuando entre diferentes camadas da realidade. O trabalho casual, o velho relacionamento pai-filha, o fato de eles saberem que eu sei que meu pai está dormindo com minha melhor amiga, mas nunca falarmos sobre isso. Deslizamos entre vidas em dimensões diferentes. E quando estou com minha mãe e com meu pai, é como sempre foi, só que diferente. Estou vivendo entre camadas de gaze.

— Exceto que você não sai mais com Sue e Rosie. Isso mudou.

— Quando as vejo, eu... — Ela procurou por uma palavra e, então, prosseguiu. — Eu as vi caminhando pela Main Street, ocupadas num bate-papo. Elas não me viram. Eu era invisível. Ouvi Sue rir, você sabe, aquela gargalhada alta, como se o mundo inteiro fosse hilariante, e pensei que fosse vomitar bem ali na calçada. Comecei a suar frio. Me enfiei numa loja para me esconder.

Coloquei a mão em seu braço.

— Eu, me escondendo. Me escondendo de verdade. E, eu sei, sei que estou estagnada. Não consigo decidir se devo contar a minha mãe. Ela ficaria devastada. Talvez ele não a abandone. Não consigo tomar uma decisão.

— Talvez você esteja fazendo exatamente o que deve fazer. Deixe que eles resolvam. Deixe que seu pai tome a decisão e deixe que a coisa se resolva sozinha.

Ela continuou, como se não tivesse me escutado. — Se minha mãe descobre que não contei para ela, vai me odiar tanto quanto eu agora odeio Rosie. "Nós estávamos tentando te proteger", disse Rosie. "Nós te amamos. Então, não queríamos que você se magoasse, nem a sua mãe. Simplesmente aconteceu." — Jeannie gralhou com a voz de Rosie.

Isso foi há um mês. — Como vão ficar as coisas, na festa do biscoito?

— Aimeudeus. A Sue vem?

— Ela declinou. Me disse que está ocupada demais no trabalho e que provavelmente era melhor que saísse do grupo durante algum tempo. Isso foi há alguns meses. Ela deve ter se sentido sem jeito ou culpada demais para vir. Desligou o telefone assim que me avisou. Vamos ter uma nova biscoiteira virgem. Sissy. A mãe do namorado da Tara. Minha coavó. Se é que existe essa palavra.

— Você não vai me expulsar, vai?

— É claro que não!

— Eu não vou olhar para a Rosie, apenas ficarei com as outras.

Contraí o rosto ao imaginar a festa que sempre havia sido de amigas que simplesmente curtiam umas às outras. — Você bem que parece precisar de uns biscoitos. Está magra demais.

— Pois é. É todo o exercício que venho fazendo.

— Talvez até lá esteja tudo resolvido. Certo? Por que não saímos para tomar vinho e comer mariscos nesta sexta? Vamos juntas.

— Elas ainda costumam ir? — Jeannie pergunta.

— Não as tenho visto por lá. Eu fui há duas semanas.

Ela franziu a testa e balançou a cabeça.

— E que tal fazermos umas compras? É tão divertido ir com você, e as liquidações estão ótimas.

— Pode ser.

Mas nunca fomos. Ela apenas vinha tomar café depois da ioga e beliscava a comida.

AGORA, AQUI ESTAMOS NÓS. Nada mudou em três meses, exceto que Rosie perdeu a determinação de ressuscitar a amizade, e a situação difícil de Jeannie se transformou no cerne de sua vida, juntamente com a paixão pela ioga. Olho para ela, acomodada entre almofadas que ela espera que a protejam do redemoinho, com seu rosto anguloso e seus olhos alertas.

Ela repete: — Não é problema meu. É problema deles. É culpa deles. Eles é que têm que resolver.

Suavizo meu tom de voz e digo, da forma mais calma e gentil possível: — Eles não podem resolver por você. Vão resolver por eles. Agora, como você reage, o que você faz, isso é com você. Você culpa o mensageiro e está furiosa com Sue.

— E com o meu pai. E estou com medo pela minha mãe. E tentando pensar no que fazer a seguir.

— Você só pode resgatar a si mesma.

— Se devo contar a minha mãe — ela diz, como se eu a tivesse interrompido. — Confrontar meu pai.

— Jeannie, não existe um jeito de fazer tudo voltar a ser como antes. Não existe nenhuma forma de resolver isso sem que as pessoas que você ama se machuquem. Mesmo que decida deixá-los fazer o que querem e não interferir, você ainda terá que *decidir* sobre isso. Aceitar. Pare de se desgastar procurando uma forma de resgatar a todos e que também funcione para você.

— Você fala como a Allie.

Continuo: — Você. A maravilhosa, animada e organizada Jeannie.

Naquele momento, Charlene, Sissy e Laurie voltam da cozinha. Charlene nota o silêncio e se detém, e então entra na sala.

— Eu? Animada?

— E visualmente criativa — acrescenta Charlene.

— E absurdamente engraçada — Juliet adiciona quando ela, Allie e Taylor voltam para a sala.

Allie dá um abraço em Jeannie ao sentar-se ao lado dela.

— Olha só, os biscoitos da Alice. Que sacolas mais fofas! Tão femininas — diz Laurie.

— E estão deliciosos — acrescenta Charlene.

— Ei, hora do biscoito. — Jeannie sorri. Seu sorriso é exagerado demais e se esvanece conforme todas retornam a seus lugares. Rosie entra por último e se senta em silêncio.

Jeannie olha para as mãos entrelaçadas de Rosie, para seu olhar levemente abatido e sua expressão melancólica. Quando Rosie levanta o olhar, os olhos de Jeannie se desviam. Ela está tateando o terreno. É algo fugaz e estranho, mas palpável no clima denso entre elas.

Relaxo na minha cadeira quando Jeannie se levanta, segurando uma caixa de comida chinesa decorada com corações e árvores pintados à mão em verde e vermelho. Há fitas amarradas nas alças de arame. Parece uma embalagem temática de fim de ano.

Será que ela vai conseguir dar conta disso? Será que vai conseguir passar de irritada e triste a animada, e encontrar dentro de si mesma um pouco de otimismo? Allie e eu sabemos sobre a situação. E Rosie, é claro. Talvez por isso Allie tenha se sentado ao lado dela, como se sua presença lhe proporcionasse um apoio extra. Allie olha para ela e sorri. E dá uma piscadela.

— Ok. Bem, eu não conseguia decidir que tipo de biscoito fazer este ano. Parece ser um ano em que o futuro está em aberto e tudo pode acontecer. — Seu olhar se encontra com o de Charlene e depois com o meu. — Quero dizer, há tantas mudanças importantes acontecendo para todas nós. Para o mundo inteiro, a bem da verdade.

Ela olha para cada uma de nós e diz: — Marnie vai ser avó, e agora Laurie vai se mudar e Alice está viajando de um lado a outro e Taylor, bem, a empresa fechou a filial que tinha aqui. Charlene está se recuperando de uma tragédia. E, quem sabe, quem pode saber o que irá acontecer a cada uma de nós? — A voz treme um pouco.

Coloco a mão no meu telefone, mas ele continua silencioso e imóvel. Verifico o relógio. Quase nove e meia. Sky já deveria ter ligado.

— Pensei em fazer os biscoitos de limão que fiz no ano passado e que todo mundo gostou, mas decidi tentar estes aqui, ao invés.

Jeannie se cala e encontra meu olhar, o de Charlene, o de Vera.

— Eu amo vocês. — Ela abre os braços. — Minhas amigas.

Meus olhos lacrimejam diante de sua coragem, do tanto que ela está se esforçando, a despeito do turbilhão que está vivendo.

— Como eu disse, comecei a pensar sobre o futuro, e vocês sabem que me apaixonei pela ioga. Antes de cada aula nós entoamos mantras, e me pego pensando nas várias frases ao longo do dia. E pensei que, com tudo o que anda acontecendo, nós todas precisamos de mensagens positivas de sorte.

— Ooommm — provoca Juliet, as palmas das mãos unidas, sua corrente de ouro faiscando à luz das velas.

— Você está estudando sânscrito? — pergunta Laurie.

— Não. Só algumas frases. Tipo: "Respire através de tal coisa". Então, decidi fazer biscoitos da sorte. E escrevi minhas próprias mensagens.

— Ah, disso eu gostei. Vamos escrever nossa própria sorte e garantir que ela se realize — diz Vera. — Dinheiro.

— Apoio totalmente. E um emprego significativo com muitos benefícios — grita Taylor.

— O fim das guerras — diz Allie.

— Enfim, experimentei várias receitas e escolhi a melhor. O pulo do gato é tirar os biscoitos do forno, virá-los e colocar o papel da sorte dentro, curvando o biscoito e deixando-o esfriar em uma forminha de muffin. Vocês têm que fazer isso enquanto eles ainda estiverem mornos, então só poderão fazer alguns de cada vez. — Jeannie entrega uma caixa a Allie, e Allie a repassa para a esquerda, para que percorra o círculo.

— Gostei de como você estampou os corações e as árvores — Vera comenta.

— Tentei dar uma carinha de Natal aos biscoitos da sorte. — Jeannie vira a cabeça de um lado para o outro conforme vai passando as caixas para Allie.

Rosie coloca sua caixa cuidadosamente sobre as pernas, como se ainda pudesse estar quente. A caixa vacila em seus joelhos e ela a puxa para o colo.

Charlene abre sua caixa e tira uma lua crescente crocante.

— É verde.

— Eu os tingi de verde e vermelho. — Jeannie se vira para mim. — Queria que parecessem natalinos.

— Tem mensagens de sorte aqui dentro? — pergunta Vera.

— Sim. O que seria de um biscoito da sorte sem sorte?

Me pergunto se ela terá escamoteado previsões terríveis e maldições na caixa de Rosie. Sortes do tipo: "Que o mal bata à sua porta." "Que sua cama seja como palha ardente." "Que todos os seus filhos sejam natimortos." Penso em Rosie tirando esse último e sou atravessada pela tristeza. Ela olha para o nada, abraçando a caixa contra o corpo. Talvez fosse uma maldição sutil, como: "Todo o mal que você fizer se voltará contra você." Ou: "Que todos os seus desejos se realizem."

Jeannie seria capaz de planejar uma vingança tão maldosa?

Não. Rosie poderia ter recebido qualquer caixa.

— "A roda está girando. Esta é a fase sombria. O que você deve ganhar com a noite?" — Charlene lê. — Oh, que sorte perfeita para mim. — Seus olhos se enchem de lágrimas. — Estou até arrepiada. Isso é exatamente o que venho pensando estes dias. Que incrível.

Rosie abre sua caixa, em busca de salvação ou perdão.

— "Desfaço-me disto como de uma concha vazia." — Ela pisca. — Certo. — Ela inclina a cabeça, pensando sobre o significado e então sorri como se esse fosse o desejo de Jeannie, não sua sorte.

Talvez seja.

— E estão deliciosos! — Charlene exclama. — Amêndoa.

— Você deve ter comido um vermelho. Os verdes são de baunilha. E há alguns que têm os dois sabores. — Jeannie enfia a mão na sacola, mas já não resta nenhuma caixa. — Todo mundo recebeu, certo? E a casa de caridade?

— Sim. — Charlene dá um tapinha na sacola da caridade. — E também Tracy e Alice. Você está liberada.

— Cada biscoito tem a mesma sorte? — Taylor pergunta.

— Não. Cada uma de vocês tem doze sortes diferentes. Eu fiz treze biscoitos de cada sorte que escrevi.

— Faz sentido. É bastante apropriado, sabe? — comenta Juliet. — Nós compartilhamos nossa vida e passamos pelas mesmas sortes.

— Não tinha pensado nisso dessa forma — diz Jeannie. — Não é fácil criar todas elas.

— "Que as luzes do Natal iluminem seu caminho." É perfeita — diz Sissy. — Estou tão animada com este fim de ano. — Seus olhos encontram os meus. — E com nosso novo netinho. — Ela se cala e experimenta um biscoito. — Outra pessoa para amar e dar alegria.

Jeannie volta a se recostar, empurra as almofadas e se vira para mim e para Allie com um sorriso espontâneo no rosto.

Ela conseguiu. Ela fingiu. Ela sobreviveu.

BAUNILHA

Ah, o delicioso e sedutor aroma da baunilha. As histórias que a rodeiam são tão românticas e sexuais quanto seu perfume. Os primeiros a cultivar a baunilha foram os Totonac, que habitavam a região atualmente conhecida como Veracruz, no México. Eles acreditavam que a princesa Xanat, proibida por seu pai de se casar com um mortal, havia fugido para a floresta com seu amante. Os malfadados amantes foram capturados e decapitados. Onde seu sangue tocou o chão, cresceu uma parreira.

A planta era forte, com caules robustos e verdes, e folhas compridas que lembravam couro. Florezinhas esverdeadas, uma espécie de orquídea, florescem logo ao raiar do dia, mas apenas por oito horas. Os componentes peculiares do aroma são encontrados no fruto; a polinização dessa flor tão preciosa e seletiva produz apenas um fruto. As flores da baunilha são hermafroditas: contêm tanto órgãos masculinos quanto femininos; no entanto, para evitar a autopolinização, existe uma membrana separando esses órgãos. Durante séculos, as pessoas tentaram cultivar a baunilha em outras localidades além de Veracruz. Os exploradores espanhóis levaram a planta para a África e para a Ásia, mas não obtiveram frutos. Os franceses também falharam. Infelizmente, a orquídea monógama da baunilha precisava se combinar a uma espécie local de abelha para que a polinização ocorresse. Tentaram levar as abelhas para as outras áreas, mas estas só sobreviviam em Veracruz e a polinização artificial tampouco parecia funcionar. Devido a isso, o México manteve o monopólio da baunilha durante trezentos anos. Era a especiaria mais cara, depois do açafrão.

As parreiras cresciam e floresciam, mas não desenvolviam frutos sem a presença das abelhas; até que Edmond Albius, um escravo de doze anos de idade que vivia na Île Bourbon, descobriu como fazer a polinização da flor de forma manual. Com uma lasca chanfrada de bambu, ele cuidadosamente levantava a membrana que separava a antera e o estigma. Então, transferia gentilmente o pólen do órgão masculino para o feminino com o polegar. Como era de se esperar, a planta deu frutos, e esse procedimento permitiu que se plantasse a baunilha em outros lugares tropicais. Devido à curta duração da flor, os agricultores precisam inspecionar as plantações diariamente em busca das flores abertas e proceder de imediato à polinização, no que constitui uma tarefa altamente dependente de mão de obra. Atualmente, Madagascar é o maior produtor. A produção de baunilha artificial, assim como as colheitas generosas, foram responsáveis pela baixa dos preços.

Utilizada em perfumes, em aromaterapia e para nos incitar a consumir sobremesas, a baunilha é levemente viciante, já que aumenta os níveis de adrenalina. Nossos antepassados acreditavam que ela fosse um afrodisíaco e que curasse a impotência, tornando-a, assim, o primeiro Viagra conhecido.

Eu, às vezes, uso um toque de extrato de baunilha como perfume. Não era isso que Scarlet O'Hara usava para seduzir Rhett Butler?

8

Allie

Docinhos de Frutas de Chanuká

1 xícara de cada uma das seguintes frutas: uva-passa, tâmara e ameixa seca
1 xícara de noz comum ou pecã
1/2 xícara de gengibre cristalizado
Açúcar de confeiteiro polvilhado num prato ou tigela
(Comece com 1/2 xícara e acrescente mais se necessário)

Misture as frutas, os frutos secos e o gengibre no processador até obter uma pasta. Com as mãos úmidas, faça bolinhas do tamanho de uma noz e passe-as no açúcar de confeiteiro.

Mahyoosa

1/2 kg de tâmara sem caroço
1 colher de sopa de manteiga sem sal
1/2 xícara de ghee (manteiga clarificada)
1 xícara de farinha de trigo integral
1/2 colher de chá de cardamomo

1/2 xícara de frutos secos mistos picados (tais como amêndoas e castanhas-de-caju)

Misture as tâmaras e a manteiga usando o processador e pulse até que as frutas estejam moídas, parecendo uma pasta. Reserve. Em uma panela média, a fogo médio, derreta o ghee. Conforme for derretendo, polvilhe a farinha e cozinhe mexendo sempre até ficar marrom-claro, aproximadamente por 5 minutos.

Acrescente o cardamomo e a pasta de tâmara. Abaixe o fogo e cozinhe mexendo sempre até obter uma massa homogênea. Adicione os frutos secos.

Tire do fogo e deixe esfriar o suficiente para manusear. Utilizando as mãos, pegue porções de aproximadamente 1 colherada e faça bolinhas. Coloque em forminhas de papel para muffins.

Em um recipiente hermeticamente fechado, os biscoitos podem durar várias semanas. Rende 36.

QUANDO ALLIE SE LEVANTA para ir buscar suas sacolas, Taylor dá um salto, com sua echarpe esvoaçante flutuando atrás de si. — Vou te ajudar. — Ela sai rapidamente. As duas sacolas de compras podem ser facilmente trazidas por uma só pessoa, mas Taylor vem carregando uma.

Há algo de diferente no relacionamento delas. Por que não percebi antes? Taylor parece não se separar de Allie, nem mesmo durante o curto tempo que leva para Allie buscar os biscoitos. Será que Taylor está apaixonada por Allie? Parece loucura. Será que Taylor sequer sabe disso? Ou serão apenas sentimentos de admiração e gratidão por parte de Taylor que explicam sua constante atenção e olhares derretidos? Mas isso não é compatível com Allie, que é bastante clara com relação à sua paixão pelos homens. Allie não parece estar atenta a isso, e ela não é uma pessoa desatenta. Muito pelo contrário. Percebe até mesmo os indícios mais leves que as pessoas revelam e os encaixa como peças de um quebra-cabeça para formar a imagem completa. Allie não interpreta nada, a não ser que você peça. Ela nunca se intromete, é apenas extremamente interessada, sempre fascinada por tudo. E por todos. Ela é uma excelente terapeuta que adora gente, mas que não se interessa pelo poder nem em usar um relacionamento profissional como defesa contra um relacionamento mais íntimo.

Quando traz as sacolas e se senta na ponta do sofá, seu rosto está relaxado. Taylor se acomoda na cadeira dobrável, encaixada ao lado dela. Ela está cheia de energia, o que surpreende um pouco, já que pareceu quase letárgica durante a maior parte da noite. Talvez esteja preocupada e aflita com sua situação profissional. Jeannie, no outro lado de Allie, beberica seu vinho. O cabelo de Allie está cortado praticamente na altura dos ombros, com reflexos de tons dourados. Em algum momento da noite, ela reaplicou o batom, na esperança de ressaltar seus lábios finos. Ela me disse que anda numa busca interminável para encontrar o batom ou o gloss que consigam aumentar seus lábios. Particularmente o lábio superior. Ela é a única que nota. O resto de nós só nota seu sorriso amplo e sua aura ilimitada de juventude. A oleosidade que lhe deu espinhas na adolescência se redimiu garantindo-lhe uma pele que agora a faz parecer mais jovem que seus anos. Ela tem uns sessenta, mas geralmente pensam que tem quarenta e poucos.

Tem um amante de trinta e poucos anos. Não é nenhum segredo. Todas adoramos o T.J. Ele é inteligente, mas é maluco. Uma combinação perfeita para ela. Ele morre de rir com as piadas de Allie, e foi sua empolgação pelo senso de humor excêntrico dela que nos levou a apreciar ainda mais suas tiradas. Eles estão juntos há três anos e vêm se separando e voltando durante os últimos dois, mas ela sempre consente que ele a puxe de volta. Eles possivelmente continuarão nesse vaivém durante a próxima década, a não ser que Allie termine tudo de uma vez por todas.

Na verdade, ele não é apenas um amante. Ele morou com ela durante mais de um ano. Eles se divertem tanto e parecem tão felizes, não sei por que não decidem ficar juntos. Já disse isso a ela várias vezes.

— Os homens sempre podem ter filhos. Ele quer filhos.

— Existem outras formas de se ter filhos.

— Minhas filhas se ofereceram para serem inseminadas, para que pudéssemos ter um filho, mas ele achou estranho demais.

— E adotar? Ou serem pais substitutos?

— Ele quer uma família comum. Com filhos. E ele tem medo de que eu morra quando ele tiver uns cinquenta anos e ele fique sozinho.

— Os homens fazem isso o tempo todo — eu disse. — Por que você não pode fazer também? — Dois anos antes, nós estávamos na varanda da casa dela, rodeadas por árvores. Uma jarra de chá gelado e uma tigela de pedaços de melão e mirtilos repousavam sobre a mesa de mármore. Allie vestia uma camiseta verde vivo e um colar de vidro do mar que ressaltava o verde de seus olhos. Está vendo? Não sei por que ela se acha sem graça.

— Um viúvo de cinquenta e poucos anos não precisa ficar sozinho. Há milhares de mulheres como nós prontas para resgatá-lo.

Allie inclinou a cabeça para trás e soltou uma gargalhada.

— Vocês se dão tão bem, você deveria parar de pensar numa forma de romper e descobrir uma maneira de fazer a coisa funcionar. — A brisa trazia o aroma denso e almiscarado dos viburnos.

— Você jurou que eu iria me entediar.

Jurei mesmo. Era o que eu pensava, no começo. Allie conheceu T.J. pela Internet. Ele estava procurando terapeutas para aprender mais sobre essa área e lá estava ela, sorrindo em sua biblioteca, seus olhos brilhantes parecendo cheios de vida e de entusiasmo. Ela deve adorar ser terapeuta, ele havia pensado ao examinar seu site. Ele checou se ela estava online e lhe mandou uma mensagem instantânea. E Allie, percebendo que ele estava procurando mais do que simples informações, e em sua disposição aventureira do tipo "por que não?", respondeu.

Naquela sexta, eles se encontraram no Cavern Club e dançaram ao som de Lady Sunshine and the X Band. Eu estava com ela, assim como Tracy e Silver, Vera e Finn, todos dançando "Hold On, I'm Comin'". T.J. parecia um universitário típico, mas dançava sem nenhuma inibição. A fumaça do bar cobria a pista de dança. Eles fecharam o bar e foram ao Fleetwood tomar o café da manhã.

O filho dela era mais velho que T.J. — Bem, eu não vou chamá-lo de papai.

— Mãe, você não acha que ele pode estar interessado em você só pelo dinheiro? Que ele está te enrolando de alguma forma? — perguntou uma de suas filhas.

— Não, ele está me usando só pelo sexo. Eu é que estou interessada no dinheiro dele — Allie ironizou, mas a filha não achou graça.

Pois é, T.J. era rico. Dinheiro herdado, cautelosamente investido em ações pagadoras de dividendos. Pelo menos estavam seguras na época. Agora, só Deus sabe.

T.J. era um neurocientista tentando decidir se queria continuar praticando cirurgias precisas e extremamente meticulosas em cérebros de ratos ou se passava para o processo livre e criativo da terapia.

— Você é a mais madura na história. Não o deixe tomar nenhuma decisão neurótica — disse-lhe uma amiga terapeuta.

A amiga estava insinuando que *ela* era a decisão neurótica. Obviamente, Allie tinha idade suficiente para ser mãe dele. Na verdade, ela era mais velha que a mãe dele, que o tivera jovem demais para ser mais do que uma amiga abilolada.

Mas eu disse: — Você vai machucá-lo. Vai se entediar e abandoná-lo.

Portanto, Allie, que geralmente dava os conselhos, estava recebendo-os. De todos os lados. "Não o machuque." "Proteja-o de você."

Enquanto isso, aquilo que começara como um flerte de duas semanas havia se transformado em um caso de amor completo, levado a cabo durante uma viagem de carro até a Califórnia, e depois numa viagem à cidade de Nova York, aonde eles levaram a filha mais nova dela para a faculdade. E, então, ele se mudou para a casa dela. Allie estava mais feliz do que eu jamais a vira. Aquela agitação impaciente havia desaparecido.

— Você sabe que eu sempre vou te amar. Você sabe que viverá nas minhas lembranças de tudo o que fizemos juntos. — Fora o tipo de imortalidade que ele prometera a ela. Mas não podia prometer a si mesmo. Enquanto lhe dizia aquilo, os olhos dele eram azul-claros, da cor de um céu com nuvens, e ele segurava suas mãos.

— Você fica me lembrando de que eu vou morrer — ela explodiu e puxou as mãos.

— Achei que estivesse te garantindo meu amor infinito.

Mas não um compromisso. Como se um amor infinito e impreciso fosse compromisso.

Talvez seja.

E, então, eles tentaram se separar. Ela disse: — Será neste feriado de Chanuká. Depois do ano-novo, Zoe e eu vamos para Antigua e nós dois devemos seguir caminhos separados.

Ela comprou protetor solar cinquenta e um biquíni preto novo.

Ele lhe enviou e-mails dizendo que havia cometido o maior erro de sua vida. Quantas almas gêmeas você pode ter? Quantas chances de ser feliz? Ele tinha todo o tempo do mundo; ela podia começar a sair sozinha e, quando encontrasse outra pessoa, ele sairia de campo. Dessa forma, ele poderia tê-la por mais algum tempo.

Loucura. Impossível. Eles estavam presos a um amor que nunca se transformava em promessa. Enrolados em um relacionamento cuja finalidade era o rompimento.

Eu soube disso à medida que tudo se desenrolava; ela me contou na varanda de sua casa, ou na minha casa, durante um jantar, ou durante uma de nossas longas caminhadas.

Mas Allie é Allie, está sempre animada com tantas coisas — com sua arte, seus clientes, a política — que o drama da situação nunca ameaçou deprimi-la. Portanto, agora, ele passa a noite com ela algumas vezes por semana. Sempre que estão juntos, estão felizes. E ela, de forma arbitrária e sem muita vontade, sai com outros homens. Faz aulas de dança de salão e de suingue e trabalha para o Partido Democrático, vai a palestras sobre física aos sábados de manhã e está fascinada pela teoria das cordas, pelos quarks, pelo universo continuamente em expansão, pela física da função cerebral e da regeneração cardíaca.

— Sempre achei que uma pessoa que ficasse sentada o dia inteiro escutando os problemas dos outros fosse cautelosa.

Ela riu. Estávamos novamente em sua varanda, os gaios-azuis voando em círculos, um beija-flor zunindo no comedor. — Que nada. Eu aprendi o contrário. Aprendi que, mesmo que você faça tudo como deve ser feito, as coisas podem dar terrivelmente errado; portanto, é melhor fazer o que seu coração mandar.

Assenti com a cabeça e suspirei, ao pensar em Alex e Sky.

— Eu faço o que quero dentro de limites razoáveis e o meu razoável é bem amplo.

Mas a verdade é que Allie é uma aventureira, com um coração sentimental e carinhoso que não se importa muito com o que as pessoas pensam nem com impressioná-las, e isso significa liberdade.

Quando Jim e eu começamos a namorar, foi com Allie que fui conversar. Se havia alguém que entendia sobre namorar um cara mais jovem, era ela. Devo admitir: o fato de Jim ser doze anos mais novo me fez hesitar. Doze anos! Eu notava as dobras de pele sobre meus joelhos, as rugas se acumulando nas minhas mãos, as manchas senis que rebatizei de sardas nos meus braços, o envelhecimento do meu colo devido aos anos tomando sol. Será que ele iria me ver sobre ele, a pele do meu rosto caída em olheiras e bolsas por causa da gravidade, a flacidez do meu traseiro e o balanço dos meus seios, e perder o tesão por causa do aroma profético da velhice? Talvez só faríamos amor no escuro.

Como é que Allie tirava a roupa na frente de um cara tão jovem?

O que ela fazia a respeito da celulite em seu traseiro? As coxas e joelhos enrugados?

Naquele dia, caminhávamos no parque Hudson Mills, com Disney na coleira. Nós duas estávamos determinadas a perder peso, mas nenhuma estava realmente fazendo nada além de melhorar um pouco a forma física. Mas tudo bem. Venho tentando perder cinco quilos há três anos e Allie perde e ganha os mesmos três ou quatro quilos todo ano. — Não importa se realmente vamos chegar ao peso desejado e conseguir mantê-lo — ela disse uma vez. — O objetivo é continuar tentando. E, olha só, estamos em melhor forma e mais saudáveis do que se parássemos de tentar.

O dia estava surpreendentemente cálido, no meio do inverno, como se estivéssemos recebendo uma trégua das rajadas de vento e do céu nublado e cinza.

— Ele não acreditou na minha idade. Achou que eu estivesse mentindo por alguma razão bizarra, mas então nós fizemos amor. Quando ele me disse que tinha trinta e dois, eu disse: "Você leu meu site na Internet, faça as contas. Tenho idade suficiente para ser sua mãe." — Allie riu. — Ele me disse, mais ou menos seis meses depois de nos tornarmos amantes, que concluíra que como eu já havia passado da menopausa, talvez devêssemos transar duas vezes por semana. "Duas vezes por semana? Que tal duas vezes por dia!" Não sei por que existe esse mito de que as mulheres mais velhas não querem sexo. Nós simplesmente não transamos tanto por causa dos problemas masculinos.

O sol derretia a neve que se acumulava em buracos no chão e o ar cheirava a terra molhada. Disney investigava o terreno e as sobras de neve com o focinho, procurando por velhos amigos.

— É. Eu me lembro dos trintões. Eles podem mandar ver a noite inteira e o dia inteiro.

Allie me lançou um olhar que dizia "graças a Deus". E, então, ela disse: — Mas a questão não é essa, sabe? Sexo é, no final das contas, apenas sexo, ainda que mova as estrelas e faça os planetas girarem. Existem todas as demais partes do encontro entre duas pessoas. Aquele espaço invisível que se forma das projeções dos sentimentos e das ideias a respeito do outro. A forma como espelhamos o outro e como somos espelhados por ele. As esperanças, os temores e as transferências.

Demos alguns passos em silêncio, nossos tênis golpeando o caminho de concreto simultaneamente. Então, o gelo se soltou de um galho, caiu e rachou.

— Mas o sexo é, certamente, uma excelente cola — Allie acrescentou.

— Os homens são tão visualmente programados. Eu simplesmente não consigo me imaginar dançando de forma sexy para ele.

— Ele iria adorar. Ei, tenho um CD ótimo de música de cabaré à moda antiga... nós deveríamos contratar uma stripper para nos ensinar a fazer striptease. Que se danem essas aulas de jazz e de aeróbica. Vamos aprender a rebolar.

Caímos na gargalhada. Allie provavelmente treinaria em sua sala de estar e faria uma surpresa para T.J. alguma noite dessas.

— Eu já tentei fazer girar aqueles tapa-mamilos, mas nunca consegui. — Allie sacudiu a cabeça e seu cabelo balançou sob o gorro de crochê.

— Ah, isso eu consigo fazer! Fui campeã de bambolê.

— Está aí outra coisa que nunca consegui fazer — ela disse. — É engraçado, não? Os homens da nossa idade têm tanta vergonha de seus problemas biológicos... parece que cinquenta por cento dos homens de cinquenta anos têm a temida disfunção erétil, e eles fantasiam que uma mulher mais jovem conseguirá levantar novamente seu velho membro. Daí eles lidam com suas mudanças de sexualidade evitando as mulheres da nossa idade. Praticamente têm pavor de conhecer mulheres da própria idade. E nós... nós ainda podemos fazer a parte do sexo, só não podemos fazer os bebês. Seria de imaginar que os homens ficassem espertos e se dessem conta de toda a brincadeira e diversão que existe nisso. O que todos nós queremos, homens e mulheres, é intimidade, e nossa sexualidade nos derrota... quer dizer, não derrota exatamente, mas vai colocando obstáculos ao longo do caminho. — Andamos mais um pouco e ela acrescentou: — Mas é uma grande motivação, seja unindo o casal ou separando-o.

Cerca de cinco minutos mais tarde, depois que havíamos ido ao banheiro na trilha e estávamos dando a volta para seguir na direção do rio ainda congelado e imóvel, ela disse: — Mas o lance da idade irá nos afetar, no fim. A T.J. e a mim. Tem a questão dos filhos. E o fato de que eu vou morrer e deixá-lo sozinho. Ele pensa nisso o tempo inteiro. Provavelmente será ele quem, por fim, irá encerrar a nossa dança.

— Ele poderia ter câncer ou sofrer um ataque cardíaco e morrer antes de você. Ele poderia se casar com uma mulher da idade dele e ela morrer. Não dá para prever a morte e os desastres. Olhe só a minha vida. — Nós duas pensamos em Alex.

Ela segue caminhando por mais alguns passos. Um pássaro cardeal voa na nossa frente. — Ah. Mas ele é estatístico. Ele conta as probabilidades. E, como eu disse, existe a questão de ter filhos. Você e Jim não precisam se preocupar com isso.

— Não quanto a não poder tê-los. Mas, em vez disso, eles determinam o tempo que passamos juntos.

— Dentro de alguns anos, eles terão ido embora. — Ela caminhava com as mãos enfiadas nos bolsos, o capuz do suéter sobre a cabeça e os olhos na estrada.

Eu sei que ela tem razão. Mas sei que os filhos sempre afetam os pais, a qualquer idade. E mesmo então, mesmo muito antes de Sky ficar grávida deste bebê e de Tara engravidar, pensei em como os filhos são dominantes na nossa vida e em como é difícil para um padrasto ou madrasta abrir tanto espaço. Como é difícil para um casal concordar a respeito do papel de pai, mesmo com relação a seus próprios filhos biológicos.

— A ironia é que todo mundo pensa que os filhos aproximam o casal, mas as pesquisas mostram que os casais sem filhos são mais felizes. Pelo menos considerando a taxa de divórcios.

Allie acabara de abordar as questões da minha cabeça.

— Adorei sua pesquisa.

— Minha leitura promíscua? — Ela riu e o capuz escorregou para trás, seu cabelo foi soprado pela brisa, o rosto sutil mas completamente maquiado. E então Disney me puxou pela trilha.

E, depois, algumas semanas atrás, na semana antes do feriado de Ação de Graças, ela me perguntou: — Você já disse a ele que o ama?

Eu me remexi na cadeira. Allie tinha vindo jantar na minha casa no meio da semana. Eu não estava com vontade de comer sozinha. Ela trouxe uma salada com cerejas secas, queijo roquefort e nozes. Me levantei para pegar mais vinho quando ela tocou no assunto.

— Você ainda não respondeu à sua própria pergunta. Seria Jim outra chance de ter intimidade, uma tentativa de um relacionamento permanente ou mais uma fuga ao compromisso?

— "Eu te amo" parece tão permanente, quando não sabemos se algo é permanente neste mundo. — Enquanto eu estava em pé, tirei a torta crocante de maçã do forno.

— Nada é — ela disse, seus olhos fixos em mim enquanto eu zanzava pela cozinha e, finalmente, voltava a me sentar. — Somos simples caminhadas ao longo da vida. Alguns, caminhadas bem longas. De décadas. Mas mesmo que exista "quase para sempre", há sempre a morte que irá acontecer a um dos dois, em algum momento.

Espetei no garfo um pedaço de frango e peguei um bocado de arroz para comer com ele. — Nem me fale nessa coisa da morte. Porém, essas três palavrinhas sempre vêm acompanhadas de exigências e encargos.

— Pois é — Allie concordou, com uma couve-de-bruxelas espetada no garfo. — Depois que meu casamento terminou, senti toda a perda da vida em comum. Mas estar sozinha tem seu encanto, e sua liberdade. Também tem uma solidão avassaladora. São trocas. Tudo tem um preço. Quando você tem um parceiro, sua vida é importante para alguém. Vocês são testemunhas um do outro. Vocês observam um ao outro. — Ela disse "observam" lentamente. — Você está menos só por um tempo.

Devo admitir que me senti triste. Triste quanto à minha solidão e triste quanto a confiar que alguém possa ficar por perto sem que aconteça algum desastre. Doença. Morte. Infidelidade. Acho que sou como T.J., mas não tenho a desculpa da idade, apenas um histórico de vida. — Ele passa muito tempo longe — foi só o que eu disse a ela.

Mas Allie me observou, me observou alisar o guardanapo, brincar com a comida, sorver o vinho, afastar o cabelo da testa.

— Não de você — ela disse. — Por causa do trabalho. Por causa dos filhos. E quanto a você? Você o ama?

— Ainda estou apaixonada por ele. Aquele sorriso lindo e sua forma de flertar. O fato de nos divertirmos pra caramba fazendo juntos as coisas de que gostamos. O fato de ele ser um bom pai e não me controlar. Quando estamos juntos, tudo se encaixa perfeitamente. Eu penso nele o tempo todo. Ficaria desolada se ele fosse embora.

— Então?

Então o telefone tocou. Um adiamento à pergunta dela.

AGORA AS PÁLPEBRAS DE TAYLOR estão a meio mastro, os cílios lançando lindas sombras em seu rosto enquanto ela observa Allie de soslaio. Allie está com uma camiseta preta e um suéter de amarrar em tie-dye verde. Jeans preto. Há sempre algo levemente incomum na forma como ela se veste, numa combinação entre roupas de marca e peças econômicas, mas também confortáveis e aconchegantes.

Como será que ela interpreta essa atitude atual de Taylor? Como aquela espécie de atração que as mulheres mais jovens às vezes desenvolvem pelas mais velhas que atuam como suas mentoras, ou como atração sexual? Allie não parece nem um pouco constrangida, então talvez haja alguma coisa que eu não saiba.

Todas estão em seus lugares, conversando e rindo. Verifico meu celular, mas ele está silencioso. Nenhuma chamada. Imagino a impaciência de Sky, a sensação de preocupação crescente enquanto ela espera notícias da médica. E, então, imagino que ela e Troy estão jantando, fazendo um brinde a seu bebê saudável com copos de água com gás. Eu fui esquecida, nesse instante de alegria. Penso na estatística de Allie — a taxa mais alta de divórcios entre casais com filhos — e no trauma que Sky e Troy estão tendo que enfrentar para ter um bebê. Penso em Laurie e Olivia. Em T.J. e seu desejo de ter um filho biológico.

Quando olho para o outro lado da sala, vejo o ursinho de pelúcia que Jim trouxe hoje, com seus corações e árvores de Natal, posicionado sob a árvore como se houvesse estado ali no ano passado e no anterior. Tão bem ele se encaixa. Uma de suas patas está levantada, pronta para um "toca aqui"; a outra está descansando sobre o urso de Tara, que finalmente está recebendo um pouco de carinho. Nós nos apaixonamos e nos esforçamos ao máximo para ver nosso amor expressado em uma nova vida. Me flagro pensando em como seria um filho meu e de Jim. Que interesses e talentos ele ou ela poderiam ter. Quando fazemos amor, quero fazer desaparecer nossa pele e quero que nos transformemos verdadeiramente em um, num orgasmo que elimine nossa individualidade. Um filho seria uma evidência concreta de fusão. E, então, ele se desenvolveria, fugindo do nosso desejo por uma prova do nosso amor e passando a existir para seus próprios fins.

A BOCA DE JEANNIE está relaxada e suas sobrancelhas niveladas. O olhar ansioso, irritado, se suavizou. Sua atenção se desloca quando Allie se levanta. — Não mudou muita coisa para mim este ano, foi um desses anos que passam rápido demais sem que nada tivesse sido resolvido com relação a T.J. Ainda estamos naquela dança do vai e volta. O próximo ano será diferente.

— Um brinde a isso! — Rosie ergue sua taça, o pálido vinho branco dando voltas no cálice.

— Naomi irá se formar. Mas ela já não mora mais em casa. Continuo atendendo meus pacientes e continuo brincando com as minhas tintas. Portanto, foi um desses anos que se resumem às mudanças das estações e ao amor da família e dos amigos. Passou num flash. Como se o tempo se contraísse e estivéssemos nos preparando para atingir a velocidade da luz. E suponho que eu não tenha encarado o desafio que se apresentava. — Ela pressiona os lábios.

Todas sabemos que ela se refere a T.J.

Allie enfia a mão em sua sacola e tira uma meia de Natal vermelha.

— Caramba. Adoro quando as embalagens podem ser usadas como decoração — diz Laurie. — Ou quando são algo prático.

Allie passa a meia de feltro vermelha para Taylor, que a segura antes de repassá-la para Sissy.

— Humm, deixe-me contar sobre meus biscoitos. Alguns meses atrás, saiu uma receita no *Ann Arbor News* de biscoitos da Arábia Saudita para comemorar o fim do Ramadã. Quando li a receita, percebi que eram muito parecidos aos biscoitos de Chanuká que minha mãe costumava fazer. Então, preguei a receita no meu mural, pensando na semelhança que até mesmo os biscoitos têm entre árabes e judeus. Essas duas tribos irmãs que vêm lutando há milhares de anos.

Allie continua entregando as meias vermelhas. — Neste ano de união e de esperança pela paz, fiz os dois tipos. Os judeus têm açúcar por fora. Os árabes têm farinha. Mas ambos são feitos com quase os mesmos ingredientes. Os árabes pedem um novo ingrediente, o *ghee*, que é manteiga clarificada, e você cozinha a massa no fogão. Mas os biscoitos são de frutas secas. Esses são os principais ingredientes e fontes de sabor. Tão parecidos. E as meias? Bem, pensei que, como estava fazendo biscoitos muçulmanos e judeus, devia embalá-los num tema cristão. Três das maiores religiões do mundo. Acompanhados de esperanças de modificações pacíficas aqui e no mundo todo.

Depois de colocar uma na sacola da casa de caridade, abri a minha meia e experimentei um dos biscoitos de Chanuká.

— Aposto que também são saudáveis. — Um confeito doce com um toque de especiaria e gengibre.

— São feitos com frutas secas e nozes. Mas são altamente calóricos.

— Você se superou este ano — diz Vera. — Biscoitos com o tema da paz.

Allie ri. — Eu sei que isso é piegas, mas a despeito da economia e do frio terrível, estou pensando em todos os nossos passos rumo à igualdade e à paz mundial. E esta comemoração, seja Natal ou Chanuká, não se refere precisamente ao retorno da luz no meio da escuridão? Logo depois do solstício de inverno, o dia mais curto do ano, recebemos cada vez mais luz do sol e podemos novamente antecipar a primavera e a renovação. Assim como os biscoitos, muito mais parecidos entre si do que diferentes.

Todas ficamos caladas por alguns segundos conforme pegamos os biscoitos. — Peguei um árabe — diz Jeannie.

— Eu peguei um judeu — diz Rosie e, então, ela encara Jeannie, brindando à diferença como se dizendo que, se podemos esperar que essas duas nações façam as pazes, talvez nós também consigamos. Todos temos nossas falhas.

Jeannie inclina a cabeça para ela enquanto ambas comem os biscoitos, observando-se mutuamente.

Uau, penso. Uau. Será que estou vendo isso? Será que isso está mesmo acontecendo? Observo-as do outro lado da sala, Rosie com reflexos em seu cabelo curto e Jeannie ainda com aquele olhar de gazela assustada.

Todas erguemos um biscoito. — À paz — Charlene diz ao enfiar o seu na boca.

— E à volta da prosperidade — diz Laurie.

— Ei. Vamos continuar. Que tal empregos significativos para todas?

— E plano de saúde.

— E a cuidar mais da mãe Terra.

— Ao amor tolerante — Allie diz e seu braço abarca o grupo de amigas.

— A menos emissões de carbono.

— Aos combustíveis renováveis.

Todas rimos.

O TELEFONE VIBRA, eu o agarro do lado do corpo e corro para o quarto. É o Jim.

— Oi.

— Oi. Você soube alguma coisa da Sky?

— Achei que você fosse ela.

— Me desculpe.

— Sempre fico feliz em falar com você.

— Como vai a festa?

— Boa. Divertida.

— Eu queria te dizer que as crianças vão ficar com a mãe nesta sexta. Isso quer dizer que, definitivamente, temos um compromisso.

Prendo a respiração. Escuto as risadas da festa na sala e sinto o cheiro de cravo e rosa das flores ao lado da minha cama, que agora está coberta por uma pilha de casacos. Sei o que devo fazer, o que preciso fazer. Uma das minhas almofadas de renda caiu no chão. Eu a apanho e a coloco encostada à cabeceira e fico olhando para os casacos atravessados sobre a cama.

— Você já tinha marcado outro compromisso? — Ele ri, mas é uma risada nervosa.

— Eu te amo.

Faz-se um silêncio mortal no telefone.

Ele não me ouviu.

— Eu só preciso te prometer um encontro na sexta e você me ama? — Ele brinca para esconder a repentina falta de jeito. Ele não retribui.

Cheguei tarde demais. Eu deveria ter dito antes, logo na primeira vez que ele me disse. Que foi há meses. O momento se perdeu. Tarde demais. Ele se afastou de mim, de nós. Meu senso de oportunidade é uma merda mesmo. Só o que consegui fazer foi me expor.

Merda. Meu coração se acelera.

Os filhos dele eram só uma desculpa. Sua forma de manter a distância. Ele não quer mais do que nós já temos.

— Eu te disse no Dia dos Namorados, em fevereiro. Agora já estamos quase no Natal — ele diz amavelmente, quase num sussurro. — Desde então venho esperando por você. Te dando tempo, a despeito da minha vida louca.

Exalo. — Eu te amo. — digo novamente, me perguntando se será diferente na segunda vez. Desta vez, minha voz está baixa e cada palavra é cuidadosamente entoada. Eu. Te. Amo. Desta vez estou parada, ouvindo a declaração que ele me disse meses atrás. Profundamente, com aquele toque de gentileza.

— Me ligue quando a festa acabar, não importa quão tarde. Estarei esperando. E, Marnie... — Ele hesita por um momento. — Eu te amo. Eu também te amo.

TÂMARAS

As tâmaras são uma das minhas frutas favoritas, uma gentileza que me faço no final de uma refeição quando sinto vontade de comer alguma coisa doce. Às vezes recheio o vão deixado pelo caroço com uma amêndoa, uma pecã ou uma noz.

Minha avó adorava tâmaras e me contou que a tamareira era a árvore da vida, um alimento básico do deserto da África e do Oriente Médio e uma planta essencial da qual dependia a vida humana. Como têm sido cultivadas há tanto tempo, pelo menos oito mil anos, é difícil saber exatamente onde se originaram, mas é muito provável que tenha sido nos oásis do norte da África e do Golfo Pérsico, o famoso Crescente Fértil. As tâmaras, juntamente com as azeitonas, os figos, as romãs e as uvas, estiveram na segunda onda de plantas cultivadas no nosso planeta. As árvores tinham a desvantagem de só dar frutos vários anos após o plantio, portanto o cultivo foi possível apenas depois que as pessoas se comprometeram à vida em vilarejos. Há imagens de tamareiras decorando entalhes dos períodos mais primitivos das civilizações egípcias e mesopotâmicas.

As tamareiras podem brotar a partir de sementes, mas como, nesse caso, os frutos podem ser menores e a árvore pode ser macho, elas são geralmente reproduzidas através de mudas, de forma que a nova planta produza tanto quanto a árvore que lhe deu origem. Uma tamareira leva de quatro a sete anos para dar frutos e as árvores podem se reproduzir durante um período de sete a dez anos. As frutas que normalmente compramos foram deixadas nas árvores para secar ao sol. Também se comem as frutas menos maduras. No cultivo moderno, as tamareiras são polinizadas à mão; uma planta macho pode polinizar cem plantas fêmeas. Enfim, pode-se pensar que espalhar sementes por uma área extensa funcione para todas as espécies. Porém, essas plantas macho precisam de ajuda, então, empregados extremamente capacitados trepam nas árvores com auxílio de escadas ou, como no Iraque, utilizam uma ferramenta específica, que é presa à árvore, para polinizar as árvores fêmeas.

As tâmaras são ainda um produto de importância crucial no Iraque, na Arábia Saudita e no norte da África, a oeste do Marrocos. Nos países islâmicos, tâmaras com iogurte ou leite são tradicionalmente a primeira refeição quando o sol se põe durante o Ramadã. As tâmaras também são cultivadas no sul da Califórnia e no Arizona, depois de terem sido introduzidas em meados do século XVIII. Ao consumirmos tâmaras, estamos comendo o presente que nos dá a árvore da vida.

9

Sissy

Biscoitos de Cheeseburger

Aproximadamente 700g de biscoito de baunilha tipo mentira ou sequilho
1 clara de ovo
1/4 de xícara de gergelim
4 a 5 colheres de sopa de leite
1/2 colher de chá de extrato de amêndoa
4 xícaras de açúcar de confeiteiro
Colorante alimentício amarelo
Colorante alimentício vermelho
1 xícara de coco ralado
Colorante alimentício verde
Aproximadamente 600g de biscoito com cobertura de chocolate (tipo Calipso)

Coloque os biscoitos de baunilha em duas bandejas — em uma delas coloque-os com o lado arredondado virado para cima, e na outra virado para baixo. Cada bandeja deve ter o mesmo número de biscoitos, de 35 a 40.

Pincele os biscoitos virados para cima com a clara de ovo e polvilhe o gergelim sobre eles.

Para fazer o glacê (queijo): Misture 4 colheres de sopa de leite e o extrato de amêndoa com o açúcar de confeiteiro. Adicione mais leite se necessário. Acrescente os colorantes amarelo e vermelho até obter uma cor alaranjada de queijo.

Para colorir o coco (alface): Coloque o coco ralado num pote com tampa e acrescente o colorante verde. Sacuda até que fique cor de alface.

Para montar: O glacê cor de queijo funciona como cola. Coloque o glacê num biscoito virado para baixo. Acrescente um biscoito coberto de chocolate e salpique o coco verde por cima. Repita o procedimento com a bandeja inteira. Então, besunte com glacê o lado plano dos biscoitos polvilhados com gergelim e coloque-os sobre o coco-alface. Você fez um biscoito cheeseburger em miniatura. Não ficou lindo?

SISSY ME CONVIDOU para um churrasco de família no último Dia do Trabalho. Desconfiei que fosse sua maneira de me conhecer em seu próprio território. Naquela altura, Tara e Aaron estavam morando a um quarteirão da casa dela e nosso neto já era visível no abdome arredondado de Tara. Não tão enorme quanto agora, mas inconfundível. No outro lado da rua, uma casa cercada por tapumes estava quase sufocada por uma trepadeira. Sacos de lixo esperavam pela coleta. Pessoas desciam a rua de patins. Special Intent, que é o nome artístico de Aaron, Red Dog e Tara estavam trabalhando em seu CD demo. Naquele dia, Sissy me recebeu com um sorriso de boas-vindas e o pescoço envolto por miçangas coloridas. De pele morena e seios fartos, ela abriu os braços e me deu um beijo e um abraço. Senti um perfume de rosas e limão. Ela queria me mostrar o mundo de Aaron, ou talvez só quisesse estabelecer uma aliança entre avós. Mas foi confiante o suficiente, e corajosa o suficiente, para fazer o primeiro contato comigo.

Gosto de pensar em mim mesma como alguém que fica à vontade em situações fora dos padrões estabelecidos, mas, a bem da verdade, Tara nunca foi muito obediente e sempre forçou os limites, querendo fazer as coisas sempre do seu jeito. Eu não sabia se o fato de ela ter escolhido Aaron — ele era certamente uma escolha, e não o resultado daquela típica atitude "ah, aconteceu" que tantos jovens adotam — se tratava de rebelião ou amor de verdade. Agora eu sei. Mas no início não sabia.

Me lembro do dia exato em que Tara conheceu Aaron. Ela havia tingido o cabelo de preto na semana anterior.

— Faz você parecer velha, tira toda a sua inocência.

Tara revirou os olhos. — Mas é essa a ideia, mãe.

Tara trabalhava dois sábados por mês para o Grupo Voluntariado Jovem, na Associação Cristã de Moços e, naquele dia, eles foram enviados ao Habitat para a Humanidade. Ela estava com quinze anos. Naquela noite, no jantar, Tara anunciou que havia passado o dia inteiro pintando e que tinha feito um novo amigo.

— Ótimo. — Um amigo que é voluntário no Habitat para a Humanidade deve ser uma pessoa conscienciosa, pensei.

— Pois é, ele é de Detroit. Ele é negro. Está estudando no reformatório.

— O quê? — Reformatório é um eufemismo para prisão de jovens infratores. — Como ele pôde ser voluntário? — Notei um toque de ousadia em sua fala rápida, enquanto eu servia a salada.

— Ele faz parte de um programa especial de trabalho, em preparação para ser solto, e nós, tipo, passamos o dia pintando um quarto de branco e conversando sobre a minha escola e sobre música. Ele também é músico, mãe. — Os olhos de Tara estavam no tom de verde que costumavam ficar quando ela estava feliz. Nem mesmo o cabelo preto mudara aquilo. — Ele escreve letras de rap. Você iria gostar dele.

— Por que ele está na cadeia? — Era primavera e o sol estava começando a se pôr, lançando um brilho rosado sobre a mesa e em seu braço.

Tara deu de ombros. — Não perguntei isso a ele, mãe. Aaron pegou meu endereço e vai me escrever. — O momento de harmonia havia desaparecido.

— Talvez — eu disse.

Mas ele escreveu. Uma carta chegou, com caligrafia estilizada a lápis, com traços e espirais sobre as curvas finas de cada maiúscula. Tara agarrou o envelope, sorriu e disse: — Não falei que ele ia escrever — e subiu correndo para seu quarto. Ela passou a tarde inteira respondendo à carta com sua caligrafia arredondada, decorada com círculos pontuando os Is.

A troca de cartas foi se intensificando. Eu fiz mais perguntas. Quando ele vai sair? Quantos anos ele tem? Onde estão os pais dele?

— Ele tem dezessete.

Dois anos a mais do que Tara. — Ele vai se formar no ensino médio?

— Ele vai sair no ano que vem. Sim, ele vai se formar. Eles, tipo, os fazem estudar lá. Ele é inteligente, mãe. Inteligente pra caramba. E eu não pergunto a ele sobre os pais. — Ela se calou por um minuto, vasculhando sua memória. — Ah, a mãe dele é enfermeira. Ele me contou. Não falou nada sobre o pai.

— Por que ele está preso? — perguntei.

— Não sei. — Tara desviou o olhar.

— Você não sabe? Não perguntou?

— Ele *disse* que me contaria quando me visse novamente. — Ela se virou para sair da sala.

— Espere aí. Isso não pode ser bom, Tara — gritei para as costas que se afastavam.

Quando Sky telefonou, ela bombardeou Tara de perguntas sobre ele. Eu podia perceber, pelas respostas de Tara, que ela estava reticente, mas se abria mais com Sky do que comigo. — Nós temos tanta coisa em comum. Somos parecidos, de alma — escutei-a dizer.

No outono, eles ainda estavam se escrevendo. Tara continuou a trabalhar como voluntária na ACM, mas Aaron não voltou mais ao Habitat. — Quero convidar Aaron para o baile de volta às aulas.

— Volta às aulas? Pensei que ele estivesse no reformatório — eu disse. Nós estávamos na cozinha, fazendo espaguete.

— Ele está, mas, tipo, ele acha que pode conseguir uma saída de fim de semana. Ele não se meteu em nenhum problema desde que chegou lá e eles dão alguns privilégios. Ele pode ficar aqui?

— Com a gente?

— Onde mais? Detroit fica longe demais. Você vai gostar dele, mãe. O nome artístico dele é Special Intent e ele está sempre compondo letras de rap. Quer ouvi-las?

Olhei para minha filha com olhos semicerrados. Tara estava ingenuamente supondo a minha aceitação ou estaria me testando? Um garoto na prisão juvenil que queria ser uma estrela do rap? Mas eu sabia que censurar o relacionamento apenas aguçaria a curiosidade de Tara.

— Vou pensar no caso — eu disse e, então, acrescentei: — Sabe, na sua idade, os garotos são apenas o sabor da vez. — Salpiquei manjericão no molho. Nossas conversas sempre ocorriam durante o jantar. O suborno da comida significava que Tara estaria ali e poderia conversar comigo. Engraçado como minhas filhas são diferentes. Sky me contava tudo. Tara me conta o mínimo necessário.

Tara revirou os olhos e virou a cabeça com um gesto brusco.

— Já passaram, tipo, cinco meses, mãe. — Ela estava rasgando a alface para a salada.

— Num relacionamento a distância não há tempo para ficar aborrecido ou irritado — adverti.

Tara estava com uma mão na cintura, a boca torcida numa expressão de contrariedade, e então ela disse: — Além do mais, veja só a Sky e o Troy.

Aí ela me pegou. — Só não quero que você se decepcione — eu disse lentamente, enquanto mexia o molho. Não me sentia tão à vontade a respeito daquilo quanto estava tentando parecer. Eu havia namorado homens de raças diferentes, mas, por um motivo ou outro, nada de importante tinha advindo daqueles namoros. Eu havia crescido com os comentários sutilmente racistas do meu pai e sabia que, se ainda estivesse vivo, ele ficaria horrorizado com o namorado de Tara. Não era assim que eu me sentia quando era pequena. E, certamente, não é assim que me sinto agora. Até meu pai poderia ter mudado sua atitude, a essa altura. Mas minha preocupação aumentou porque Aaron estava na prisão. Era o acúmulo de dificuldades. Raça, classe social, o estigma do cárcere.

Tara interpretou meu último comentário como anuência.

— Você tem um mapa? Ele precisa saber como chegar aqui.

— Por que não usa o computador e o site do Mapquest?

— Se ele pudesse conseguir um mapa desse jeito, já o teria feito, mãe.

— No carro, Tara. Pegue o mapa que está no carro.

A volta às aulas aconteceria em dois meses. Eu não queria dar a ela nenhuma desculpa para se rebelar. As coisas já eram frágeis o bastante desde que Tara entrara na puberdade e decidira que queria viver a vida do jeito dela.

As cartas continuaram chegando. Duas, às vezes três por semana, de muitas páginas. Tara leu para mim algumas canções dele. Pelo menos não eram letras misóginas cheias daquelas palavras ofensivas para os negros que eu detestava. Ele parecia estar se esforçando por algo.

— Ele parece estar irritado com o mundo.

— Acho que nisso ele está certo.

— Sabe — me esforcei para manter a voz neutra e suave —, a maior parte das pessoas que já foi para a prisão acaba voltando. Acho que é mais de sessenta e cinco por cento. Não ignore o que isso significa. A prisão nem sequer tenta reabilitar, apenas ensina violência e como ser um criminoso melhor.

— Não no caso dele. Você não o conhece. Além disso, ele está num programa especial.

— Estou preocupada com você. Com *você*, minha filha querida.

TARA ACRESCENTOU mechas da cor de um pássaro azulão em seu cabelo preto. Ela fez mais três furos nas orelhas, um na sobrancelha e um no lábio e os encheu de argolas prateadas.

Quando a vi, eu disse: — Isto está horrível. Como se você estivesse tentando ficar feia.

— Todos os jovens estão fazendo isso.

— Nem todos.

— Todos os artistas e músicos.

Ela só está testando suas asas, eu disse a mim mesma. Sempre forçando os limites de tudo. Pelo menos ela não tinha começado a colocar alargadores nas orelhas. Tirava só notas A e passava a maior parte do tempo ao piano, praticando, compondo músicas e cantando. Meu divórcio de Stephen não tinha sido nada fácil e ele mal a via.

Algumas semanas depois, perguntei: — Quando é que o tal de Aaron vem?

Tara deu de ombros. — Eles leram as cartas e, quando viram o mapa, acharam que ele estava planejando escapar, então ele perdeu o status de segurança mínima, foi tirado do programa especial e agora não vai poder vir ao baile de jeito nenhum.

— Puxa, que droga, meu bem.

Minha voz estava tão monótona que Tara verificou minha expressão para ver se eu estava sendo sarcástica, ou se parecia aliviada. Eu estava genuinamente triste por Aaron, mas tinha acalentado a esperança de que quando eles se vissem novamente a paixão e o fascínio já houvessem se dissipado.

— Aaron diz que é uma instituição idiota. Eu não deveria ficar chateada — disse Tara.

— Ele te disse por que está lá?

— Eu não o vi, mãe. Você, tipo assim, não escuta o que eu digo?

— O que você vai fazer com relação ao baile de volta às aulas?

— Eu limpei o balcão da cozinha com um pano.

— Eu, Jeannie e Robin vamos com Shorty, Ted e Kevin. Não como namorados. Só amigos. Vamos alugar uma limusine e ir jantar no Macaroni Grill. Estão todos decepcionados por não conhecerem o Aaron.

— Como você vai pagar por isso?

— Mãe, eu economizei parte do dinheiro do meu aniversário durante o verão. Aaron e eu sabíamos que queríamos ir.

Ela me surpreendeu. Passara de adolescente irritada, aparentemente impetuosa, a uma jovem que fazia planos e sacrifícios para atingir seus objetivos.

Eu estava enganada quanto a Aaron. Ele não se desvaneceu como um romancezinho adolescente. Em vez disso, Tara se transformou numa estatística hip-hop do século XXI. Garota branca de dezoito anos solteira e grávida de candidato a astro do rap negro recém-saído da prisão. Mãe solteira. Uma coleção de empregos que mal os sustentavam. Sonhos de fama e dinheiro. Seria cômico se não fosse trágico. Enquanto isso, minha filha e o namorado se encontravam no espaço de sua própria criação.

Tara sempre fora apaixonada por música. Era como se ela houvesse tomado o sonho não realizado de Stephen — de ser um astro do rock — e o tornado seu. Seja devido à genética, ao estímulo ou a um fator *x* pessoal, seu zelo pela música e sua dedicação sobrenatural a ela ficaram aparentes desde que ela era criancinha. — Isto não parece o som da chuva, mamãe? — Ela tocava duas notas, muito suavemente, em um xilofone de brinquedo. Lá pelos seis anos, criava melodias imitando o canto de um pássaro, com os pezinhos pendentes, incapazes de alcançar os pedais do piano.

Então Aaron apareceu e eles se agasalharam mutuamente com o mesmo sonho. E depois ele ficou livre e foi morar em Detroit com a família, e eles se viam sempre que conseguiam tempo, carro e dinheiro da gasolina para fazer a viagem.

— E então, por que ele foi preso, afinal?

— É uma história maluca, mãe. — Tara evitava o meu olhar.

— Vou escutar até o fim, não importa quanto demore. — Fechei o romance que estava lendo.

Tara se sentou de frente para mim e dobrou a prega em seu jeans, e as mechas azuis em seu cabelo cintilavam.

Esperei.

— Você pode perguntar pro Special, sabe, ele vai te contar. Ele não é uma pessoa fechada. Ele fala sobre as coisas. — Tara pressionava seu jeans com a ponta dos dedos como se isso fosse atenuar minhas preocupações.

— Você está aqui. Me conte você.

— Bem, tipo, ele e uns amigos pararam para comprar pizza. Ele estava sentado no banco de trás do carro, nem entrou na pizzaria. Ele não sabe ao certo se foi, tipo, uma coisa de momento ou se seus amigos tinham planejado roubar a pizzaria desde o começo. Um policial à paisana estava comprando uma pizza para sua família. Ele sacou a arma e os prendeu. Viu Aaron no banco de trás do carro e o prendeu também.

— Ele foi culpado por associação?

Tara olhou para além de mim. — Aaron tinha cinco saquinhos de maconha que tinha conseguido numa barganha por trinta dólares.

— Ele foi condenado por isso? Por trinta paus de maconha?

— Basicamente. E por estar no lugar errado na hora errada.

Olhei para ela com os olhos apertados. Tinha algo mais ali.

— Ele ia vender? Era essa a barganha?

Tara deu de ombros.

— Ele é um traficante iniciante?

— Isso foi naquela época.

— Ele é?

— Não.

— Ele era na época?

Ela negou com a cabeça.

— A filha do Harv e da Kim, como é o nome dela?

— Katie...

— Obteve liberdade condicional e serviço comunitário por muito mais maconha do que isso. Quanto ela tinha? Pouco mais de cem gramas. Tem certeza de que me contou a história toda? Ele já havia se metido em problemas antes?

— Não. Primeira prisão. Mas, mãe... — A voz de Tara tinha um tom exasperado, como se ela fosse a adulta, e eu a adolescente. — A Katie é branca e tinha um advogado. Ela vive em Ann Arbor, não em Detroit.

Ergui a cabeça e disse, tanto para mim mesma quanto para ela: — Circunstâncias infelizes. Ações descuidadas. Má sorte. Decisões equivocadas. — Quando me voltei para ela, vi que estava me observando e seus dedos continuavam pressionando a prega do jeans. — Não quero você metida nisso.

— Aaron poderia ter conseguido um acordo. Ele teria que depor contra seus amigos. Ser um delator. Ele não podia fazer isso. Eles, tipo, deram a ele a penalidade máxima.

— Você acha isso honroso e honesto?

— Você não?

— Depende de como você interpreta. Qual será o efeito dessa condenação no futuro dele? Qual foi o efeito em sua família?

Tara afastou os ombros para trás e levantou o queixo. — Eu acho que a lealdade e o fato de se importar mais com os outros do que consigo mesmo são bons traços de personalidade.

— Às vezes. — Assenti. — Eles foram leais com ele? Se ele realmente não sabia que o roubo iria acontecer, por que eles não o protegeram? Agora ele tem ficha criminal.

Tara pensou por um momento. — É tipo uma ficha juvenil. Mas é verdade. Ele foi, tipo, estúpido consigo mesmo, mas bom com os amigos. — Seus ombros relaxaram. — Conseguiu seu diploma supletivo de ensino médio na cadeia e trabalhou em sua música. Ele diz que às vezes há males que vêm para o bem e há bens que vêm para o mal.

O churrasco do Dia do Trabalho foi a primeira vez que o ouvi cantar. E a primeira vez que vi Sissy e fui recebida por seu sorriso de boas-vindas. Ela usava um batom roxo brilhante naquele dia, uma cor que jurei que iria experimentar.

Estávamos ao ar livre. Alguém havia trazido um sofá velho, mesas de carteado e cadeiras de plástico. Sissy usava uma blusa com decote em V que exibia seu colo. Os braços estavam adornados por braceletes. Argolas grandes nas orelhas. A amiga de Sissy, Darling, também estava lá, com uma camiseta cor-de-rosa e um boné do time de basquete Detroit Pistons, ajudando Sissy a virar as costelas. O aroma de molho de churrasco e da gordura derretida na churrasqueira enchia o ar. Famílias vizinhas haviam trazido frango, macarrão com queijo e bolo, e mais cadeiras e mantas. Então, conforme caiu a noite, eles insistiram para que Aaron cantasse.

Red Dog fez um sinal com a cabeça para Sonny, um garoto de uns dez anos. — Vem cá ajudar. Você diz: "Cadeia serve pra quê? Não serve pra nada", quando eu apontar para você.

— Vamos lá, Dog. Vamos cantar. — Aaron estava em pé ao lado de Red Dog. Tara se virou em seu teclado.

Se ouviu dizer que ser preso
era uma coisa maneira.
Vou te contar uma coisa
isso é pura besteira.
Das 24 do dia
só passar uma fora
numa cela 2x3
que mais parece uma gaiola.

Red Dog aponta para Sonny.

Cadeia! Serve pra quê?

Tara o ajudou.

Não serve pra nada.

O que nós também repetimos.

Todo dia perguntando
quanto sol vai tomar
comendo, bebendo, dormindo
no mesmo lugar de cagar
Só com lembrança e saudade
de tudo que era importante.
Agora que os limites da cela
são a realidade dominante.
Cadeia! Hã, hã. Por Deus, vocês

Sissy resmunga.

Serve pra quê?

Todo mundo grita.

Não serve pra nada.

— Você é o cara! Faz rap e já foi pra cadeia. — disse Sonny, pigarreando.

— Como é que é? — gritou sua mãe.

— Não é legal ir pra cadeia — Aaron disse e se sentou ao lado de Tara, que agora estava descansando numa manta azul, acariciando com a mão de unhas pintadas de negro a saliência que era seu bebê.

— Você ouviu o que ele disse? Não é nada legal ir pra cadeia.

— É disso que se trata a canção. Perda de tempo e dureza. Descobri que não quero voltar pra lá. Aprendi que a gente deve saber a quem ser leal. Não pode ser leal com os compadres que não são leais a você, e você só vai descobrir isso quando a coisa ficar feia, na hora do vamos ver. — Aaron se recostou apoiado em um cotovelo. — Aprendi, eu acho, que o ar livre é bom demais para perdê-lo. Esta é a minha vida, a única que eu tenho, e não quero perder nem um pouco do meu tempo trancado numa cela 2x3. — Ele olhou para Tara deitada sobre a manta, a barriga anunciando a gravidez. — Quero estar por perto para cuidar do meu "mini eu" e ver onde minha música vai dar.

Eu não sabia o que pensar. Não havia dúvida de que Aaron parecia estar falando sério sobre sua vida e sua devoção a Tara. Não havia dúvida de que ele estava focado nisso. Eu podia sentir o amor, a afeição e o respeito entre eles.

— Olha, mamãe. — O rosto de Sonny se voltou para cima. Imperceptivelmente, a noite tinha caído. Estrelas salpicavam o céu escuro. Um silêncio recaiu sobre todos conforme olhávamos para a Via Láctea, com seus diamantes exorbitantemente luminosos.

— As pessoas costumavam ver figuras nas estrelas... reis e sereias, deuses e deusas... e criar histórias sobre elas — eu disse.

— Não tô vendo nenhuma pessoa lá em cima — disse Sonny. — Vejo um carro. — Ele apontou para o céu, traçando o contorno de um carro. — Tá vendo? E olha só. Tem uma arma, acho que é uma metralhadora.

— É, parece uma semiautomática. — Red Dog riu.

— O que será que eles estão fazendo lá no céu? — perguntou Sonny.

— Lá está a caminhonete BMW do Big Mickey; ele tá dando umas voltas e procurando o cara que matou ele, sua patroa e o bebê no ano passado — sugeriu Red Dog.

— Ali tá a Uzi dele, mirando pra cidade e esperando o Big D — Sonny acrescentou. — Vai encher ele de tiro, pelos compadres que ele dedou. Mickey ainda tá protegendo sua área.

— Protegendo? Meu bem, nenhum deles protege nada além de sua própria grana. Olhe ali. — Sissy apontou para uma estrela, fazendo com que sua unha roxa parecesse uma ametista. — Sabe o que estou vendo? Vejo Martin Luther King fazendo seu discurso de 1963 bem aqui, em Detroit. Tá vendo sua mão levantada? É aquela estrela brilhante bem ali. — Sissy apontou o dedo para outra estrela. — O que foi que ele disse? “Nós vamos marchar e trazer à tona um novo dia de liberdade. Tornar realidade o sonho americano.” Ele disse isso bem aqui, quando eu era pequena. Minha mãe me levou para ouvir o discurso e lá está ele, no nosso céu. Garantindo que se torne realidade. E, talvez, talvez se torne mesmo.

Todos olharam para as estrelas protetoras.

— É ele quem está lá em cima. Martin Luther King, não é nenhum Big Mickey que ainda está brigando pra ver quem vende droga em qual bairro. — Sissy meneou a cabeça.

— Lá está o Tupac e o Biggie, inspirando a gente com suas palavras — disse Red Dog. — As estrelas cintilantes são o pano de fundo.

Aaron estava deitado de costas, as mãos atrás da cabeça, olhando para o céu. — É, e ali, bem ali... — Aaron apontou para um grupo de estrelas se aproximando do zênite — está o pai. Tá vendo? Tá vendo os dois olhos? Aquela área nebulosa sobre os olhos é o cabelo afro dele, e aquela estrela bem ali é o bigode. Ele tá lá em cima dizendo: "Você tá indo bem, menino. Ame muito, ame muito." Lembra que ele costumava dizer isso, mãe? "Ame muito, amem muito uns aos outros e tudo, tudo ficará bem."

— É mesmo. Era isso que o Garvey dizia. Em vez de "eu te amo", ele dizia: "Ame muito. Ame muito." E também: "Sejam bonzinhos uns com os outros", quando ele saía. — Sissy se reclinou na cadeira, o rosto voltado para as estrelas, uma lata de Budweiser na mão.

— Lembra daquele violão que ele comprou pra mim? Trocou seu relógio velho pelo violão, que não tinha nenhuma corda, no Diamonds 2?

— Ele era generoso à sua maneira — disse Sissy. — Essa era a parte boa, a forma como ele era carinhoso. Tinha me esquecido disso. Só me lembrava de ele estar sempre saindo para algum lugar, eu nunca sabia bem aonde. Até que ele foi de vez e para sempre.

— Amiga, o Garvey não foi embora. O Garvey morreu. — Darling pegou um biscoito recheado de pasta de amendoim.

— É mais fácil ficar brava do que chorar a respeito. — Sissy tomou um gole de sua lata. — Esqueci do amor, com todas aquelas partidas. Era mais coerente com o resto da minha vida.

— Nós inventamos histórias o tempo todo — disse Tara. — Nem sequer *enxergamos* de forma contínua, mas em instantâneos, e daí nossa mente junta todas as imagens para criar um filme. Mesmo quando sonhamos, na verdade são apenas fotos de imagens únicas e nós as transformamos em uma narrativa para que faça sentido.

— Talvez a gente revise nossas próprias histórias de acordo com o que sabe agora para tentar entender o que está acontecendo — acrescentei. — Talvez nossa vida finalmente exista nas histórias que contamos a nós mesmos sobre ela. Quando estamos vivendo um momento dramático, não percebemos nada além daquilo que estamos vivenciando. As pessoas na nossa vida mudam conforme muda nosso entendimento. — Tomei um gole da minha cerveja.

Sissy se reclinou e olhou para mim. — Nisso você tem razão. Estamos sempre nos apoiando nos degraus vacilantes do nosso próprio conhecimento. Tentando encontrar algum sentido. E tentando descobrir o que fazer em seguida.

Tara e Aaron estavam abraçados sobre a manta.

Eu me reclinei e examinei as estrelas. — Bem, é melhor eu ir para casa. Amanhã é dia de trabalho.

Enquanto subia a escada para ir pegar minhas coisas no apartamento de Aaron e Tara, ouvi Sissy rir e Sonny pedir outra canção.

Quando me lembro do que faltava
E que por incapacidade eu não te amava
Tantas vezes quis te enganar
Mas você me domava
Quantas vezes te fiz chorar
Por isso eu peço desculpas
Eu vi além do obstáculo

De concreto, aço e confusão
Vi que seu amor por mim
Não era nenhuma ilusão
Assim como um anjo
Você se aproximou
Por um frágil ângulo
No meu coração
Seu amor penetrou

Red Dog fez a harmonia para a música de Aaron, conforme eles cantavam a letra.

Pensei então no amor entre Aaron e Tara, nos sonhos e paixões compartilhados, na óbvia proximidade de Sissy e seus amigos. O churrasco tinha atingido o objetivo dela: eu estava menos ansiosa com relação ao amor de Tara e Aaron. Vi que ele queria ficar com ela e ser bom para ela. Mas existe uma grande distância entre o querer e a realidade de anos e anos. Principalmente começando tão jovens e com históricos de vida tão diferentes. Bem, talvez não fossem tão diferentes assim. Sissy e eu somos mães solteiras, com filhos de pais diferentes. Nem Sissy nem eu acreditamos que jamais seremos abandonadas, por uma razão ou outra. Como isso irá influenciar esses dois? Talvez eles se apeguem mais ainda um ao outro. Talvez eles se abandonem com mais facilidade.

Enquanto eu apanhava minha bolsa e as formas de torta agora vazias, pensei em como todos eles eram carinhosos entre si. Naquela noite, Jim estava com os filhos, na casa da mãe dele. Me perguntei se conseguiríamos criar uma vida com tanto amor e aceitação. Sentir-se solitária num casamento é pior do que estar realmente sozinha.

Um verso da música flutuou pela noite:

Você vai ter que acreditar
E isto eu posso afirmar
De uma coisa pode ter certeza
Vou te amar além
Da sua mágoa
Da sua tristeza.

Mesmo então, mesmo quatro meses atrás, eu me lembro de ter pensado: "Que bom seria se a gente conseguisse fazer isso." Não deixei que ninguém sequer tentasse, desde o Stephen. Talvez Jim pudesse me amar além da minha tristeza. Talvez esta noite eu tenha dado o primeiro passo, ao dizer a ele que o amava. Quem sabe?

Agora aqui estamos nós e o outono deu lugar ao inverno. Sissy já trouxe suas sacolas de biscoito.

— Está na hora de a biscoiteira virgem perder a virgindade — Rosie brincou.

— Não se preocupe. Nós seremos gentis — Juliet disse e Jeannie começou a rir.

— Aimeudeus. Dá uma colher de chá para ela — disse Vera. — Eu me lembro de quando perdi minha virgindade como biscoiteira. Estava preocupada que meus biscoitos não fossem bons o bastante para cumprir com todas as regras, e que os pacotes não fossem suficientemente bonitos. E que eu não fosse aceita. Parecia que tinha voltado ao colégio.

— Como se você não estivesse à altura. E a biscoiteira-líder fosse te expulsar do grupo.

— Esperem um pouco. Eu nunca expulsei ninguém. A não ser que a pessoa não tivesse vindo nem mandado os biscoitos. Eu apenas informei quando os biscoitos que elas fizeram não deram certo.

— É mesmo, como aquelas barrinhas de limão que eram deliciosas, mas derretiam e grudavam umas nas outras.

— E aquele ano em que cinco de nós fizeram biscoitos com gotas de chocolate.

Sissy percorre com os olhos cada uma de nós. Seu cachecol colorido ressalta os tons alaranjados de seu cabelo.

— Além disso, queremos ouvir a história — diz Charlene.

— Está bem. — Sissy abre as mãos. Não há qualquer nervosismo em seus gestos, ela parece tão à vontade hoje quanto no seu churrasco do Dia do Trabalho. — Estou achando o máximo ser virgem em qualquer coisa, a essa altura da vida. Chegou a hora de me desvirginar nesse último aspecto. — Ela assente rapidamente com a cabeça, como se desenhasse um ponto de exclamação e todas rimos. — Tenho que contar uma história sobre meus biscoitos, então lá vai. É uma história sobre Aaron, o pai do bebê da Tara. Meu caçula. O negócio dele sempre foram as palavras. — Ela se senta, daí se inclina e vira na minha direção. — Aaron, ele é o mais inteligente dos meus cinco filhos. Tenho que admitir isso. Não sei por que, mas é. Aquele que sempre viu o mundo de uma forma diferente, coisas a que as outras pessoas nem prestam muita atenção. Percebe os ritmos. Até mesmo de uma buzina de carro. — Sissy estala a língua. — Quando ele não era mais que um bebê, se uma buzina de carro fizesse bi-bi-bi, ele repetia a mesma batida na mesa ou no chão. — Suas mãos fazem o movimento de percussão.

Como Tara com seu xilofone, penso.

— E vivia pensando nas palavras. — Ela exala o ar e balança a cabeça. — Ele enfiava uma palavra na cabeça e me enchia a paciência até o limite com suas perguntas. "Quem decide as palavras, mãe?", ele me perguntou. "Quem decide? Quem dá o nome de tudo?" Eu disse a ele: "Adão. Deus deixou Adão dar o nome das coisas." — Sissy estreita os olhos como se estivesse vendo Aaron quando garoto. Um conjunto de verruguinhas em sua bochecha se mexe. — Ele era um garotinho muito estranho. Como se o poder das coisas estivesse na palavra designada para nomeá-las.

Ele vivia me perguntando o nome de tudo, como se estivesse colecionando numa caixa. — Ela se cala.

Eu me recosto e o olhar dela se desloca para Juliet e, então, para Allie, as duas mulheres com quem passou mais tempo hoje. — Quando ele descobriu dois nomes para a mesma coisa... como chuva-garoa-chuvisco-aguaceiro, perguntou por que Adão deu tantos nomes. Tentei explicar como cada um era ligeiramente diferente do outro. Então ele percebeu que havia uma palavra para duas coisas. Como manga. Lá veio ele: "Por que é a mesma palavra para a fruta e o pedaço da camisa que cobre o braço? Por que Adão trapaceou com essas duas coisas?"

"'Meu bem, você só está com inveja de Adão.' Ele olhou para mim, fechou os olhos, profundamente concentrado em seus pensamentos, e disse: 'É mesmo, mãe, acho que estou.' 'Não fique com inveja do que Deus decidiu.'" Sissy sacode o dedo como se o menininho Aaron estivesse parado à sua frente, junto com a gente na festa dos biscoitos.

— "Acho que vou inventar minhas próprias palavras", ele diz. Que confusão foi aquilo. Durante algum tempo, ele formou palavras e ninguém o entendia. A escola me chamou, dizendo: "Srta. Peoples, o Aaron precisa ir a uma fonoaudióloga." Ele não precisava de fonoaudióloga, precisava era de um tapão na cabeça pra deixar de ter inveja de Adão, eu disse a eles.

Nós rimos.

— Eu parei de falar com ele a não ser que usasse as palavras normais. Nem sequer lhe dava comida, a não ser que ele pedisse direito. — Sissy tomou um pouco de vinho. — Ele com certeza ficou com fome. "Leite. Cachorro-quente. Espaguete. Hambúrguer. Frango", ele disse. Aí eu lhe dei a comida. "As palavras normais dão resultado, tá vendo, filho? Tá vendo, meu bem?"

"Parecia que ele tinha perdido seu melhor amigo. Então, tentei melhorar as coisas. 'Você não sabe que está nomeando as coisas quando coloca as palavras juntas numa frase? Aí você está sendo um pouco como Adão. Assim, está acrescentando às palavras de Deus. Não inventando coisas que ninguém entende.'"

O deslumbramento dele começou cedo e nunca mais parou. Assim como Tara. Engraçado como minhas duas filhas encontraram seus parceiros cedo e formaram relacionamentos que têm durado anos. Talvez seja uma forma de se rebelarem contra a minha procura constante.

— Vocês poderiam pensar que isso bastaria. — Sissy está com as mãos nos joelhos e sua voz vai diminuindo. Ela se senta na beira da cadeira, falando para a mesa de centro. — Mas, quando aquele homenzinho enfia uma coisa na cabeça, ele não larga mais. Luta até solucionar a questão. No ano seguinte, na escola, ele descobriu o dicionário. Pai do céu. Lá vamos nós de novo. "Tá vendo, não foi nenhum Adão quem deu o nome das coisas. Foi este livro, o dicionário, que deu os nomes."

"'Foi assim', eu digo. 'Adão nomeou as coisas e, depois, um homem inglês colocou todos os nomes que Adão inventou naquele livro e o chamou de dicionário. E se você ouvir uma palavra que Adão inventou e que você não sabe o que significa, você a procura naquele livro.'

"Aaron me deu aquele olhar dele que não tinha mais fim, como só as crianças sabem fazer, e eu percebi que ele não estava acreditando em mim, então, continuei: 'Menino, é melhor você controlar esse olhar, e não me venha com esse comportamento.' Ele abaixa os olhos e eu digo: 'Vamos lá, me pergunte alguma coisa. Vamos lá. Pense em uma palavra." Ele pisca para mim e diz: 'Nada. Estou pensando em nada.'

"Eu procuro a palavra no dicionário. Aponto para ela. *Nada. Coisa nenhuma. A negação da existência, a não existência.* 'O que é isso, mãe? Não existência?' Então, eu procuro também esse termo. 'Óóó, mãe. Estas palavras andam de mãos dadas... Eu quero que você leia este livro para mim, mãe. Quero saber todas estas palavras.' Eu digo a ele que é um livro que ele tem que ler sozinho. Tome. E devolvo o livro para ele. Ele está só na segunda ou terceira série, mas se senta e fica meditando sobre aquelas palavras. Aquele menino e as palavras. Eu deveria tê-lo batizado de Palavro Sério."

Sissy volta a se reclinar, toma um pouco de vinho tinto. Seus olhos se deslocam pela sala, avaliando nossa reação à sua história. Estamos inclinadas na direção dela, aguardando as próximas palavras. — Esse é o meu filho. Aaron Marcus Peoples. Special Intent. — Ela se reclina e ri. — Talvez seja essa a intenção específica dele: ajudar a explicar o mundo com suas palavras.

Sissy busca em sua sacola e tira um saquinho do McDonald's.

— É uma festa do biscoito. Não do fast-food — Rosie brinca.

Sissy passa o saquinho para Laurie, que o passa para Vera e assim começa o círculo. — A primeira canção inventada por Aaron foi sobre um biscoito de hambúrguer. São as duas coisas que ele mais gosta de comer. Esqueci como era, mas era um rap. Então, eu fiz estes biscoitos para ele. — Ela enfia a mão no saquinho e tira um hambúrguer pequeno. — Em parte, foi minha maneira de encorajá-lo a falar na língua comum. — Ela o levanta para que todas possamos ver. — Estão vendo? É um hambúrguer feito com biscoitos comprados no supermercado. O glacê cor de laranja adere às camadas e parece queijo.

— Oh, olha só. Tem até sementes de gergelim em cima dos pãezinhos — Taylor exclama.

Sissy distribui os sacos do McDonald's. Assim que recebo o meu, depois de depositar um na sacola da casa de caridade, abro e tiro um hambúrguer em miniatura. — Incrível! Se parece exatamente a um hambúrguer. — Experimento o biscoito crocante doce de chocolate e baunilha. — Está delicioso.

— Uau. — Juliet ri. — Você vai ganhar o prêmio de melhor biscoiteira virgem de todos os tempos.

— Estão maravilhosos.

— Eles são praticamente uma questão de montagem. Como na indústria automobilística. — Sissy ri.

— Que criativo.

— Você é incrível — Charlene diz. — E também adorei a sua história.

— Vamos ficar com esta biscoiteira virgem. — Jeannie dá um grande sorriso. Já fazia algum tempo que eu não via um de seus sorrisos espontâneos. Recentemente, ela dá sorrisos forçados nos momentos apropriados, mas, caso contrário, são raros.

— A casa de caridade vai adorar estes hambúrgueres. Vocês conseguem imaginar a alegria que todos terão com a surpresa? — diz Allie.

— Aimeudeus, são tão legais! — Rosie exclama.

— Nós todas somos criativas. Cada uma à sua maneira. — Individualizar uma das amigas pode fazer as outras se sentirem inadequadas ou pode provocar ciúmes. Eu cresci com tantos irmãos e irmãs que sempre tentei evitar qualquer indicação de favoritismo ou preferência. — São quase bonitos demais para comer, mas estão deliciosos.

— E tão bonitinhos, nos saquinhos do McDonald's. Como você os conseguiu?

— Eu estava preocupada com as embalagens. Fui ao McDonald's com um dos meus netos e vi os saquinhos. Então, simplesmente pedi os saquinhos para eles e contei para que eu ia usá-los. Eles me deram uma porção. Pareciam felizes em fazer parte disto.

Sissy me convidou para o churrasco do Dia do Trabalho e eu a convidei para minha festa do biscoito. Estávamos começando a fundir nossas vidas. Nossa relação de coavós irá permanecer a despeito dos caprichos do destino de Tara e Special Intent. O bebê, com certeza, receberá muito amor da família. Há um sorriso estampado no rosto de Sissy e a luz das velas rebrilha em seus brincos de pedras vermelhas. Agora, ambas conhecemos a amizade e o amor que existem em nossos mundos diferentes, ao executarmos a dança de conhecer uma à outra.

Então Sissy diz: — Sabe, eu não estava muito segura com relação a esse papo de biscoiteiras e tal, mas você... — Ela meneia a cabeça para mim e se cala, como se houvesse decidido não dizer o que lhe veio à mente. — Bem, fico contente que nossas porções de genes estejam misturadas por toda a eternidade.

As palavras de Sissy me fazem lembrar da minha avó. Ela me segurou em seu colo e me explicou sobre a primeira mulher que existiu sobre a Terra. Que as pessoas no mundo todo descendem dela, daquela Eva ancestral que alimentou e protegeu sua prole e garantiu nossa existência. E minhas filhas e os filhos delas darão continuidade àquilo que eu lhes dei, do meu corpo e da minha alma. Essa era a visão da minha avó sobre o significado e o propósito do sexo e da reprodução. Agora é como se Sissy, ao falar sobre a eternidade, houvesse escutado aquela conversa. Talvez o grande objetivo de ser avó seja construir uma ponte entre o passado e o futuro. Estender-se. Sim. Essa é a palavra.

AÇÚCAR

O açúcar costumava ser tão caro quanto o ouro. Foi o trabalho escravo nas ilhas do Caribe que permitiu que a produção do açúcar fosse suficientemente barata para que ele pudesse ser utilizado de forma cotidiana. Nós amamos o açúcar. Sua doçura proporciona a explosão de energia que agora é tão comum em bebidas, doces e sobremesas. Mas não o vangloriamos, já que descobrimos, lá pela adolescência, que açúcar em excesso pode nos deixar gordos e provocar cáries. O consumo excessivo também está relacionado à diabetes tipo 2. Portanto, o açúcar tem seu lado negro: o preço histórico sobre os trabalhadores que o produziram e o preço que ele cobra daqueles que o consomem em demasia.

A cana-de-açúcar cresce em climas tropicais e é originária do sul e sudeste da Ásia. Os humanos primitivos sugavam a cana para extrair o sabor doce. O suco da cana foi transformado em açúcar pela primeira vez na Índia, há cerca de mil e setecentos anos. Os muçulmanos refinaram a produção. Alexandre, o Grande, enviou açúcar da Índia para a Europa. Na década de 1390, houve o desenvolvimento de uma prensa melhor, que duplicou o volume de suco extraído da cana. As plantações se expandiram às Ilhas Canárias e, posteriormente, os portugueses levaram o açúcar para o Brasil. Colombo levou a cana para o Caribe e logo ela se tornou a principal plantação, tornando o Caribe o maior produtor de cana-de-açúcar. O trabalho escravo possibilitou que o açúcar fosse mais barato e, no século XVIII, todos os níveis da sociedade podiam consumir o produto, anteriormente de luxo.

Nenhum outro cultivo teve uma influência tão grande no desenvolvimento da sociedade. A produção de açúcar exige uma quantidade imensa de mão de obra, primeiramente provida por escravos africanos e, depois, por trabalhadores livres. A indústria foi responsável pelo surgimento de populações multiétnicas. Atualmente, a oferta de açúcar é excessiva e a população dos países produtores é extremamente dependente.

No final do século XVIII, os europeus começaram a conduzir experimentos com açúcar obtido a partir de outros elementos que não a cana. A indústria do açúcar de beterraba se expandiu durante as Guerras Napoleônicas, quando a França se viu desconectada do fornecimento de açúcar do Caribe. Atualmente, trinta por cento do açúcar é produzido a partir da beterraba.

O açúcar pode ser encontrado em diversos graus de granulação, desde os grãos maiores, como o açúcar cristal, que acrescenta "brilho" e é usado para decorar doces. Os tipos de açúcar utilizados à mesa tipicamente apresentam grãos de cerca de 0,5mm de diâmetro. O açúcar refinado, o açúcar de confeiteiro (0,060mm) e o açúcar impalpável (0,024mm) são produzidos através do refinamento do açúcar até a obtenção de um pó fino.

O açúcar mascavo é obtido nos estágios finais do refinamento, quando o açúcar forma cristais finos com um conteúdo substancial de melaço, ou cobrindo-se o açúcar refinado com xarope de melaço de cana. A cor e o sabor são incrementados com o maior conteúdo de melaço, assim como suas propriedades de retenção de umidade. Portanto, o açúcar mascavo tende a endurecer-se quando exposto à atmosfera. Várias vezes precisei martelar pedaços de açúcar mascavo endurecido até quebrá-lo em fragmentos pequenos o bastante para bater no processador e tentar restaurá-lo à condição de uso.

10

Vera

Biscoitos de Manteiga de Amendoim com Cobertura Dupla de Chocolate

1 1/4 de xícara de farinha de trigo comum
1/2 colher de chá de fermento em pó
1/2 colher de chá de bicarbonato de sódio
1/2 colher de chá de sal
1/2 xícara de manteiga sem sal amolecida
1/2 xícara de açúcar cristal
1/2 xícara de açúcar mascavo em barra
1/2 xícara de manteiga de amendoim (com ou sem pedaços de amendoim)
1 ovo
1 colher de chá de baunilha
1 1/2 xícara de gotas de chocolate meio amargo
3 colheres de chá de gordura vegetal, dividida
1 1/2 xícara de gotas de chocolate ao leite

Preaqueça o forno a 180°C. Misture a farinha, o fermento em pó, o bicarbonato de sódio e o sal em uma tigela pequena. Bata a manteiga, o açúcar cristal e o açúcar mascavo em uma tigela grande com um mixer em velocidade média até ficar leve e fofo. Acrescente a manteiga de amendoim, o ovo e a baunilha, misturando sempre. Aos poucos, vá acrescentando a mistura de farinha até integrar completamente.

Pegue colheradas da massa formando bolinhas de aproximadamente 3cm. Coloque as bolinhas em tabuleiros sem untar deixando um espaço de 5cm entre uma e outra. (Se a massa estiver mole demais para fazer bolinhas, leve ao refrigerador por 30 minutos.) Mergulhe um garfo em açúcar granulado e pressione sobre cada bolinha, fazendo uma cruz e achatando-a até ficar com 1,5cm de espessura.

Leve ao forno por 12 minutos ou até que asse. Deixe os biscoitos no tabuleiro durante 2 minutos. Retire os biscoitos e coloque-os sobre uma grade até que esfriem completamente.

Derreta as gotas de chocolate meio amargo junto com 1 1/2 colher de chá de gordura vegetal em banho-maria sobre água quente, não fervendo. Banhe cada biscoito até cobrir 1/3 e coloque-os sobre papel-manteiga. Deixe-os esfriar até o chocolate endurecer, por cerca de 30 minutos.

Derreta as gotas de chocolate ao leite com o restante da gordura vegetal em banho-maria sobre água quente, não fervendo. Mergulhe o lado oposto de cada biscoito até cobrir 1/3; coloque-os sobre papel-manteiga. Deixe-os esfriar até o chocolate endurecer, por cerca de 30 minutos.

Guarde os biscoitos entre folhas de papel-manteiga em temperatura ambiente ou congele por até 3 meses. Rende aproximadamente 2 dúzias de biscoitos (de 7,5cm).

FEZ-SE SILÊNCIO DEPOIS QUE SISSY TERMINOU sua história. Não é sempre que consideramos nosso corpo como parte do processo evolutivo. Nós nos concentramos em nosso eu individual e particular, e ignoramos o que é universal. Na vida diária, a mensagem da minha avó é deixada de lado. Ocasionalmente, quando um de nós começa a reclamar, podemos dizer: "Ah, do que estou reclamando? Todo mundo passa por isso." Ou: "Eu deveria dar graças a Deus pelo que tenho. Tenho dois filhos saudáveis, enquanto Joannie está fazendo quimioterapia e as pessoas em New Orleans ainda não têm casa." Ficamos tão emocionados com nossos incomparáveis bebês que nos esquecemos de que, ao dar à luz, estamos contribuindo para a evolução. Agora estou a ponto de me tornar minha própria Eva evolucionária.

Verifico meu celular, mas não há ligações.

Verifico meu relógio. São 21h45. Quase sete da noite na Califórnia. A médica já deveria ter ligado a essa altura.

Baixinho, tão baixinho que de início mal consigo ouvir, Al Green começa a cantar no meu iPod. Eu tinha me esquecido de que estava ligado, com o volume tão baixo e nós tão concentradas em nós mesmas e na distribuição dos biscoitos.

— Ei, isso é o que eu estou pensando? — Juliet cantarola. — É a minha música, e no momento perfeito para fazermos um intervalo!

Allie vai até o aparelho de som e aumenta o volume e nós o ouvimos prometer que tudo ficará bem. Juliet canta com ele e começa a remexer as cadeiras, movendo os ombros ao pegar minha mão para me puxar junto a si. Ela coloca a palma das mãos nas minhas costas e seus olhos se encontram com os meus, o cheiro do perfume Addict agora substituindo o Charlie.

— Lembra? — ela pergunta. — Faz tanto tempo desde aquele dia no festival de jazz. — Ela balança a cabeça e me afasta para me fazer girar sob seu braço. — Não. Foi ontem mesmo.

As demais seguem o exemplo dado por mim e por Juliet. No canto, Taylor está com a mão nas costas de Allie conforme elas dançam ao som da música, Allie se afasta e Taylor a gira e, então, se aproxima dela, mexendo os quadris até que elas voltem aos braços uma da outra.

Sissy balança os quadris, mexe os ombros e acompanha a sutileza do ritmo. Vera se levanta.

E soam os metais.

Disney pula entre nós, a boca aberta e o rabo abanando.

— Olha só, o Disney também está dançando. — Taylor ri da excitação de Disney. Sua bandana de Natal se agita com seus movimentos. — Ele está dançando dois pra lá, dois pra cá. — Seu sorriso continua aberto e seu ânimo retornou.

Vera remexe os quadris em círculos, com os olhos semicerrados. A Vera já foi stripper, nos velhos tempos, quando era viciada em cocaína e tentava se recuperar de uma infância desgraçada e dos contínuos maus-tratos de um homem após outro. Mas, além disso, a despeito da associação entre dança e strip-tease, ela adora dançar. Agora, levanta os braços, movendo-se no ritmo, e um sorriso se espalha em seu rosto. Ninguém mais, pelo menos neste grupo, sabe sobre o passado de Vera. Eu sei porque ela trabalhou como garçonete, na tentativa de ter uma vida mais normal, e fui eu quem a treinou. Uma vez, sugeri que ela contasse ao grupo e que nos desse aulas de dança. — Não quero nem ter que pensar naqueles dias. Eu simplesmente gosto do movimento, da música, da promessa de nos teletransportar e faço isso por mim mesma. Não pelos homens.

— Ah, isso aí é uma mentira — ela diz, referindo-se à letra da música que afirma que o amor, independentemente de qualquer coisa, está sempre certo. Seu tronco ondula com as palavras. — Pode ser o maior erro que você venha a cometer. — Ela fecha os olhos e se move de forma lenta, bem lenta, seus braços e cadeiras indo em direção um do outro e, depois, se endireitando. — Bem, não o amor. A escolha de a quem você o entrega. — Disney pula na frente dela.

Agarro sua mão e começo a dançar com ela.

— Isso, sim, é amor — ela diz quando a letra da música sugere que o amor é ser bom um com o outro. — Não existe "independentemente de tudo". E não há problema nenhum em estar apaixonado por alguém, a não ser que seja o alguém errado.

— Isso é verdade — diz Sissy. — E, na metade das vezes, a gente erra. — Sua cabeça é altiva; o cachecol não diminui a elegância de seu pescoço alongado. Ela segue um ritmo sincopado com seus quadris, sutil como os movimentos de seus pezinhos e o deslizar de seus ombros.

— E, na outra metade, é a melhor coisa do mundo — diz Laurie.

— Isso mesmo — exclamam Rosie e Jeanette.

Gradualmente, como uma onda passando sobre mim, percebo que estou com medo por ter dito a Jim que o amava.

Como eu posso saber? Como é que algum dia poderei saber?

Os olhos de Juliet estão fechados e os braços de Allie se sacodem no ar, seus quadris se remexendo como se T.J. estivesse bem à sua frente e ela estivesse dançando com ele. É incrível, nós todas dançando juntas. Sentimos mais liberdade umas com as outras do que quando dançamos em público. E, então, Allie está de volta aos braços de Taylor, e Taylor coloca a mão na nuca de Allie e a apoia em seu ombro. O olhar de Allie encontra o meu e sua expressão é de paz e integração.

Então, numa mudança na reprodução aleatória da música, o ritmo fica mais rápido e, de repente, estamos dançando suingue, girando e tentando deslizar os pés no carpete, nos movendo nos ritmos da nossa juventude. Todo mundo sem parceira, dançando em grupo. As músicas e os movimentos vigorosos duram o bastante para eu começar a suar.

Várias saem da sala em busca de mais vinho, água ou refrigerante.

E daí vem outra música lenta e de novo as mulheres formam pares e dançam juntas. Sissy com Juliet. Taylor com Allie. Eu abaixo um pouco o volume da música.

E então, inacreditavelmente, Rosie estende a mão para Jeannie.

Jeannie estende o braço. As pontas de seus dedos se tocam.

Estou dançando com Charlene e a viro para que possamos assistir ao que está acontecendo.

Jeannie olha para o chão.

A mão de Rosie continua estendida. Sua boca está aberta, seus lábios curvados nos cantos, dando início a um leve sorriso.

Jeannie percebe a expectativa e a esperança. Ela olha para a estante, para a direção oposta de Rosie.

Rosie aperta os lábios e balança a cabeça com tristeza, mas seu braço continua estendido.

Então Jeannie toca o ombro de Rosie.

Rosie começa a conduzir uma dança lenta e, então, de alguma maneira, elas estão nos braços uma da outra e chorando.

Allie também vê isso e nós, Allie e eu, com Charlene a reboque, formamos um círculo ao redor delas, então nós cinco estamos dançando enquanto Jeannie deita a cabeça no ombro de Rosie e ela acaricia o cabelo que pende na testa de Jeannie.

— Tem sido difícil para mim também. De forma diferente, mas mesmo assim difícil. Então? — Rosie se reclina um pouco e afasta outra mecha de cabelo do rosto de Jeannie.

Jeannie não responde.

— Então, nós vamos ficar bem. De algum jeito. E eu sempre estarei presente na sua vida, para o que você precisar — Rosie continua, como se palavras praticamente sussurradas facilitassem a aceitação por parte de Jeannie.

— Mas você também estará presente na vida de Sue para o que ela precisar e nossos interesses são opostos. Você irá desejar uma coisa para ela que irá me machucar e vice-versa.

— Isso é verdade. Mas vocês duas sabem disso. — Jeannie faz um gesto de assentimento com a cabeça. — E Sue sabe muito bem, está ciente desde o começo do seu... — Rosie não consegue encontrar a palavra certa e recomeça: — Ela sabe a dor que ela e seu pai estão causando a você e a sua mãe. Mesmo que vocês nunca descobrissem. E também a dor que eles estão causando um ao outro.

Eu me lembro do vaivém de horror e êxtase com Stephen, quando você pensa que está à beira do abismo e tem certeza de que não conseguirá sobreviver ao abandono, à perda. E então você vive a sensação paradisíaca da integração, de ser um só, quando vocês estão juntos. Daí, o medo se torna parte de você. Aquela loucura ainda ressoa no meu amor por Jim. — A dor aumenta a alegria — eu digo.

Nenhuma de nós sabe o que dizer e todas ouvimos a música.

Então, Rosie respira fundo e, numa torrente de palavras, diz:

— Seu pai irá resolver tudo porque Sue já se atirou no abismo por ele. Num amor além de si mesma ou de qualquer outra pessoa. Além da dor ou da culpa que ela sente, ou da minha dor e da sua. Ou a dela mesma.

A música é trocada por outra cuja letra deplora o vício do amor.

Nós nos afastamos e Charlene diz: — Será que nossa mente está controlando o botão de reprodução aleatória da música? É como se as músicas fossem uma trilha sonora para a nossa conversa.

— Merda. É a trilha sonora da nossa vida.

Disney agora dança na frente de Charlene, com o macaco na boca.

— Pois é. Essa é a Sue — diz Rosie. — Presa ao amor. Ou ao desejo. Acho que também sou eu.

— E eu. Mais vezes do que quero me lembrar. — Charlene ri.

— E eu. Até eu, atualmente — diz Allie.

— Amor. — É tudo o que eu digo.

E, então, macacos me mordam se a reprodução aleatória não passa da compulsão amorosa para a dependência das drogas.

Vera escuta isso e se empolga. Ela estivera dançando enquanto discutíamos a paixão irrevogavelmente destrutiva de Sue e agora diz, alto o bastante para que todas possamos ouvir: — Vícios. Drogas. Sexo. Trabalho. Dinheiro. Amor. — E então ela se afasta, girando. — Pensar que são a resposta para a vida. Essa, sim, é a maior de todas as mentiras.

E então ela se aproxima de nós dançando e agarra a mão de Charlene, girando-a para longe e sob seu braço, e todas estamos dançando novamente. Dessa vez, há um sorriso no rosto de Jeannie enquanto ela e Rosie dançam. Começa um rock alegre que chama Laurie, Taylor e Sissy, que estavam fazendo uma boquinha na cozinha.

E todas juntas cantamos a letra da música.

As mãos de Allie estão curvadas, agitando-se no ar. Taylor sorri, levanta os punhos no ar e sacode os cabelos. Seu cabelo balança em volta da cabeça, acompanhando suas emoções. Vera requebra os quadris e gira. Vera, ah, a Vera... ela ama dançar. Portanto, nós dez dançamos e cantamos a uma só voz. "Todo mundo dançando."

O espírito de nossa juventude é denso no ar, enquanto rimos e nos movemos em uníssono. Capto o olhar de Juliet. — Lembra disto?

— Gosto mais agora do que gostava na época — ela diz.

— Me faz voltar instantaneamente ao passado.

E ela vem dançando até mim e me abraça. — O que seria de mim sem você? — ela sussurra. — Minha melhor amiga. Meu eu. Minha testemunha.

Meus olhos se enchem de lágrimas. Amigas.

É LAURIE QUEM muda a cena. — Gente? Podemos terminar de entregar os biscoitos? Preciso voltar para casa para cuidar da Olivia.

Vera diz: — Meus biscoitos já estão esperando. — E, de fato, há duas sacolas plásticas de supermercado na cadeira dela.

— Hora do biscoito — grita Allie, depois vai até a cozinha buscar mais vinho.

Abaixo o volume do som justamente quando começa uma música sobre as inseguranças da nossa juventude perdida.

— A gente ainda não sabe nada da vida e já se passaram quarenta anos — diz Juliet. Estamos fazendo uma transição lenta de volta à festa dos biscoitos. Juliet cerra os olhos. — Quanto mais as coisas mudam, mais elas continuam iguais. — E ela, automaticamente, leva a mão à sua correntinha, como se estivesse se tranquilizando.

Vera diz: — Ahã, nisso você tem toda razão. — Ela tem um jeito estranho de ler os segredos das pessoas e aceitá-los, conciliando-os com seus próprios. Ela pressupõe que cada uma de nós os tenha.

Segredos.

Às vezes, como no caso de Juliet, uma vida inteira em segredo. Às vezes, como Vera, um passado secreto. E existem algumas coisas que só contamos a poucas pessoas, ou talvez a uma pessoa só. Juliet encontra meu olhar e dá uma piscadela. Às vezes, como para Charlene, existem coisas que simplesmente não podemos expressar. Às vezes, os segredos são apenas eventos que ainda não somos íntimas o suficiente para contar umas às outras.

— Ei, os biscoitos! — Laurie provoca.

— Está bem. Você deveria ser chefe, a chefe de alguém — diz Rosie.

— Eu sou. Da Olivia.

Todas rimos, exceto Vera, que está ao lado de suas sacolas de supermercado, em seus trajes profissionais. Ela sempre se veste com estilo. Os tons de bege e castanho-avermelhado de sua blusa complementam o cabelo louro e curto. Ela ainda é a mais glamurosa dentre nós, uma sósia da Marilyn Monroe com implantes de seios de silicone feitos durante seus anos de dançarina e olhos do tom azul de um céu sem nuvens. Ao contrário de Marilyn, o sorriso de Vera é entusiástico e sem qualquer timidez ou reticência infantil. Ela me disse, certa vez, que era muito tímida quando criança. Oprimida pela pobreza e por um pai violento. Mas agora a Vera, a Vera profissional, é minha melhor vendedora. Ela é especialista em seguros de assistência a longo prazo, atenciosa com as pessoas preocupadas com sua saúde no futuro. Gentil, capaz de ouvir atentamente seus clientes e apontar um programa específico para eles, tranquilizá-los durante o procedimento e com relação à ansiedade em serem ou não aceitos, caso tenham problemas de saúde, Vera é quem faz a maior parte das vendas. Sua autoconfiança foi obtida com muito custo. E, esta noite, ela conquistou um cliente que eu havia previsto que perderíamos. Um vendedor é um vendedor e, da mesma forma que ela conseguia vender a si mesma — fazendo striptease como uma forma de conquistar e manter o interesse —, ela pode vender seguros.

Lembro-me de quando a conheci. Eram anos difíceis para nós duas. Ambas mães solteiras. Ela não tinha, então, a autoconfiança que exibe atualmente. Sua timidez de infância estava disfarçada por uma camada de ousadia para ocultar a vulnerabilidade. Quando o Gandy Dancer a contratou como garçonete e me pediu para treiná-la, ela não tinha certeza de nada.

— Você já fez isso antes?

— O quê? Trabalhar num bar?

— Não. Servir mesas.

Ela deu uma risadinha. E negou com a cabeça.

— Como você conseguiu este emprego? Geralmente eles contratam os iniciantes como auxiliares de garçons.

Ela deu de ombros e, de repente, notei seu corpo. — Ah. — Carl, o gerente, tinha um fraco por mulheres com seios grandes e Vera, obviamente, havia conquistado o emprego na base do charme.

— Sorte que é só para o almoço. Não para o jantar. Você não está escalada para trabalhar à noite, está?

— Tenho outro emprego à noite.

— Siga-me e observe. Faça as perguntas depois. E leve um cardápio para casa e memorize-o.

Ela foi uma aprendiz rápida e desesperada. Seu outro emprego era fazendo striptease. Naquele tempo, nos anos setenta, não havia Internet. Havia mais bares e mais gente nos bares. Mais flerte, muito mais flerte nos ambientes de trabalho. As pessoas não se preocupavam tanto com assédio sexual ou com as complicações dos romances no trabalho. Na verdade, conheci Stephen atendendo sua mesa.

Vera ganhara sessenta mil dólares fazendo striptease, mas tinha se viciado em cocaína. Consumia Dilaudid depois da coca para conseguir dormir um pouco. Ela sustentava o filho, Peter, e um cara chamado Mickey, que a levava para o trabalho, de volta para casa e garantia que ela estivesse em segurança. Mickey lhe dizia que ela era a mulher mais linda da boate e a lembrava diariamente de como tinha sorte em tê-lo para cuidar dela. Ele a amava como nunca amara ninguém, morreria sem ela. Você pode imaginar a cilada: embolsava suas gorjetas para que pudesse "tomar conta dela". Quando ela fazia algum trabalho à parte, ele também recebia uma cota. E a espancava regularmente só para lembrá-la de seu controle e de seu amor. Era ela quem o obrigava a fazer essas coisas quando ele ficava com medo de perdê-la. Ser espancada significava amor. Afinal, seu pai a tinha amado.

Então, o serviço social recebeu uma denúncia por parte de um vizinho que escutara o som inconfundível de alguém sendo golpeado a tapas e socos, e ouvira gritos e xingamentos através das paredes. O telefonema a obrigou a confrontar uma realidade dura: ela poderia ficar com seu filho, Peter, ou poderia ficar com Mickey. Ela deixou que Mickey tomasse uma quantidade extra de Dilaudid. Quando ele ficou inconsciente, ela apanhou algumas roupas, o cobertor e o caminhão favoritos de Peter e colocou tudo no carro. Pegou o filho e foi para um hotel. Arrumou um emprego fazendo striptease numa boate na periferia de Ann Arbor. Deixou para trás seus móveis, louças, roupas de cama, a maior parte de suas roupas e tudo o que havia conseguido juntar a partir de uma infância quase tão miserável quanto sua vida adulta estava ameaçando se tornar. Um colar que sua mãe lhe dera no seu décimo sexto aniversário. Uma boneca à que faltava um braço. Uma foto dela com o pai e a mãe, a única foto que ela tinha de si mesma quando criança. Deixou tudo para trás e foi embora.

Não me lembro de onde ela era ou onde estivera antes de vir para cá. Não sei se algum dia cheguei a saber.

A cocaína fazia a dor desaparecer. Ela não sentia falta de Mickey. E os olhares dos homens já não eram mais um sacrifício e valiam pontos. A dança era novamente só para ela. Eles eram irrelevantes. Ela era boa. E linda. Ela dançava a noite toda. Tirava só umas horinhas de sono. Lia livros para Peter, levava-o para passear, assistia a *Vila Sésamo* e dormia quando ele cochilava. A cocaína a ajudava a ficar acordada durante o tempo que tinha com ele. Então a babá chegava, Vera colocava Peter na cama e ia trabalhar.

Uma manhã, ela adormeceu no sofá e, ao despertar, viu Peter espalhando cocaína na mesa de centro. — Olha, mamãe. Achei açúcar. — Ele lambeu o dedo para grudar um pouco do pó e experimentá-lo.

Vera se levantou de um salto. — Isto não é açúcar. Isso faz mal. — Ela limpou a cocaína. — Isto faz mal. Faz mal pra saúde.

— Por que você comprou? — Peter perguntou. Ele tinha um olho estrábico, que desviou para o sofá.

Ela balançou a cabeça, ainda lutando contra os vestígios de um sonho, um sonho no qual uma gata se metia numa briga e sua barriga era rasgada. Na imagem ainda bruxuleante, Vera podia ver a cavidade abdominal da gata enquanto esta jazia, com as pálpebras internas cobrindo os olhos, grunhindo.

Vera apertou os olhos, afastou a imagem dos músculos vermelhos e das costelas curvas brilhando de sangue. Ela olhou para os borrões de pó branco, umedeceu um trapo com água, limpou a mesinha e, então, jogou o trapo cheio de água e cocaína no lixo.

Na tarde seguinte ela foi a uma reunião dos Narcóticos Anônimos. E dois dias depois, eu a conheci no Restaurante Gandy Dancer.

Quando as pessoas perguntam como nos conhecemos, digo que a treinei no Gandy. Ponto final. Eu sei que ela contou a Charlene sobre a violência por parte de Mickey, mas não que ele era seu cafetão nem que ela fazia striptease. Não que ele era viciado em heroína e que ela, às vezes, também consumia, na falta de Dilaudid. E quando perguntam a ela como conheceu Finn, seu atual marido, ela nunca fala que foi no NA. Em vez disso, sem nem sequer piscar, sem baixar o olhar, sem sorrir ou mudar de um pé para o outro, ela responde: — Em um grupo de apoio. Pais Solteiros, acho.

Agora ele é empreiteiro e ela é minha melhor vendedora. Peter conserta computadores, está casado e tem um filho. Todos os resquícios das drogas e da autodegradação que estas provocaram parecem ter desaparecido.

Às vezes acho que o passado se foi, como se um livro houvesse sido fechado, e um novo aberto. Mas então observo Vera dançar e vejo aquela expressão embevecida, mas consciente, cruzar seu rosto. Vejo os antigos movimentos e sei que o passado está aqui novamente, numa nova roupagem. Uma vez mais, ela tem trinta anos e luta para manter-se viva e descobrir como conduzir a si mesma para seu lugar-mundo-espaço particular no qual ninguém, nenhum homem, poderá atingi-la. E, quando vejo sua persistência em finalizar uma venda, sei que é por causa de seu medo da pobreza.

Também sei que, independentemente do que Jeannie decida, independentemente de quanto Rosie ou eu ou Allie a ajudemos a lidar com esse triângulo confuso, sua vida foi modificada. Seu relacionamento com o pai foi permanentemente alterado. Algum dia, talvez, fique mais forte e mais honesto. Mas a traição, a consciência dela, existe em seu presente e existirá em cada momento de sua vida futura... cada momento.

O passado nos acompanha. Está sempre presente.

A canção sobre ansiedade adolescente toca baixinho. Temos dezenove anos de novo, com todas as nossas inseguranças e esperanças da época em que as decisões pareciam não ter consequências, porque havia muito tempo à frente para redimi-las. Agora tudo é crucial. Ou nada é crucial, porque tanto da nossa vida já está feito.

Vera diz: — Estes biscoitos são aqueles de que vocês gostam tanto, e que me pedem todos os anos. Os de manteiga de amendoim duplamente banhados em chocolate.

— Eu estava esperando que fossem estes — disse Rosie. — São os favoritos do Kevin.

— Mas eu fiz uma coisa diferente com a embalagem. O que fiz foi reciclar as embalagens de anos anteriores. — Ela enfia a mão numa sacola e tira uma lata vermelha com bolas de Natal familiares.

— Fui eu quem trouxe esta, dois anos atrás! — diz Allie. Disney se enfiou ao lado dela no sofá, apoiando o queixo sobre sua coxa.

Vera a entrega para mim e eu a passo para Charlene. Vera pega na sacola e tira uma lata verde com folhas de azevinho brancas.

— Faz séculos que eu não via isto — diz Rosie. — Então você as vem guardando todos esses anos?

— Pois é. E este ano estou com mania de reciclagem. — Vera entrega uma xícara grande cheia de papel de seda.

— Ah, eu quero a xícara para fazer jogo com aquela que nós ganhamos no ano passado — diz Allie. — A que a Jeannie trouxe.

— Me lembro de quando você usou aquelas bolsinhas de veludo como embalagem. Eu usei a minha na noite de réveillon — Vera diz ao passar uma caixa decorada com quadrados em vermelho e ouro, laço dourado e sininhos vermelhos.

— É como reviver todas as nossas festas passadas.

— Todos os nossos Natais passados.

— Meu Deus. Esta aqui deve ter uns doze anos. — Charlene ergue uma caixa de estampa alegre.

— É. Pense só: nós temos cento e quarenta e quatro embalagens diferentes, dos últimos doze anos.

Vera entrega um saquinho verde de feltro.

— Este é da Pat.

— A Pat. Nossa! Faz seis ou sete anos que ela não participa mais.

— Há quanto tempo estamos nos reunindo?

— Dezesseis anos — respondo. — Desde que Tara era bebê.

— Eu participo desde o início — Jeannie diz.

— Eu também — acrescenta Charlene.

— Eu entrei alguns anos depois. — Vera me entrega um balde verde de plástico decorado com Papais Noéis sorridentes e, depois, uma luva de forno vermelha com flocos de neve brancos.

— Este foi da Laurie.

— De dois anos atrás. Como você se lembrou? — diz Laurie.

— Você sempre traz algo prático. Ou simples. Como as caixas brancas elegantes deste ano.

— Vamos sentir a sua falta — Charlene diz. E nós compreendemos, de verdade, não só para fazer comentários educados do tipo "vai dar tudo certo", que esta é sua última festa do biscoito conosco. Ela não estará aqui no ano que vem.

Cai um silêncio. Estávamos reconhecendo a passagem do tempo ao repassar, tocar, examinar e rever as embalagens de anos atrás, de festas passadas. Talvez seja a hora da noite, o fato de sabermos que a festa já passou da metade. E que uma de nós está partindo, e uma de nós está lutando contra o maior temor de todas: a morte de um filho. E que cada uma de nós enfrentou decepções, tristezas, autocensuras, vícios. E perda.

Vera está em pé, segurando uma sacolinha estampada com bengalas de doce e azevinho e a passa para mim, olhando dentro de sua sacola com uma expressão de tristeza. — É isso. "Foi tudo", como Peter costumava dizer. — Ela encolhe os ombros, as mãos nas cadeiras.

— Este é o da casa de caridade — eu digo e coloco na sacola.

— Por que uma casa de caridade? — pergunta Sissy. — Por que não os damos a um abrigo para mulheres ou um abrigo para moradores de rua?

— Costumávamos dá-los a um abrigo — diz Juliet.

— Isso foi há algum tempo.

— A razão pela qual os damos a uma casa de caridade é a seguinte: dez anos atrás, a mãe de Tracy estava morrendo, na época de Natal. E Tracy a visitava sempre que podia e ficava com ela o máximo possível.

Penso na minha própria mãe morrendo e me lembro da dor que Tracy estava passando na época, e meus olhos se enchem de lágrimas. Quase como um reflexo, pego um pedaço de pé de moleque, receita da minha mãe.

— Então, uma noite, às duas da manhã, a mãe dela estava dormindo aquele sono pesado e Tracy foi até a sala de descanso para os familiares, procurar alguma coisa para comer. Ela queria um biscoito. Uma coisinha doce. Uma coisa gostosa em meio a toda aquela tristeza da espera pela etapa seguinte, não querendo que ela chegasse, mas, ao mesmo tempo, querendo que a dor de sua mãe terminasse. Quando ela percebeu quanto desejava um biscoito naquela noite, sugeriu que nossas doações futuras fossem para a casa de caridade.

— E o que eles acham dos biscoitos? — Rosie perguntou.

— Você pode ir comigo este ano. Na primeira vez que falei com a responsável pelas doações, contei a ela sobre Tracy e deixei claro que os biscoitos eram para as famílias que visitavam seus entes queridos durante essa época do ano. Ela me fez preencher um formulário e eles me deram um enfeite para a árvore de Natal. Este aqui. — Eu me levanto e desengancho da minha árvore um disco prateado com as palavras: "Árvore da Recordação, 1998". Faço-o circular para que todas possam vê-lo. — Está na minha árvore e participa de todas as festas do biscoito. — Dou uma risada, como se o enfeite soubesse que vem participando de anos e anos de festas e comemorações, em meio aos longos descansos em sua caixa escura.

— Agora eles já me conhecem. Eu apenas entrego os biscoitos todos os anos à pessoa na recepção e ela me agradece.

— Sempre imagino as pessoas na casa de caridade comendo-os — diz Allie. — Penso no que eles estão passando. A tristeza, a escuridão, a estranheza de isso estar acontecendo durante o Natal. A irmã mais nova da minha avó morreu de parto, na véspera de Natal. — Allie balança a cabeça. — Pensem na alegria de um bebê novo, na horrível tragédia de perder sua irmã preferida e na loucura de todo mundo comemorando os feriados. — Allie dá de ombros. — Minha avó adotou o bebê e ela se tornou minha tia favorita. Eu penso nisso quando faço meus biscoitos. Nisso e nas pessoas anônimas na casa de caridade, durante os últimos dez anos.

— Dez anos. Faz esse mesmo tempo que estou em remissão do câncer — diz Juliet. — É meu décimo aniversário desde a mastectomia, a quimio e a radioterapia. — Dez anos atrás, a mãe de Tracy estava morrendo e Juliet tinha câncer. Todo mundo estava lutando pela vida.

— Para mim faz cinco anos — diz Vera. — A gente nunca para de pensar nele. — Vera teve câncer colorretal.

— Quase dois anos, para mim — diz Allie. — Continuam tirando pedacinhos de mim, sempre aquelas verrugas pré-cancerígenas, mas por sorte não houve mais melanomas.

— Quantas de nós tiveram câncer? — pergunto e levanto a mão por causa do carcinoma de células escamosas que foi removido há oito anos e de mais uma remoção que foi feita três anos atrás. Seis de nós levantamos a mão.

— Eu tive uma espécie rara de câncer ósseo quando tinha vinte e poucos anos — diz Charlene. — E a Alice; ela teve aquele carcinoma basocelular.

— Sete de nós? Sete, dentre doze? Inacreditável.

Ficamos em silêncio. Então Charlene diz: — É o meio ambiente.

— E o sol — acrescenta Allie. — As praias que todas nós amamos tanto.

— Mas vocês acham que isso é representativo? Que uma porcentagem assim tão grande... mais da metade... terá alguma espécie de câncer? — Laurie pergunta como se toda a sua dedicação em cozinhar comidas saudáveis fosse inútil.

Ninguém responde.

— E então — diz Rosie. Ela se levanta e seus movimentos são rápidos e seu sorriso se alarga. Ela não se sente à vontade com este papo sério. Ela se inclina e enche as taças vazias de vinho e, quando se endireita, pergunta: — A Tracy. Como vai a Tracy? Cadê os biscoitos dela?

SAL

Houve um ano em que Juliet e Dan foram para a Tailândia. Ao voltar ela me mostrou suas fotos, várias das quais eram de uma mina de sal. Havia pirâmides de sal que se estendiam até o horizonte. E trabalhadores espalhados pela mina. A água do mar avançava e, então, ficava presa por pequenos diques. Ocorria a evaporação, auxiliada pelo sol forte e por um moinho de vento, e os trabalhadores varriam o sal juntando-o em pirâmides da altura da cintura. Essa mina de sal se estendia por mais de quatrocentos metros na direção do mar, em uma série de retângulos pontilhados de pilhas de sal dispostas em fileiras. Uma vez que a evaporação estava completa, os trabalhadores removiam com a pá as ilhotas de sal seco, colocavam-no em carrinhos de mão e o transportavam em meio à água rasa para que fosse processado. É assim que o sal vem sendo obtido há, pelo menos, oito mil anos.

O sal é um elemento crucial para nossa vida, visto que é um de nossos eletrólitos e necessário para regular o conteúdo de água no organismo. Ironicamente, seu consumo excessivo pode ser prejudicial, já que leva ao aumento da pressão sanguínea. E, apesar de ser vital para os animais, é tóxico para muitas plantas.

Somos equipados para detectar o sal através de receptores de sabor em nossa boca, o que explica em parte por que é nosso tempero preferido. E, igualmente vital, particularmente antes do surgimento da refrigeração e do processo de enlatar e congelar alimentos, foi seu uso como conservante, especialmente para carnes.

Portanto, desde épocas pré-históricas, as pessoas vêm dedicando grande parte de seu tempo a obter essa substância química tão necessária e importante. Foi utilizada no Antigo Egito para embalsamamento e também para salgar peixes e aves comercializados na região mediterrânea. Caravanas de sal foram operadas pelos tuaregues através do Saara desde os tempos imemoriais até 1960. Os soldados romanos às vezes recebiam seu pagamento em sal, o que deu origem às palavras *salário* e *soldado*. E a palavra *salada* significa, literalmente, salgada, referindo-se à prática culinária de salgar verduras folhosas. Veneza foi a precursora do Renascimento não devido à sua fabricação de sal, mas por comercializá-lo. Mahatma Gandhi liderou um protesto contra as tarifas impostas pelos governantes britânicos sobre a exportação de sal. O protesto conseguiu a façanha de congregar milhões de pessoas e foi essencial para a independência da Índia.

O sal marinho tem sabores diferentes, quando originado de áreas diversas. O sal de mesa vem da produção em massa de sal, geralmente de depósitos subterrâneos, que é refinado em grãos menores. Como na mina de sal que Juliet visitou, a manufatura e a produção de sal estão entre as indústrias químicas mais antigas. Adiciona-se iodo ao sal porque essa substância não está presente em alguns regimes alimentares. Além disso, o sal é tratado para que possa ser facilmente aplicado, a despeito da umidade do ambiente. Lembro-me perfeitamente de ter olhado, quando era pequena, o desenho da menininha segurando uma lata de sal que continha o mesmo desenho de uma menininha segurando uma lata de sal, numa perpetuidade imperceptivelmente miniaturizada. Acima de sua cabeça, lia-se o slogan da marca, que era um ditado popular insinuando que, mesmo com chuva, o sal se manteria seco e fluiria da embalagem. O desenho me permitiu contemplar a infinidade, enquanto me maravilhava com as imagens cada vez menores.

O sal é adicionado a ingredientes crus para extrair a umidade. Uma pequena quantia de sal pode ser usada para ressaltar a doçura. Minha mãe sempre colocava sal no melão, e existem pessoas que costumam salpicar um pouco no abacaxi e no pomelo. O sal, em contraste, torna o sabor doce mais pronunciado. Esse princípio explica por que o sal melhora o equilíbrio de sabor nos produtos de confeitaria, como bolos e biscoitos.

11

Tracy

De: Tracy Temple

Data: 7 de dezembro de 2008 16:59:03

Para: marnie444@aol.com

Assunto: Bocados de Amendoim "Superdifíceis" da Tracy

Esta receita é meio intimidante.

Por favor, sigam as instruções com extremo cuidado!

Bocados de Amendoim

1 colher de chá de óleo vegetal

115g de chocolate meio amargo (eu usei o da marca Guittard)

115g de chocolate ao leite (mesma marca)

2 xícaras de amendoins picados (já usei também pecãs, amêndoas e castanhas-de-caju)

Numa panela para banho-maria:

coloque primeiro o óleo, depois derreta o chocolate.

Aí vai a parte difícil...

Não deixe que espirre água dentro da panela, caramba, senão vai estragar tudo!!!

Coloque, às colheradas, num tabuleiro forrado com papel-manteiga.

DEIXE ESFRIAR!!!! Daí coloque numa embalagem bonita.

Eu sei, foi dureza, mas se é moleza que vocês querem, deveriam ter vindo comigo para o Havaí.

Bom final de ano para as minhas mulheres favoritas.

Morro de saudade de todas vocês!

Amor e Felicidade,

XXOO TT

P.S.: CARAMBA. Esqueci de dizer que é pra acrescentar os amendoins depois que o chocolate estiver derretido. hihihi

— DEIXE-ME PEGAR os biscoitos da Tracy. — Vou até meu escritório. Atrás de mim, minhas amigas riem e conversam. Chuva e neve atingem duramente a casa. Quando olho pela janela, vejo riscos brancos oblíquos que a neve desenha na escuridão. Ela não adere à vidraça, mas atinge a casa com um ruído de dar medo. Levo as sacolas de volta para a sala e Taylor me pergunta: — Onde é mesmo que a Tracy está?

— No Havaí. Com o Silver — respondo.

Tracy e Silver são um desses casais que descobriram o segredo do amor verdadeiro e duradouro. Quando estou com eles, sou relembrada de como pode ser bom, quando é bom. Não é apenas estável, mas um daqueles casamentos em que se pode sentir o amor e o carinho que existe entre os dois. Cada um quer fazer o outro feliz e está disposto a fazer concessões e sacrifícios.

No entanto, eles começaram seu relacionamento contra todas as probabilidades. Tracy havia acabado de sair de um casamento ruim. Daqueles em que você se casa com vinte anos e, aos vinte e poucos, percebe que só se casou para se libertar dos pais e provar que era adulta. Daí, você serve como um dos pais para seu cônjuge até que não seja mais necessário e, então, compreende que vocês não têm nada a ver um com o outro. Foi então que a Tracy, com seu cabelão liso e louro até a cintura, lábios que pareciam sempre prestes a fazer biquinho ou a se abrir num sorriso, e uma risada que contagiava todo mundo que a ouvisse, baixou no Restaurante Gandy Dancer.

Suponho que ela houvesse decidido usar sexo, drogas e rock'n'roll como um antídoto para a depressão, pois era capaz de sair de um turno duplo de trabalho e ir direto para a farra. Estávamos no auge das festas de arromba, em meados da década de setenta, e ainda não havíamos nos recuperado do fato de que nós, nossos irmãos ou nossos amantes poderíamos ser obrigados a ir morrer no Vietnã. Ela conheceu Silver numa dessas festas. Ele era alto e sarado, de cabelos crespos e compridos. Ele tinha vindo à cidade como encarregado do som no show do Iggy Pop, ou do Bob Seger, um dos dois, ou ambos.

Na época, o casamento de Silver também ia mal, mas não havia sido oficialmente terminado por nenhuma das partes. Acho que nem sequer o reconheciam. A esposa morava numa daquelas cidadezinhas no norte de Michigan que sobrevivem de turismo e esportes. Havia corridas de motocross, montanhismo, canoagem e camping no verão, caçadas no outono, motos de neve, esqui cross-country e pesca no gelo no inverno, e os moradores eram sustentados pela beleza natural da região, a despeito dos problemas econômicos e dos invernos sempre rigorosos. Silver passava cada vez mais tempo na estrada e, àquela altura, fazia vários meses que ele não via a esposa, com a desculpa do trabalho; ela não reclamava, no entanto. Gostava do dinheiro que ele lhe mandava.

Então, houve uma festa no que havia sobrado de uma comunidade hippie a cerca de meia hora da cidade. Era final de verão, começo de outono, os dias ainda eram longos e os jardins da comunidade estavam repletos de produtos agrícolas. Berinjelas. Couves-de-bruxelas. Couves-flor. Um campo inteiro de tomates, alguns ainda verdes, que pendiam para o chão apesar dos galhos amarrados em estacas. Ramos de orégano e tomilho que se enroscaram quando passei entre os canteiros. Às margens, o cheiro inconfundível da maconha, plantada para crescer do solo como um pé de tomate selvagem. O cheiro era quase encoberto pelo aroma adocicado do manjericão.

Silver chegou, rugindo em sua motocicleta. Seu capacete amassara o cabelo comprido até que ele o sacudiu. Tracy levantou o queixo e endireitou os ombros assim que o viu, passou os dedos pelo cabelo louro e comprido, umedeceu os lábios e o prendeu com seu olhar.

Silver sentiu que ela estava olhando para ele, ali parada com os lábios entre um biquinho e um sorriso.

— Ele é tão sexy que chega a doer — eu disse.

Ela soltou uma gargalhada.

Ele se virou na direção do som, e aquela risada tão alegre, mas com um toque gutural de algo mais, o capturou. O barril de cerveja e as tigelas de pretzel feito ali mesmo na comunidade pareciam não ter fundos. Quando caiu a noite, alguém acendeu uma fogueira. Centelhadores de vara e cigarros de maconha foram passados de mão em mão. Silver e Tracy dançavam agarradinhos ao som de Earth, Wind & Fire, olhos nos olhos.

Hum, pensei e balancei a cabeça.

Então eles sumiram. Foram dar um passeio entre os pés de tomate, ou no bosque de faias que rodeava o campo. Eu não era guardiã dela, apenas amiga. Simplesmente curti a festa, dançando, bebendo cerveja e conversando com Juliet, Allie e meu primeiro marido, que fora comigo à festa.

Ele estava vivo, na época. Tão vivo.

Sky ainda não havia nascido.

Nós não estávamos casados. Só apaixonados.

Faz tanto tempo.

Tínhamos ido fazer canoagem naquela tarde, descendo pelo rio Huron. De forma preguiçosa, sem qualquer vontade de descer o rio e confiando que a correnteza nos levasse na direção certa. Havíamos parado no jardim botânico para comer sanduíches de salame com queijo, tomar o vinho que eu tinha levado e observar os patos atravessando a água, seguidos por seus filhotes já grandinhos.

Quando estávamos dançando, os olhos cinza dele sondaram os meus. Vi-os cintilarem à luz bruxuleante da fogueira. Suas mãos estavam quentes nas minhas costas, sua respiração fazia cócegas na minha orelha e balançava meus cabelos. Ele tinha um cheiro almiscarado, sua camiseta agora estava levemente perfumada pelo aroma acre da madeira queimada. Sua ereção espetou meu umbigo e pressionei o corpo contra ele, encorajando sua proposta.

Ele gemeu. — Vamos para casa.

Pressionei o corpo um pouco mais perto e deslizei a mão sob sua camiseta, sobre a pele que cobria os músculos rijos de suas costas.

— Quero você.

Minha mão se apertou contra sua calça, cobrindo a nádega.

— Em breve.

Ele riu. Sua rigidez se esfregou no meu estômago e sua barba raspou minha testa. — Eu te amo.

— Também te amo. — Viu só? Eu disse. Era mais fácil, então. Eu te amo. Nós concordávamos. Amávamos um ao outro. Éramos um casal. Eu disse a ele um milhão de vezes, pois achava que iríamos durar para sempre.

— A gente se dá tão bem. Minha vida é maravilhosa com você.

— A minha também. Você consegue nos imaginar sentados na varanda, em cadeiras de balanço, daqui a trinta anos? Nossos netos brincando à nossa volta. — Viu como eu achava que duraria para sempre? Convencida de que nosso amor consentido colocaria nossa vida numa trajetória previsível, segura, acompanhada e testemunhada? Minha vida iria seguir um caminho convencional. Casada com um homem. Filhos. Empregos. Uma casa com um jardim que eu manteria bonito e em ordem. Amigos.

— É isso que eu quero. — Ele passou os braços com força ao redor do meu corpo e agarrou meu cabelo, puxando-o gentilmente pelas costas e inclinando minha cabeça para um beijo. Sua boca aqueceu meu corpo e sua ereção prometia a glória.

Ele estava tão vivo. Era carne quente e ansiosa. Costumava abrir a janela todas as manhãs e cantarolar: "Deixe o sol entrar."

Me fazia girar numa pirueta quando chegava em casa.

Sempre se animava para jogar como lançador na liga recreativa de beisebol, na primavera.

É difícil acreditar que, oito anos depois, ele se foi. Não. Não se foi. Ele morreu. Puta que pariu. Morreu. Num abrir e fechar de olhos. Super-rápido. Do nada.

Me pergunto se as células rebeldes que inundaram seu sangue e o mataram já estariam crescendo, então. Será? Reproduzindo-se enquanto ele me pedia em casamento, fazia amor comigo e enquanto criávamos Sky. Arrastando-se por suas veias enquanto ele era aprovado no exame e obtinha sua licença de empreiteiro e enquanto ria e cantava para Sky, quando ela deu quatro passos vacilantes na sua direção.

Aprendi a não supor mais nada. Aprendi a preencher minha vida totalmente e a tentar viver cada momento. E também aprendi que qualquer um pode desaparecer a qualquer instante. E concluí que o amor não valia nada se não fosse para sempre, e soube que nada era para sempre a não ser os filhos. E as amigas. Está vendo só? A Tracy ainda está na minha vida. E a Juliet.

AO LEVAR OS BISCOITOS de Tracy até a sala de estar, meus olhos se enchem de lágrimas à lembrança da morte de Alex, mesmo agora, mais de um quarto de século depois. Ponho a mão no meu celular, ainda silencioso. Verifico meu relógio. São 10h15 da noite. Paro no hall e digo a mim mesma: Encare a verdade. Eles já sabem, a essa altura. Sky provavelmente está chorando nos braços de Troy e adiando o momento de me ligar até que a festa termine. A tristeza toma conta de mim; tristeza por ela e tristeza por Alex. Eu tinha especulado, desde a primeira vez que Sky ficara grávida, se o bebê teria os olhos cinza dele.

Porém, naquela noite, naquela noite de outono, com as frutas ainda no pé, Tracy dançou com Silver e eu dancei com Alex. Alex os viu e disse: — Ele é casado.

Então, Tracy veio até mim, os olhos brilhando, a boca úmida dos beijos de Silver. — Vou para casa com ele. — Ela segurou minhas mãos ao dizer isso. — Com ele. — O último *e* de *ele* se estendeu, pendendo no ar. Tracy cheirava a almíscar e, agora, também a limão, que vinha de Silver.

— Ele é casado.

— Ele me disse.

Ela piscou para mim, aquela piscada só-entre-nós-meninas, aquela piscada não-me-aguento-de-felicidade. — Estarei bem. Eu sei. — Ela apertou minhas mãos. Suas palmas estavam úmidas e suas pupilas tão dilatadas que os olhos pareciam negros.

— Me liga amanhã.

— Prometo.

Normalmente não começa assim, uma transa casual que se transforma num eternamente. Talvez esta seja nossa maior fantasia. Sexo tão maravilhoso que todo o resto se encaixe e todas as demais pessoas sejam instantaneamente dispensadas. De repente, a vida é colocada numa rota direta. Simples, clara e certa. Você sabe exatamente o que vai fazer e por quê.

Ou talvez seja o contrário. Tudo já está encaixado e o sexo apenas concretiza o negócio. Vocês estão destinados um ao outro, primeiro como amantes apaixonados, depois como companheiros. Um daqueles raros casos de uma noite só que persiste, como se a conexão física tornasse todo o resto possível. Talvez eles já soubessem disso desde o primeiro olhar. Uma paixão à primeira vista que transcende os problemas e, de forma igualmente natural, se estende ao longo das décadas. Portanto a conexão, a comunicação, a consciência e a valorização instintiva do espaço do outro estão presentes desde o início. As nuanças de intimidade e a doce vida em família fizeram com que a rotina fosse um deleite.

Alguns dias depois, ela ligou, com um novo êxtase mesclado à paz em sua voz. — Foi diferente. Oh, meu Deus — ela disse com um suspiro —, diferente de tudo que eu já experimentei.

— Então, ele é realmente ótimo?

— Ótimo, sim, mas não é isso que eu quero dizer. O sexo não foi apenas sexo. Foi... Nós nos transportamos a outro lugar. Outro lugar ao qual eu nunca tinha ido. Foi além do sexual, foi... espiritual. Como se fôssemos parte do universo. Tudo era uma coisa só e nós fazíamos parte dela.

Eu ri. — O que vocês dois estavam fumando, hein?

— Nada. Só um ao outro.

Eu não sabia a que ela estava se referindo. Não na época. Fiquei sabendo mais tarde. Enquanto isso, o amor de Tracy por Silver também a fez fascinar-se pelos interesses dele e, assim, ela descobriu sua vocação. Silver era técnico de som e trabalhava para bandas de rock. A vitalidade e o sorriso de Tracy, sua energia e capacidade de organização, os vários músicos e artistas que ela conhecera através do meio musical deram a ela a ideia de se tornar uma produtora musical de rock. Agora, ela e Silver viajam juntos nos tours. Ele faz o som, e ela a produção. Parece glamuroso, visto de fora: seis meses viajando pelo mundo, uma nova família a cada ano, composta pelas pessoas que trabalham juntas na equipe. Tóquio, Chicago, Sydney, Montreal, Paris, Madri, Seul, Nairóbi, Los Angeles, Rio. Eu recebo cartões-postais do mundo todo, estampados com a marca dos lábios de Tracy num beijo para mim. Às vezes, isso é tudo o que eu recebo. Uma foto do Davi pelado em Florença e a marca registrada de seus lábios cor-de-rosa.

— Pois é. Seria de imaginar que eles estariam cansados de viajar e ficassem aqui nos feriados de fim de ano — diz Rosie.

— Eles estão usando suas milhas aéreas acumuladas — respondo. — Além disso, uma coisa é trabalho. Isso são férias.

— Bem, vamos começar — diz Laurie.

Todas se sentam e eu distribuo os biscoitos de Tracy.

— Hum. Tracy me pediu para dizer a vocês o quanto gostaria de estar aqui. Ela fez estes biscoitos antes de viajar e os colocou nestes recipientes. — As caixas estão embrulhadas em papel de presente, com fitas vermelhas formando uma cascata escarlate de cachos, entremeados por pedacinhos de folha de ouro.

— São lindíssimas. — Vera abre a tampa e desdobra o papel de seda, que produz um ruído crepitante. — Todos os cartõezinhos têm a marca do beijo dela.

Sorrio ao ver uma indicação de alegria na sensualidade de seu beijo. Continuo distribuindo as caixas de biscoito, coloco uma na minha sacola, e a última na sacola da casa de caridade. — Ela me mandou este e-mail para repassar a todas vocês. — Sacudo os papéis que imprimi com o e-mail dela e os entrego também.

— Ah — Taylor diz ao ler o e-mail —, isto é a cara dela. Quase posso ouvi-la rindo.

— Eu adoro aquela risada dela — diz Allie. — Toda vez que a escuto, fico feliz.

— Sinto falta dela. — Os lábios de Juliet se viram para baixo numa hipérbole de tristeza. — Quando eles voltam?

— Pouco antes do Natal. Para a Townie Party.

Vera come o doce de chocolate. — Humm. Ela já fez estes biscoitos alguns anos atrás.

— Ela sabia que todo mundo tinha adorado. São fáceis de fazer e duram bastante.

— Ainda assim, sinto falta dela.

— Ei, um brinde à risada de Tracy. — Ergo minha taça e todo mundo me acompanha. — À Tracy.

— E à Alice — acrescenta Vera.

Penso que talvez precisemos de uma nova regra. Você só pode faltar a uma festa, num período de três anos. Quero pessoas que, de fato, possam estar aqui. Não é pelos biscoitos, nunca foi, e sim para estarmos juntas e nos divertir. E cada uma de nós faz com que a festa seja mais alegre.

Não sei se é a referência às pessoas ausentes que desperta Charlene, mas ela se levanta e anuncia: — Eu sou a próxima. — E vai buscar as sacolas que montamos naquele dia.

— Acho que estamos numa fase de chocolate, porque meus biscoitos também são, essencialmente, feitos de chocolate. Trufas. Vocês adoraram estes biscoitos alguns anos atrás e acho que eu... — Charlene engole em seco ao se lembrar de como tudo parecera fácil, há um ano, e de como tudo mudou no último mês de maio. — Quis fazer algo automático, ou talvez quisesse relembrar aquele tempo.

Seus olhos estão calmos enquanto percorrem nosso círculo e ela umedece os lábios.

A animação descarada de sua jaqueta de oncinha, que ela também usou alguns anos atrás, parece uma mentira. — Acho que este ano não tenho muita história para contar. Não sobre os biscoitos. Fiz esta receita em particular porque vocês gostaram muito e, no ano passado, uma de vocês ficou decepcionada por eu não tê-los feito novamente. Não fui capaz de fazer nada novo. Já fiz coisas novas demais. Ouvi cantos gregorianos enquanto os preparava. — Seu cabelo macio cai sobre o rosto. Suas mãos tremem um pouco quando ela pega as latas azuis de dentro da sacola. E, então, ela se obriga a dar um sorriso, como se estivesse lembrando a si mesma de que ainda existe alegria na vida e de que é essa a razão pela qual ela está aqui.

— Oh. São tão fofas — Jeannie diz referindo-se aos recipientes.

— Eu adoro estas trufas — Laurie diz. — Eu e Brian brigamos por elas. Eu fiz algumas para ele como parte de seu presente de aniversário.

— Obrigada. — Os olhos de Charlene estão úmidos, mas seu sorriso revela dentes alinhados e gratidão. — Bem, eu queria agradecer a vocês. A todas vocês. A cada uma de vocês — ela acrescenta, como se nossa preocupação e nosso amor fossem responsáveis por evitar que ela desmoronasse. — Obrigada por seu apoio, pelos telefonemas, as cartas, as visitas — ela engasga e, então, pigarreia —, pelo amor. — Ela passa outro recipiente para Rosie e continua: — Vocês realmente me ajudaram a passar por tudo isso. Vocês sabem que Luke era bastante espiritualizado. A última coisa que ele me disse foi que sempre estaria comigo. — Seus olhos brilham e ela parece feliz; sua voz é baixa, quase um sussurro.

Nós ouvimos em silêncio.

— Bem, eu não acredito em anjos, mas posso sentir a aura dele. Quando penso nele, posso senti-lo e ele está aqui, na minha mente. Ele disse uma vez que o amor é imortal. Talvez estivesse certo. É ao menos tão imortal quanto todas as pessoas que você ama. — Enquanto fala, ela continua distribuindo as embalagens de biscoitos. Nós as colocamos no colo ou as guardamos em nossa sacola e a escutamos.

O amor é imortal? Eu ainda amo o Alex? Sim. E também o Stephen, apesar de tudo. O amor por ele é mesclado com infelicidade, raiva e decepção. É por isso que dói tanto. Meu amor, meus sentimentos e preocupações por Jim também irão persistir.

Charlene continua: — A cada dia que sobrevivo, aprendo uma nova coisa. Esta noite está me fazendo pensar em vocês e em quanto vocês e esta festa são parte da minha vida. E do quanto eu a adoro. De como vocês são divertidas. De que existe diversão na vida. — Ela repete como se estivesse ensinando algo a si mesma. — Diversão na vida.

Ela se vira para Jeannie. — Seu biscoito da sorte disse: "A roda está girando. Esta é a fase escura. O que você deve ganhar com a noite?" Não pensamos nisso com frequência, não é mesmo? O que aprendemos com a noite, a noite como símbolo da adversidade ou... — sua voz vacila — da tragédia.

Ela se cala e cerra um pouco os olhos, pensando. — Ainda não tenho certeza, mas de alguma forma a morte de Luke me modificou e eu estou apenas começando a me conhecer novamente. Sei que a morte de Luke não aconteceu para me ensinar nada, mas, mesmo sem querer, acaba ensinando.

— Mas isso se deve à sua resiliência. Outras pessoas poderiam se afundar de vez na dor — diz Allie.

— A questão é o que tenho a ganhar, pois o biscoito da sorte está certo. Isso eu soube no instante em que o li: cada morte é uma dádiva. Ainda não sei ao certo qual. Talvez descobrir essa dádiva seja minha missão. Talvez seja minha tarefa inacabada.

— Aposto que se trata de algo espiritual — diz Juliet. — Você diz que Luke era espiritualizado... bem, ele puxou a você nisso.

— Humm — Charlene reflete.

— Talvez uma médium? — Laurie sugere.

— Caramba. Não pensei que minhas mensagens teriam esse impacto — diz Jeannie.

— Me veio à mente enquanto Allie estava falando.

Allie franziu as sobrancelhas. — Falando sobre a paz?

— Sobre escuridão e luz. Sobre prever a renovação da primavera. Sei que jamais serei a mesma. A dádiva, em parte, se refere a como serei diferente. Renascida.

— É porque você sobreviveu — eu digo. — Você resistiu e ainda está aqui, falando. E ciente de que ainda há alegria na vida.

— E nos dando algo feito com suas próprias mãos que sabe que adoramos — diz Allie. — Ainda estou pensando que o amor é imortal. T.J. sempre me diz isso. Vocês sabem, segundo o judaísmo, você sobrevive segundo os atos de bondade e misericórdia que realiza; não existe céu nem inferno.

— Talvez o amor seja outra forma de dizer bondade e misericórdia, talvez as duas coisas nasçam do amor — Charlene diz. — Vou descobrir isso conforme for avançando.

— Seja uma ministra religiosa — Sissy diz com a cabeça levemente inclinada e os olhos fixos em Charlene. — Conduza outras pessoas através do vale da sombra. Você tem o conhecimento necessário.

Nós todas ficamos espantadas com a sugestão. Não parece combinar com a antiga Charlene e, no entanto, parece se adequar perfeitamente à pessoa que ela é agora, com a boca ligeiramente aberta e uma expressão sábia, porém sombria nos olhos.

— Isso mesmo — diz Allie.

Charlene franze um pouco a testa, mas, além desse pequeno movimento, continua imóvel enquanto a observamos ponderar. — Não acredito em uma seita a despeito de outra. Nem que uma só religião contenha todas as respostas.

— Talvez uma missionária ecumênica — propõe Allie. — Talvez em uma casa de caridade.

— Talvez para mulheres vítimas de maus-tratos, e pessoas na prisão. — O olhar de Vera encontra o de Charlene e elas assentem uma para a outra. Charlene levanta as sobrancelhas.

— Talvez — Charlene diz lentamente, num gesto de conclusão.

— Não seria um baita presente de Luke para você? Ser uma ministra? — eu digo.

— Eu sinto isso em você. — Sissy não se move: sua cabeça continua inclinada, as mãos espalmadas nos joelhos. — Venho pensando nessa possibilidade para mim mesma, como o passo seguinte à enfermagem, pois a medicina é só uma parte da cura.

— É uma ótima ideia, Sissy. Obrigada. — Charlene se senta, se recosta na cadeira, os braços descansando no apoio e as mãos cobrindo as extremidades. Ela está sentada como uma leoa ou uma esfinge, imóvel, a jaqueta com estampa de oncinha mais perfeita do que nunca para sua pose.

Sei que sou a próxima. Quando olho lá fora, vejo que parou de ventar. A neve cai em flocos fofos e individuais. Cada um do tamanho de uma moedinha. Eles caem em linha reta. Tudo está imóvel, à exceção da neve que cai no chão.

Mas as mulheres estão inquietas, como se precisassem de um descanso depois dessa conversa tão pesada, e Rosie é a primeira que se levanta e vai ao banheiro. Sissy tomou meu lugar e conversa com Charlene.

— Nós deveríamos nos reunir para explorar essa ideia — diz Sissy. — Eu sei a que grupo religioso quero pertencer, mas não sei como fazê-lo.

Allie conversa baixinho com Jeannie. Eu a ouço dizer: — Você deveria contar para todo mundo — e Jeannie responde: — Não iriam entender.

— Entenderiam a ideia de ir em busca do próprio sonho.

Jeannie assente com a cabeça. E então Allie se levanta e vai até a cozinha pegar água.

Eu faço café e arrumo xícaras, leite, açúcar e adoçante enquanto Allie dá uma volta em torno da mesa. Só restam queijo e algumas bolachas salgadas. Acrescento um prato do meu pé de moleque e desembrulho um bolo de rum que Vera trouxe. A flor de gengibre parece elegante, na mesa quase vazia.

E, justamente neste instante, toca o telefone. Precisamente quando coloco sobre a mesa o bolo redondo com um furo no meio e aroma de rum misturado a açúcar de confeiteiro, com cuidado para que não se mova no prato, não caia nem escorregue, sinto o formigamento no meu quadril. Exatamente quando tiro a mão e pouso o prato com o bolo. Exatamente neste instante, ele vibra.

Endireito o corpo e puxo o celular do cós da calça. Olho para a tela.

De fato, há uma foto de Sky, tirada no verão passado quando fui visitá-la. Tomamos café num terraço e ela estava usando uma camiseta regata. Agora, seus olhos cinza sorriem para mim. E seu sorriso me dá esperança de um resultado positivo.

Vou para meu quarto.

Terei privacidade caso precise chorar por um ou dois minutos sozinha.

Disney me segue. Ele não está sacudindo o rabo; ele sente minha tensão, meu medo, minha expectativa.

Não há ninguém ali além de Disney e de mim, e da cama cheia de casacos. Sobre a minha cama há um casaco lustroso preto com gola de pele e capuz, um vermelho com um cachecol de lã de cores malucas e um marrom com um cachecol elegante de caxemira verde. Alguns estão bem arrumados, com as mangas pousadas ao lado, como se estivessem descansando; outros, com os braços dobrados, como se houvessem sido congelados em meio a um passo de dança.

Fecho a porta. E abro o telefone.

— Sky?

— Mãe?

Tento sentir naquela única palavra o resultado do exame, mas a ligação está ruim, então não posso ouvi-la claramente.

Inspiro.

— Mãe?

— Sim. Estou aqui. — Minhas palavras tremem.

— Está bem. Ela está bem. — A voz de Sky cantarola, se elevando no final da frase, alta devido à excitação e à felicidade.

Expiro com tanta força que acabo me sentando na lateral da cama. Em cima do casaco de alguém.

— Ah, graças a Deus.

— Eu estava ficando apavorada. Estava demorando demais. Telefonei para o consultório e estava fechado. Daí, pensei: Ai, meu Deus, terei que esperar mais um dia. Não aguento esperar mais um dia. Não aguento passar por mais uma noite. — Suas palavras saem aos borbotões.

— E daí ela me ligou. Apertei tanto a mão do Troy que acho que quebrei alguns dedos. — Sky ri. — Ela pediu desculpas por estar ligando tão tarde, mas teve que fazer uma cesárea de emergência de trigêmeos. Ela estava com os resultados dos exames e com o meu telefone e ia me ligar quando a emergência surgiu. E... — Sky para de falar e inspira.

— Eu estava começando a... — Deixo minha voz morrer.

— Eu sei. Eu também. Já tinha perdido todas as esperanças. Mas aí ela ligou. Troy e eu estávamos abraçados. Eu estava chorando, tentando, tentando com todas as forças pensar positivo, mas tinha perdido a capacidade de ser positiva com o passar dos minutos, das horas. De um dia inteiro. Este foi o dia mais longo da minha vida. Fiquei sabendo há um minuto. Tempo suficiente para rir e chorar e gritar de alívio com Troy e, então, apertar o botão da memória do telefone para falar com você.

— Uhuuuuuuuuuuuuuuuu — cantarolo, quase gritando. E então exalo. — Estou tão feliz por você. Por mim. Por todos nós. — Paro por um minuto. — E agora? Há mais algum exame?

— Não. Apenas uma gravidez normal. O ultrassom está perfeito, ela está se desenvolvendo exatamente como deveria e não há nenhuma anormalidade genética. Uma menininha perfeita; então, só precisamos alimentar a mim e a ela, amá-la muito e esperar mais quatro meses para vê-la. Estamos ela e eu, ambas, crescendo. — Sky ri.

Uma sensação de alívio, de manter a compostura, de pressão que eu nem sequer sabia que estava ali me toma de repente. Me sinto leve, mas não tinha percebido que estava me sentindo pesada. Eu tinha convivido durante tanto tempo com aquele medo, aquele instinto materno de alguma coisa não estar bem com seu filho, que ele havia se tornado parte de mim. É um peso que agora posso liberar.

Que alegria.

Que noite.

— Estou tão feliz, querida. Nem sei o que dizer.

— Nem eu. Meu sonho se tornou realidade. Ela está bem. — Sky grita o "bem" como se ainda fosse difícil de acreditar. — Agora só precisamos esperar. Podemos começar a fazer o curso de Lamaze. Ipiiiiii! Você vai vir, não vai, para ficar comigo durante o parto?

— É claro!

— E eu vou aí te ver em algumas semanas. Vamos comemorar a gravidez.

— Até lá pode ser que o bebê de Tara já tenha nascido.

— Talvez.

— Não seria fantástico se ele nascesse no Natal? — Sky pergunta. — Que presentão. — Pela primeira vez, ela está feliz pela gravidez de Tara. No passado, ela havia expressado felicidade, mas as palavras eram automáticas e educadas. Seus olhos não tinham sorrido em conjunto com os lábios.

— Todos os bebês são presentes maravilhosos.

— Espero que eles sejam amigos. Primos quase da mesma idade. Como vai a festa?

— Ótima. Você sabe. Sempre é divertido, sempre há muito amor.

— Troy e eu estávamos nervosos demais para jantar, então vamos sair agora para comemorar. Falo com você amanhã, mãe. Está bem?

— Claro. — A boca de Disney se abre num sorriso enquanto seu rabo chicoteia o chão. — Tenha uma boa noite de sono.

— Mãe. — Sua voz é melancólica. — Eu sei que parece estranho, mas quando achei que não ia poder ter um bebê, pensei no papai. Era como se uma parte dele morresse de novo, como se ele terminasse, de certa forma. Sabe? Como se eu o tivesse decepcionado. Agora, de certa maneira, ele continuará. Sabe?

— Eu sei. Eu também estava pensando algo parecido.

— Mãe, eu te amo. Muito. E obrigada.

— Obrigada? Por quê?

— Simplesmente por ser minha mãe.

— Ah, querida. Você não precisa me agradecer por isso. Sempre foi um prazer. E muito mais que isso. Eu te amo.

— Eu também. Tchau — ela diz e desliga o telefone.

CHOCOLATE

Chocolate. Nós adoramos chocolate. É a sobremesa do amor e da comemoração. Os astecas o consideravam a bebida dos deuses. O chocolate contém uma substância que imita a sensação de estar apaixonado, e tem um efeito levemente parecido ao da maconha, produzindo euforia e diminuindo o estresse. Também contém cafeína. Contudo, a história do chocolate está intimamente ligada à colonização, às disputas comerciais, à escravidão, ao contrabando, aos mercados negros e, finalmente, à gigantesca aprovação mundial e à industrialização moderna.

A árvore que produz a semente de cacau, chamada de cacaueiro, é nativa da América Central e da América do Sul. É uma árvore muito peculiar, que requer temperaturas exatas, umidade constante e uma copa formada por árvores maiores, geralmente bananeiras ou seringueiras, que a protejam do excesso de sol. Também está sujeita a sofrer ataques de fungos e pestes. A flor, que é fertilizada por uma espécie particular de mosca, brota diretamente do tronco. Apenas algumas flores se transformam no fruto, que tem o tamanho e o formato aproximado de uma bola de futebol americano. O fruto contém a semente, que é aberta ao meio, fermentada e, posteriormente, secada. Cada árvore só produz entre meio quilo e um quilo de sementes por ano.

Há três mil e quinhentos anos, os astecas e os maias bebiam chocolate misturado com mel, baunilha e pimenta. Experimente tomar café com cacau em pó e uma pitada de pimenta-de-caiena. É fantástico. O chocolate era a bebida dos soldados e da elite, mas também era comum em grandes festivais e comemorações. Beber chocolate, assim como mascar tabaco, era uma atividade realizada após uma refeição e tinha certa conexão com o sangue, talvez devido ao seu uso ritual durante sacrifícios humanos. As próprias sementes eram usadas como moeda, portanto, literalmente, o dinheiro dava em árvores. Colombo, ao descobrir uma canoa carregada de sementes de cacau, reconheceu sua utilização como moeda, mas não se deu conta de seu potencial muito maior para a produção de bebidas e doces.

Os espanhóis levaram o chocolate para a Europa e o alimento foi protagonista de uma história de lutas, leis, desenvolvimento agrícola e contrabando. Uma segunda espécie de cacaueiro foi descoberta no Equador e na bacia do Amazonas, mais fácil de cultivar e que, atualmente, é cultivado na África Ocidental e na Ásia, em conjunto com um híbrido da espécie original. Nesse meio-tempo, a Venezuela foi desenvolvendo plantações de cacau. Conforme as populações indígenas nativas desapareciam, dizimadas pela guerra e pelas doenças europeias, começaram a trazer escravos africanos para trabalhar nas plantações, algumas das quais continham 250 mil árvores. A coroa espanhola, temendo que o comércio em desenvolvimento entre a América do Sul e o México criasse um precedente e ameaçasse seu controle dos produtos europeus, proibiu o comércio. Os holandeses capturaram Curaçao em 1634 e enviaram enormes carregamentos de chocolate contrabandeado para Amsterdã; o contrabando e a fraude prosperaram conforme Amsterdã se tornou o ponto central do mercado de cacau em meados do século XVII.

O hábito de beber chocolate se espalhou por toda a Europa, em casas especializadas na bebida que rivalizavam com os cafés. Em meados do século XIX, outras bebidas haviam se tornado mais populares, em particular o chá na Inglaterra, o que levou ao aumento no consumo de chá proveniente de suas colônias asiáticas. O café também se popularizou como estimulante. O chocolate, na época, era intensamente adoçado e consumido principalmente por crianças e inválidos. O desenvolvimento do chocolate como confeito ocorreu precisamente a tempo de impedir que seu consumo caísse em desuso. Isso também começou em Amsterdã, quando Coenraad van Houten extraiu a "manteiga" de cacau, possibilitando a elaboração das barras de chocolate. Enquanto isso, a empresa Cadbury comercializava o chocolate acompanhado de flores, e o produto se tornou um símbolo de romance, trazendo consigo a ideia implícita de poderes afrodisíacos. Então, a empresa Lindt, em 1879, criou um sistema que produzia barras de chocolate mais moles.

A Hershey, seguindo o exemplo de Ford, viu uma maneira de mecanizar a produção e construiu uma cidade de trabalhadores na Pensilvânia, rodeada por enormes fazendas de gado leiteiro que forneciam cerca de 230 mil litros de leite por dia. A Hershey era também proprietária de vastas plantações de cana-de-açúcar em Cuba, ligadas por ferrovias e terminais de carga, que foram nacionalizados por Fidel Castro.

A essa altura, o chocolate era essencial para as comemorações de Natal, Dia dos Namorados e Páscoa. A produção de chocolate aumentou de 100 mil toneladas, no começo do século XX, para 2 milhões e 500 mil toneladas na década de 1990.

O chocolate completou seu ciclo. Existem diversos tipos de chocolate, cultivados em diferentes partes do mundo, exaltando sabores específicos. Ao lado deles, nas prateleiras dos supermercados, podemos encontrar trufas e confeitos produzidos cuidadosamente pela indústria local. O consumo de chocolate com mais de 65 por cento de cacau, assim como de outros frutos escuros e de vinho tinto, mantém a pressão sanguínea baixa, diminui o colesterol, permitindo que o sangue flua melhor, e mantém o coração saudável. Além do mais, tem o benefício de produzir uma leve sensação de euforia. Portanto, o alimento dos deuses, inicialmente obtido somente a partir de uma espécie de árvore, confinada a uma área específica, é agora um prazer e um benefício ao alcance do mundo inteiro.

12

Taylor

Biscoitos Crocantes de Melaço e Gengibre

1 xícara de manteiga amolecida

1 1/2 xícara de açúcar

Misture a manteiga e o açúcar, batendo bem por 2 minutos.

Acrescente 1 ovo + 1 gema, 3/4 de colher de chá de sal, 1 colher de chá de gengibre fresco (picado bem miudinho)

2 colheres de sopa de gengibre cristalizado picado

Usando um batedor de ovos, misture 2 xícaras + 2 colheres de sopa de farinha, 1 1/2 colher de chá de gengibre em pó, 1 colher de chá de fermento em pó e acrescente à mistura.

Adicione 1/3 de xícara de melaço.

Faça rolos de 5cm, passe no açúcar cristal e leve para gelar durante algumas horas (ou congele por alguns dias, se quiser). Preaqueça o forno a 180ºC. Corte os rolos em fatias e salpique mais açúcar cristal por cima.

Asse por 12 minutos. Rende aproximadamente 6 dúzias e meia de biscoitos.

Automaticamente, abaixo a mão para acariciar as orelhas macias de Disney. Animado com a minha atenção, ele coloca as patas na beira da cama, abanando o rabo em círculos rápidos. Me inclino para abraçá-lo e depois me levanto.

Lembro-me de uma conversa que tive com Allie quando soube da primeira gravidez de Sky, há quatro anos. Estávamos no restaurante Zingerman's Roadhouse. O verão estava começando e estávamos no terraço, dividindo uma salada.

— Puxa. Avó. Acabo de perceber que sou uma adulta de verdade. — Balancei a cabeça, espantada. — Como foi que isso aconteceu assim tão rápido, tão cedo?

Allie riu. — Ei, eu estava lendo que nós, mulheres na menopausa, somos essenciais para a evolução. — Ela ergueu sua Coca Diet como se brindando a nós. — Temos uma década ou duas de vida em que não podemos nos reproduzir. No entanto, podemos trabalhar feito camelas e consumimos menos calorias que outros trabalhadores.

— Bem, teoricamente, pelo menos. — Peguei mais pão e ambas caímos na gargalhada.

Allie prosseguiu: — Verificou-se que, durante os milhões de anos em que fomos caçadores e coletores, nós alimentávamos nossos netos até que fossem adultos, especialmente quando suas mães estavam amamentando bebês novos. Era preciso que houvesse avós para que houvesse infância, ou seja, décadas durante as quais as crianças aprendessem com os adultos.

— Ainda assim, estou contente por Sky e mal posso esperar para segurar meu bebezinho novo, mas não sou velha o bastante para ser avó.

— Eu sei. Eu e minhas leituras promíscuas.

Ela disse isso antes que eu pudesse dizer, mas adoro aprender coisas indiretamente com ela.

Quando entro na sala de estar, Charlene levanta as sobrancelhas.

— Boa notícia. — Meu sorriso é amplo. — Sky vai ter uma menina, uma menina saudável! Suponho que serei avó duas vezes. — Dou uma risada. — Daqui a algumas semanas. E na primavera. Uma dádiva de bebês.

Charlene me abraça.

Sissy se mudara para a cadeira ao lado de Charlene, e elas estavam conversando quando entrei. — Maravilha! Eu soube da gravidez de Sky por Tara — diz Sissy.

Cerro os olhos para fazer com que toda a minha preocupação anterior desapareça. — Estou tão *aliviada*.

— Ei. Você recebeu notícias da Sky? — Allie vem da cozinha, trazendo o bolo de rum num prato e uma xícara de café.

— Sim.

— Nem precisa me dizer. Você está radiante. Luminosa.

— Foi um dia maravilhoso. Cheio de boas notícias.

Sirvo-me de uma xícara de café descafeinado. Passando pela mesa, sinto o aroma do açúcar com rum do bolo da Vera e pego uma fatia pequena. Laurie, Juliet e Rosie estão rindo na frente da pia. — Só faltam mais duas pessoas. Você e Taylor. — Rosie faz um biquinho para mostrar sua tristeza pela festa que está acabando.

Laurie diz: — Bem, afinal, amanhã é dia de trabalho.

— E a Olivia está esperando. — A voz de Rosie é leve, mas há um toque de inveja.

Apanho minhas sacolas e digo: — Bebês e maridos e amantes e trabalhos estão à espera.

Todas se aproximam e tomam seu lugar. Em cada festa, cada uma escolhe um lugar e nele permanece a noite toda. Durante as entregas de biscoitos, nós nos sentamos no mesmo lugar, como se fosse nosso há anos e como se nunca o fôssemos abandonar. No ano seguinte, escolhemos uma cadeira diferente e a guardamos com o mesmo empenho.

— Ótimas notícias. Acabei de receber a ligação de Sky e seu bebê está bem. É uma menina.

Um coral de "Eeeee", "Ah, que alegria", "Graças a Deus", "Que alívio", vem tão rápido que não consigo distinguir as frases.

— Um brinde. — Rosie levanta sua taça de vinho. — À filha de Sky.

— A bebês saudáveis em toda parte. — Allie olha para Laurie e depois para Taylor. — Aimeudeus, como isso é piegas.

— Mas é sincero e um excelente voto — diz Rosie.

Todas bebem um gole de sua taça. Eu brindo com meu café descafeinado.

Eu começo: — Este ano, quero acrescentar mais duas regras. Aí vão: se a primeira segunda-feira de dezembro cair logo depois do fim de semana de Ação de Graças, então a festa do biscoito será transferida para a segunda-feira seguinte. Como fiz este ano.

— Eu me lembro de como todo mundo ficou desesperado, alguns anos atrás, quando isso aconteceu. Não dá para cozinhar para o Dia de Ação de Graças e, imediatamente depois, fazer os biscoitos para a festa — diz Vera.

— Também não dá para comer no feriado de Ação de Graças e, quatro dias depois, vir aqui. — Juliet está com um pedaço de pé de moleque na mão, ao falar isso.

— Exatamente. E a segunda regra: Vamos mandar as receitas por e-mail umas para as outras. Assim, eu não terei que digitar todas elas e mandá-las depois. É só enviá-las por e-mail para mim ou para todas. Isso facilitará muito as coisas.

— Foi assim que fiz este ano, de qualquer forma — diz Allie.

— Chega de papo. — Enfio a mão na sacola e tiro os estojos de maquiagem em *animal print* e começo a distribuí-los.

— Estes estojos são o máximo. Simplesmente o máximo! E eu preciso mesmo de um novo estojo de maquiagem. — Rosie entrega um estojo com estampa de serpente para Juliet e ele começa a circular. A atitude de Rosie é jovial, talvez pelo vinho, ou talvez pelo indício de reconciliação com Jeannie.

— Estes biscoitos são as bolinhas de noz-pecã da minha avó. Para mim, são a melhor guloseima de nozes, açúcar e manteiga do mundo. Já os fiz antes e vocês todas aprovaram. — Passo um estojo de estampa de oncinha.

— Olha! Este aqui combina com a minha jaqueta! — diz Charlene. — Acho que vou ficar com ele. — E repassa o de zebra que entrego a seguir.

A essa altura, Allie já abriu seu estojo e está mordiscando um biscoito. — Ah, eu me lembro. Eu adoro estes biscoitos.

— Todo mundo recebeu? — Então, coloco o último estojo na sacola da casa de caridade. — Por que escolhi este biscoito em particular este ano? É o preferido da minha filha. E, ah, este é o biscoito de que mais me lembro da minha avó. Na verdade, não me lembro de vê-la fazendo outro biscoito na época de Natal. Ela fazia *stollen*, bolo de frutas e merengues, mas somente este tipo de biscoito. E venho pensando muito nela, ao assumir seu papel, como avó. Ela parece estar mais próxima de mim, mesmo tendo falecido antes de Tara nascer. — Eu me detenho e penso: Incrível como as gerações continuam. Como repetimos esses padrões ancestrais se quisermos, se tivermos sorte. — Os netos foram o tema do meu ano. — E Jim. Que impressionante é o fato de me tornar avó no mesmo ano em que me apaixonei, arrumei um amante mais jovem e talvez até mesmo tenha encontrado meu parceiro para o resto da vida. — Acho que este é um biscoito de avó para neto. — Eu rio.

Então, vejo as mãozinhas de Tara enrolando as bolas de massa. Sky enfia a mão na tigela. Na lembrança, só observo suas mãos enquanto enrolam a massa. Esmalte cor-de-rosa lascado decora as unhas de Sky. Tara, com cerca de quatro anos, besunta os dedos de massa e os lambe. Sky cuidadosamente unta as palmas das mãos com farinha e se concentra em formar montinhos arredondados, com o mesmo foco que emprega em todas as suas tarefas.

Pigarreio. — Lembro-me de ajudar minha avó a fazer bolinhas de pecã e, quando eram pequenas, Tara e Sky também me ajudavam. Eu estava falando ao telefone com Sky quando fiz estes aqui. — Coloco o dedo indicador sobre o hematoma em meu rosto. — Foi assim que fiz isto. Multitarefa. — Antes de começar a falar, eu não tinha me dado conta de como os biscoitos ecoavam gerações anteriores. Faço um voto de que dentro de alguns anos os farei com a filha de Sky e o filho de Tara. Rindo baixinho para mim mesma ao me lembrar de como a cozinha ficava quando Tara e Sky terminavam de cozinhar, com metade da massa indo parar em seu estômago, e o resto em suas mãos e no piso. Mesmo assim, a alegria e a diversão superavam qualquer bagunça.

Pessoas na cozinha, cozinhando juntas. Quase tão divertido quanto pessoas comendo juntas. Quase tanto quanto sexo.

— Agora é a vez de Taylor. — Dobro as sacolas de supermercado e as separo para a reciclagem.

— Ah — diz Juliet —, eu detesto quando a última começa. Quer dizer que a festa está terminando.

— Não precisa terminar. Charlene vai dormir aqui. Pode ficar quanto você quiser.

Taylor traz suas sacolas. As sacolas extras deixam o canto em que ela se encaixou, ao lado de Allie, extremamente lotado. Conheci Taylor através de Tracy, numa das festas que Tracy adora dar. Ela alugou um celeiro vazio e contratou algumas bandas locais. Ou talvez as bandas tenham tocado como um favor, uma cortesia profissional entre músicos do rock'n'roll, já que conheciam a ela e a Silver do trabalho. Stephen e eu havíamos nos separado recentemente. Taylor e eu começamos a dançar quando a banda tocou "Honky-Tonk Woman". Ambas estávamos na pista de dança, nos movendo ao ritmo da música, com casais e outras pessoas sozinhas dançando à nossa volta. Rick, o marido de Taylor, não dançava, então nós duas passamos a maior parte da festa juntas enquanto Rick tomava cerveja e observava. Sentindo seus olhos sobre nós, tentei acenar para que ele viesse também, mas ele desviou o olhar; era um homem bonito com uma expressão irritada, algo que algumas mulheres podem considerar um desafio estimulante. Ele provocaria nelas a necessidade de fazê-lo sorrir a qualquer custo. Uma mulher que ache que sua missão é fazer um homem feliz é capaz de se virar pelo avesso para lograr essa tarefa. Naquela noite, Taylor estava grávida de seu segundo filho. Não era perceptível ainda.

— Você me parece familiar — eu disse.

Ela deu de ombros e desviou o olhar. — Eu tinha cabelo ruivo. Também tinha dez quilos menos. — Ela se afastou e moveu o pé num movimento perfeito de suingue.

Tentei me lembrar de onde a tinha visto antes. Eu sabia que não fora em uma festa. — Talvez eu simplesmente tenha te visto pela cidade.

Quando o guitarrista principal lhe perguntou se ela gostaria de pegar o microfone e ela negou com a cabeça, de repente me lembrei. — Você fazia parte de uma banda... como era o nome? Crazy Alligator.

— Mas isso foi numa vida passada. Isso foi... o quê?... quinze anos atrás. Não acredito que você se lembra!

Entre um show e outro, ela me contou que trabalhava na Pfizer, em tecnologia de Internet. Rick também trabalhava ali, no laboratório de pesquisas. Rick tocara teclado na banda Crazy

Alligator na época em que Taylor era a cantora. Ela cantava blues, mas não tinha força e dor suficientes na voz, só podia ser uma boa artista local. Nunca uma estrela. Seu canto era delicado demais. Ela se segurava no microfone como se ele fosse a salvação, como se a mantivesse presa ao palco e não a deixasse fugir. Aquela cantora precisa se soltar um pouco, me lembro de ter pensado. Eu não tinha prestado atenção no tecladista. Ele era habilidoso, mas sem nenhuma graça. Tinha uma compreensão matemática da música, mas não da emoção por trás dela.

Rick e Taylor se cansaram das longas noites de fumaça, sem muito reconhecimento e menos dinheiro ainda. Rick era formado em ciências, havia terminado o mestrado e começara a trabalhar na Pfizer. Acho que era Parke-Davis na época. E Taylor, que era formada em pedagogia, fez aulas de ciência da computação e começou a treinar os funcionários em aplicativos de software farmacêuticos.

Taylor não é mais aquela do cabelo vermelho vivo, jeans justo e estilo jovial que vi cantar, nem a Taylor dançarina com reflexos no cabelo e túnica colorida que conheci na festa de Tracy, é a Taylor de agora. Seu cabelo está castanho, deixando ver algumas raízes grisalhas. Ela não engordou nada. Na verdade, parece até ter perdido alguns quilos. As olheiras escuras a fazem parecer etérea e um tanto frágil. Seu cachecol oculta mais do que revela. E ela não está usando batom.

Não sei se a razão por trás da aparência de Taylor tem a ver com estar apaixonada por Allie, com cuidar de sua família ou lutar para encontrar outro emprego, agora que a Pfizer fechou suas instalações em Ann Arbor. Talvez seja uma combinação das três coisas.

Agora ela está parada diante de suas sacolas. Espera pacientemente que sua plateia se sente e fique em silêncio. Mas nós não paramos. Conversamos umas com as outras. Jeannie e Juliet estão rindo.

Taylor pigarreia. E espera. Ela repete o gesto e nós nos comportamos.

— Primeiro quero dizer que adoro esta festa. Espero por ela ansiosamente durante o ano todo, todos os anos, provavelmente com meses de antecedência. Então, começo a procurar receitas de biscoitos e procurar embalagens legais nas lojas. Para mim, é o pontapé inicial das festas de fim de ano. Nós sabemos que será na sua casa. — Ela se vira para mim. — Marnie, quando entro aqui, sou recebida pelo aroma de canela e pinho. Vejo sua decoração, a árvore com os enfeites de macramê e as velas acesas por toda parte. Sinto o amor das minhas amigas.

"Esta é minha época do ano preferida. As festas. As luzes brilhantes nas árvores de Natal, no centro da cidade, nas lojas, nas casas. A alegria e o espírito de comemoração que vão desde esta festa até o dia 1º de janeiro. E depois disso tem a neve, tão linda. Escorregar em trenós, fazer bonecos de neve, andar de moto de neve, patinar no gelo ao ar livre. Eu adoro isso. E sua festa marca o começo de tudo e é o ponto alto." Sua voz se dispersa. E ela fica ali parada, como se estivesse perdida.

— Nossa festa. Nós *todas* fazemos com que esta festa exista — eu digo.

— Mas você é a organizadora. Você monta o palco.

Taylor muda o peso do corpo de um pé para o outro. — Este ano, pensei que teria que sair do grupo. As coisas têm sido tão duras. — Ela fecha os olhos e engole em seco.

Estamos em silêncio, cientes do tremor em sua voz.

— Fiquei arrasada. Porque conheço a regra. Se não trouxesse biscoitos, seria eliminada.

Seus olhos estão fixos em Allie. E então se enchem de lágrimas. Ela inspira profundamente, prende a respiração e dirige seu olhar a todas nós. — Não muitas de vocês sabem, mas minha vida desmoronou. — Ela pressiona os lábios. — Rick estava tendo um caso com alguém do trabalho. Eu desconfiei e o confrontei, mas é claro que ele mentiu. Quando a Pfizer fechou, ele começou a dar umas sumidas. Estava fazendo um trabalho voltado à pesquisa em Recursos Humanos, ele me disse. Mas era mentira. Entretanto, não pediram que ele fosse transferido para Connecticut e eu não consegui arrumar outro emprego. Portanto, são dois desempregados, dois filhos, dois carros, uma hipoteca, um cachorro e um gato.

Ela olha rapidamente para Laurie. — A gente nunca acha que acontecerá conosco. — Ela balança a cabeça. — Você faz tudo certinho, trabalha arduamente, mas ainda assim pode acontecer. Vocês é que são inteligentes de não ficar esperando pelo desastre.

— Não sabemos o que vai acontecer no dia de amanhã.

— Mas tínhamos um ao outro. E estávamos trabalhando juntos. Eu... — Ela para e recomeça: — Eu... Bem. Rick saiu de casa há um mês, foi embora com a outra mulher, que se mudou para Connecticut. Ele levou consigo a indenização que recebeu da Pfizer. Me deixou só com o que sobrava da minha.

— Filho da puta — diz Rosie.

— Acontece que ele não vinha pagando a hipoteca desde que o valor se inflacionou. Tentei manter a casa, mas então, pouco antes do Dia de Ação de Graças, tivemos que deixá-la. — Seus olhos estão sombrios. — Tem sido duro. Puta merda. Tem sido um inferno.

— Oh, Taylor — diz Laurie —, por que você não disse nada? — Ela balançou a cabeça. — Eu sei. Você quer cuidar de si mesma. Você acha que é isso que deve fazer. Como se, de alguma forma, fosse culpa sua. Meu marido e eu também sentimos, durante muito tempo, que simplesmente não estávamos trabalhando o bastante.

— Não consegui arrumar um emprego e não havia dinheiro suficiente para pagar as contas e comprar comida. Eu estava fritando sardinhas e fazendo com que um frango durasse três dias.

Minha salvação era manteiga de amendoim e feijão. Meu seguro-desemprego havia terminado e o dinheiro da separação tinha sido todo gasto. Daí... — Ela abraça o próprio corpo.

— Eles executaram a hipoteca da casa. Há apenas duas semanas. Justo antes do Dia de Ação de Graças. Acho que Rick estava sabendo porque foi embora duas semanas antes da notificação final. Eu não podia acreditar. Mas aconteceu, e não havia nada que eu pudesse fazer. — Ela faz uma pausa e fecha os olhos. — Ninguém compraria a casa; além disso, vale menos do que o dinheiro que eu devia. Entrei na justiça para pedir ajuda e fui ao banco, mas as coisas já estavam muito adiantadas, àquela altura. Rick tinha mantido segredo sobre a situação.

— Rick vai ter que pagar, em algum momento, sabe? — diz Rosie. — Ele terá que pagar pensão alimentícia para as crianças, pensão conjugal e mora. Ele não pode simplesmente sair impune. Conheço um advogado que pode te ajudar. — Ela se refere a seu marido.

— Eu também — diz Jeannie. — Nós podemos fazer alguma coisa com relação à caixa hipotecária.

— Eu fiquei muito... — Taylor faz uma pausa. — Espantada e perplexa, como um veado diante dos faróis de um carro. Envergonhada. Estupefata.

— É tarde demais?

— Tarde demais para a casa. Tarde demais para Rick. — Taylor puxa os ombros para trás.

— Mas não tarde demais para você e as crianças. — As palavras de Charlene e de Sissy se sobrepõem.

— Mas esta não é a história toda. Achei que não pudesse vir aqui, não podia gastar o dinheiro necessário para alimentar meus filhos em biscoitos ou embalagens, nem mesmo as da loja de 1,99. Quebrei a cabeça tentando resolver para onde iríamos... para a casa da minha mãe? Dos pais de Rick? Da minha irmã? — Ela estende a mão para pegar um copo-d'água.

Eu sabia que ela tinha perdido o emprego. Ela me telefonara meses atrás e eu sugeri que ela considerasse trabalhar com vendas — era difícil, mas já seria alguma coisa. Ela queria continuar dando aulas e treinamentos. Precisava de um emprego que garantisse alguns benefícios para poder cuidar dos filhos. Sugeri que ela tentasse na universidade, mas eles não estavam contratando. Ela já tinha tentado lá. Convidei-a para um café da manhã de networking, mas não deu resultados. Todo mundo já havia batido em todas as portas e cobrado todos os favores.

— Eu deveria me mudar para a Índia — ela brincou.

Eu não sabia que Rick estava tendo um caso. Não sabia que ele a havia abandonado com os filhos, com uma mão na frente e outra atrás. Me lembro de seu olhar enviesado, quando nós estávamos dançando, tanto tempo atrás. Em todos os encontros, ele sempre se mantinha à parte e apenas observava, enquanto nós bebíamos e dançávamos. A curvatura descendente de seus lábios lhe conferia uma aura de desaprovação e desdém. Eu dizia a mim mesma que era apenas o formato de sua boca. Nos últimos anos, ele raramente saía conosco, sempre ocupado demais terminando suas experiências, trabalhando no laboratório. Todo mundo que eu conhecia que trabalhava na Pfizer cumpria jornadas semanais de sessenta horas, então eu não o questionava. Todas aquelas horas extras tornavam bastante difícil manter um relacionamento.

Penso na rotina frenética de trabalho de Jim.

Taylor parecia dar vida ao casamento, ser a pessoa com mais ânimo e entusiasmo. Rick parecia consumir a energia dela, mas talvez isso se adequasse à necessidade que ela tinha de se sentir necessária. Dois filhos, no entanto, esgotam qualquer energia. Eu sei. Eu me lembro. E a boca torta de Rick não expressava apenas presunção, mas insatisfação. Depressão, pensei. As pessoas são capazes de fazer qualquer coisa para se afastar disso. Qualquer coisa. Inclusive abandonar a mulher e os filhos. Qualquer coisa.

— E daí, um dia antes da Ação de Graças, Allie me disse que podíamos nos mudar para o porão da casa dela. É um apartamento separado, com um quartinho, uma sala de estar enorme, tem sua própria cozinha e banheiro.

— Quebra o galho, e eles podem ficar até Taylor arrumar um emprego e ter dinheiro suficiente para alugar outro lugar. — Allie sorri para Taylor. E então eu entendo o olhar de adoração de Taylor.

— Allie salvou a minha vida — diz.

— Que nada. Só estou dando uma mãozinha. É para isso que estamos aqui. As amigas. Para ajudar umas às outras. E eu tenho espaço de sobra — Allie protesta. Ela agita a mão como se dispersando a dependência de Taylor. Qualquer pessoa faria a mesma coisa, diz seu gesto.

— Já passei por isso. Não teria dado conta sem a Charlene, quando éramos mães solteiras e nossos filhos eram pequenos. Mas, se unindo, a gente consegue sobreviver — eu digo.

Taylor prossegue: — Tracy também me ajudou e Silver nos emprestou a caminhonete para a mudança. Então, pouco antes de ela ir embora, Tracy e eu fomos comprar as embalagens e ela pagou. Allie comprou os ingredientes para que eu pudesse fazer estes biscoitos. E me ajudou a fazê-los. — Ela sorri para Allie.

— Essa foi a parte divertida — Allie diz.

— E como é que você não contou nada pra gente? — pergunto.

— Isso tudo aconteceu na semana passada. Eu queria contar a todas pessoalmente. Esta noite. Aqui. Allie está impedindo que a gente vire, sei lá, sem-teto, acho, mas ela e Tracy fizeram com que fosse possível eu estar aqui. — Um sorriso suave, gentil e hesitante se espalha em seu rosto. — E é tão bom estar aqui. Isto serve de alimento para a minha alma. Me sinto melhor só por estar aqui. Eu amo tanto vocês. Isto é algo que eu não queria perder. — Taylor enfia a mão na sacola e extrai caixas alegres em forma de estrela, com um Papai Noel na tampa e renas saltitantes nas laterais. — Aqui estão eles. — Ela dá a primeira caixa para Sissy, que a repassa.

— O biscoito contém três tipos diferentes de gengibre: fresco, em pó e cristalizado. Eu adoro essa combinação de condimento e doçura que existe no gengibre cristalizado, de modo que cada sabor seja nítido e ressalte o outro. Mas este ano, com todo o amor que Allie e Tracy demonstraram ter comigo, e Marnie tentando me ajudar a conseguir um emprego, e todo o amor e carinho das minhas amigas... — Seus olhos se enchem de lágrimas e ela precisa parar para enxugar o rosto. — Bem, vocês são a doçura e o condimento que foram dados a mim.

O silêncio se estende por vários minutos.

Cada uma de nós absorve suas palavras.

— Isso é muito comovente — diz Jeannie.

E então Taylor diz: — Minhas amigas. Eu amo todas vocês. E o que seria de mim sem vocês? — Ela entrega a última caixa. — Era por isso que eu queria ser a última. Porque... eu precisava me fortalecer com o amor de vocês — ela levanta sua taça de vinho branco e ri — para lhes contar o que vem acontecendo, mas principalmente para dizer quanto eu adoro esta festa e o que ela significa para mim... e quanto vocês significam para mim. E é quase como se, bem, vocês tivessem salvado nossa vida. — Ela aperta os lábios, os olhos arregalados como se houvesse falado mais do que queria, e volta a se sentar.

— O que nós faríamos se não tivéssemos umas as outras? — Era uma afirmativa, não uma pergunta. Cada uma de nós sabe a resposta.

— Mas é disso que realmente se trata esta festa. Amigas — diz Taylor. Seu ânimo sombrio desapareceu e algumas chispas do seu calor retornaram.

— Pois é.

— Não se trata de biscoitos. Nem mesmo de dá-los de presente aos amigos e à casa de caridade. Mas das amigas — diz Vera.

— Independentemente dos demais problemas e alegrias, nós temos umas as outras — diz Allie.

— Independentemente de qualquer coisa, estamos sempre aqui — diz Taylor.

— Às amigas. — E levantamos as taças novamente.

ALLIE COMEÇA A LIMPAR a cozinha. Rosie ocupa seu lugar e ela e Jeannie se unem a Taylor. Rosie entende muito de direito de família. — Pode acreditar, ele vai ter que pagar, em algum momento — escuto-a dizer.

— Mas isso não me ajuda agora. Além disso, não dá para tirar leite de pedra — Taylor responde.

— As coisas vão melhorar — diz Jeannie.

— É só uma questão de tempo. — Seus olhares se encontram como se elas estivessem falando uma com a outra, tanto quanto com Taylor.

— Eu sei disso. Isso vai acabar. Mas a solução é um emprego com um salário decente e benefícios. — Taylor dá de ombros. — Já preenchi umas duzentas fichas, no mínimo. Fiz vinte e cinco entrevistas, só para ouvir que sou superqualificada.

Laurie já está de casaco, a bolsa pendurada no ombro e os biscoitos em uma grande sacola de supermercado. — Bem, tenho que ir cuidar da Olivia — ela diz e me dá um beijo. — Vamos marcar alguma coisa depois dos feriados.

— Dê muitos beijos naquela nenê — diz Sissy.

— Tchau, gente. — Laurie se detém na porta, olhando para nós. O tremor em sua voz me faz hesitar. Esta é sua última festa.

— Eu amo todas vocês. — Laurie é engolida por abraços, sufocada por "Eu te amo", "Adeus", "Dirija com cuidado", "Feliz Natal", "Feliz Ano Novo", coberta por votos de felicidades que são mais calorosos do que seu casaco.

A porta aberta revela que parou de nevar. Espero que não haja gelo sob a neve que agora cobre galhos de árvores, tetos, ruas e carros.

Vera diz: — Vou fazer uma festa de despedida para ela.

— Eu estava pensando a mesma coisa.

Disney corre para a porta numa confusão de rabo abanando e saltos, com o macaco na boca.

Tara voltou.

— Como estão as estradas? — Ouço Laurie perguntar a ela, quando se cruzam na entrada da minha casa.

— Estão ok, mas dirija devagar. Está escorregadio em alguns pontos — Tara grita para ela ao entrar em casa.

— Na hora exata, hein? — diz Tara.

— Acabamos de terminar. — Abraço Tara e sinto a saliência dura entre nós.

— Alguma notícia da Sky? — Tara ergue as sobrancelhas ao sussurrar as palavras.

— Sim. — Dou um sorriso.

— Estou tão feliz! Aliviada. Teria sido horrível, eu teria me sentido culpada ou sei lá, sabe?

— A terrível ironia que você mencionou no verão passado.

— Exatamente — diz Tara. — Mas agora, tipo, está tudo bem.

— Uma menina. Ela vai ter uma menina saudável.

— Você vai ter um casal. E meu bebê terá uma prima mais ou menos da mesma idade. — Ela sorri. — Perfeito. Tentei chegar aqui antes, queria pegar um pouco da festa, mas minhas amigas e eu somos meio... O tempo voou. — Tara encolhe os ombros.

— Separei alguns biscoitos para você. — Entrego-lhe a dúzia extra de bolinhas de pecã.

Sissy ainda está conversando com Charlene quando Tara entra. — Chegou a minha carona — Sissy diz e se levanta.

Charlene tira papel e uma caneta da bolsa e começa a escrever.

— Vamos nos encontrar qualquer hora — ela diz. — Aqui está meu telefone.

Juliet dá um abraço em Sissy. — Foi muito bom te conhecer. — E então abraça Tara.

Jeannie pergunta: — Você já começou a ter contrações? Aquelas de Braxton Hicks?

— Talvez o bebê nasça no dia de Natal — Taylor diz enquanto sigo Sissy até meu quarto para ajudá-la a vestir o casaco.

Sissy apanha seu casaco, que está embaixo de outro, e eu o seguro para ela enfiar os braços facilmente pelas mangas.

— Obrigada, Marnie. Foi uma festa maravilhosa.

— Fico muito feliz por você ter vindo. E feliz que Tara tenha você como avó do bebê dela.

Sissy ri alto. — Você ainda não tem certeza sobre Aaron, hein?

Fico impressionada com seu comentário direto.

— Acho que nenhuma de nós consegue ter certeza absoluta a respeito de homem algum. — Ela balança a cabeça e seus dreadlocks curtos dançam ao redor do rosto.

Dou risada, porque ela tem razão. Infelizmente, com relação a todas nós. — Estou trabalhando nisso com o Jim.

— O Aaron até que não está mal, para um carinha jovem. — Suas palavras minimizam o vislumbre de orgulho em seu rosto.

— Acho que ele é sincero, e os dois certamente têm a paixão pela música em comum. — Olho para ela, olho com seriedade, e digo: — Ele ama Tara. Isso eu sei. Obrigada por revelá-lo para mim hoje.

— Foi para você. Bem, principalmente para você.

Estamos tateando o terreno uma da outra, fazendo uma aliança a partir do feliz acaso de sermos reunidas por nossos filhos.

— Pensei: se eles se amam e têm tanto em comum, alguma coisa deve ter vindo da gente — diz ela. — De mim e de você. — E ela aponta para cada uma de nós.

Sua sinceridade nunca é ofensiva. — Gosto muito da forma clara como você coloca as coisas. Nunca permite que elefantes invisíveis sejam escondidos sob o tapete no meio da sala.

Ela ri. — Isso tudo é novo para nós duas. Nunca imaginei que teria um neto meio-branco.

— Nem eu. — E ambas rimos. — Não é tanto a diferença racial, no entanto, mas o fato de ele ter estado num reformatório.

Assentindo com a cabeça e levantando as sobrancelhas finas, ela diz: — Também não gostei nada disso. Nem um pouco. Mas Aaron conseguiu chegar ao outro lado da situação, e mais amadurecido pela luta.

— Parece que sim, e vamos ver se eles poderão dar segurança e conforto um ao outro. O que não é fácil, a despeito das decisões que tomamos. Principalmente agora.

— A vida — ela dá de ombros — segue o rumo que tem que seguir sem se importar com nossas míseras pessoas. — Ela abotoa o casaco.

— Nosso bebê terá a nós, e nós formamos uma coalizão.

— Ele terá a nós. E a eles. Já é bastante — diz Sissy.

— A próxima vez que nos encontrarmos será na sala de parto.

— Eu pedi para todo mundo ficar de olho e me ligar no mesmo instante, para que a gente fique andando de um lado para o outro juntas. — Sissy ri. Ela tira um gorro vermelho molenga do bolso do casaco.

Vera entra no quarto. — Oh. — Ela apanha seu casaco e sai, gritando: — Até mais, Marnie. Foi um prazer te conhecer, Sissy.

— Também estou de saída — Sissy diz ao verificar o relógio. — Foi um prazer conhecer você — diz ela ao sair.

Vera se despede de mim com um beijo antes de partir.

Eu abraço Tara e digo: — Vejo vocês na véspera de Natal, você e o Aaron.

— Se você quiser, se não tiver outros planos, pode vir passar a noite de Natal na minha casa — diz Sissy.

— Sky e Troy estarão aqui.

— Eles também podem vir.

— Que ótima ideia, assim todos estaremos juntos — digo.

Tara e Sissy caminham em direção à porta. — Tchau, gente — diz Sissy.

— Até o ano que vem.

— Adoramos seus hambúrgueres.

— Você foi uma ótima biscoiteira virgem — clama um coro de vozes.

E então: — Não vejo a hora de ver seu bebê, Tara — diz Rosie.

— Lembre-se de respirar. Respire sempre — diz Jeannie.

Allie e Taylor terminaram de lavar a louça enquanto eu conversava com Sissy. Elas completam seu copo com água ou vinho e vão para a sala de estar. Giro meus ombros e o pescoço. Minhas costas estão cansadas. Sirvo vinho branco na minha taça e vou para a sala.

Juliet está de casaco, uma sacola de biscoitos numa mão e sua bandeja vazia na outra. Ela acena ao partir. — Tchau. Amo vocês. Nos vemos daqui a algumas semanas.

Seis de nós voltam para seus lugares, os mesmos de antes.

— Tomei uma decisão — diz Jeannie. — Vou sair da concessionária.

— Você trabalha lá desde o colégio! Você queria administrar o lugar — eu digo.

— Agora é insuportável. E quem sabe no que isso tudo vai dar? Talvez a concessionária fique para a Sue e eu termine trabalhando para ela. De qualquer forma, nada se definirá assim tão cedo e, quando estiver resolvido, seja como for, a concessionária já não será a mesma. Vou me lembrar do meu pai e da Sue e da falta de consideração deles.

— Eles pensaram em você — diz Rosie. — E na sua mãe.

Jeannie termina seu copo de um só gole e o coloca sobre a mesa de centro com suficiente teimosia para fazer o cristal ressoar.

— Você tem o direito de ficar brava — eu digo.

Ela assente com a cabeça. — Não vou mais ficar estagnada e preciso seguir meu próprio sonho. Estou pensando em abrir um centro de ioga. Não vou parar de trabalhar imediatamente, mas vou começar a estudar mais e obter os certificados e, depois, abrirei um centro. Vou me desfazer emocionalmente da concessionária.

— Você poderia abrir o centro agora e contratar pessoas para dar aulas. E, enquanto isso, vai conseguindo sua certificação.

— É uma possibilidade.

— Os aluguéis estão baratos. Pode ser um excelente momento para conseguir um bom negócio. — Rosie adora organizar coisas.

— Eu adoraria ajudar — diz Taylor. — Eu tenho tempo. Seria divertido fazer algo produtivo. E tenho certeza de que conseguiria criar um site para você.

— Ok — diz Jeannie. — E eu vou dizer para o meu pai que, por causa de suas atitudes, trabalhar com ele se tornou insustentável para mim. Que estou me sentindo muito mal por manter isso em segredo da minha mãe. Ainda não sei o que fazer com relação a isso, mas não há motivos para continuar fingindo para o meu pai. Aí está a diferença: não vou mais fingir.

— A ioga tem sido um conforto emocional para você. — Penso em nossos cafés da manhã, com Jeannie reluzente de suor.

— Mudou a minha vida — ela diz. — Eu gostaria de oferecer isso a outras pessoas. Um refúgio onde... — Ela tenta encontrar a palavra certa. — Namastê exista em todas as suas formas. Ioga. Talvez meditação. Talvez coaching pessoal. Talvez algo relacionado com nutrição e alimentação saudável. Vida ecológica. Sei lá.

— Terapia? — Allie acrescenta.

Taylor repete: — Coaching pessoal... isso é meio parecido a treinamento. Humm.

— Um centro de bem-estar para mulheres?

— Homens, também. Por que excluí-los?

Charlene entra na sala vestindo uma calça confortável cor de damasco, uma camiseta regata e envolta num xale azul-claro. Ela lavou o rosto e exala um aroma de limão e lavanda. Traz na mão um copo de água e se senta novamente em seu lugar.

— Não sei o que fazer com relação a Sue — diz Rosie. — Também estou no meio de uma encruzilhada. Talvez nós três devêssemos conversar sobre isso.

Jeannie nega com um movimento de cabeça. — Não tenho nada para dizer a ela.

— Talvez quando eles voltarem da Itália?

— Então meu pai será forçado a tomar uma decisão. Ou você acha que Sue irá esperar para sempre?

Rosie dá de ombros, fecha os olhos e pressiona os lábios.

— Isso tudo terá de se resolver em algum momento.

— É. Do mesmo jeito que estar desempregada e viver da bondade de Allie é algo temporário — diz Taylor.

— Mas a um preço.

— Talvez não um preço, mas uma bênção. Um fortalecimento — Charlene diz. — Você já descobriu coisas novas sobre si mesma e um novo caminho possível.

Allie apanha seu casaco. Traz nas mãos seus biscoitos e sua bandeja vazia. — Tenho um paciente às oito amanhã. — E então Taylor está com tudo arrumado e pronta para ir embora.

— Então, Taylor, você entra em contato comigo. Amanhã. Estou falando sério. Vou falar com Kevin e vamos ver o que podemos fazer — diz Rosie.

— Obrigada. Muitíssimo obrigada simplesmente por dar esta festa todos os anos. — Ela me abraça.

— Talvez possamos trabalhar juntas no centro de ioga? — Jeannie propõe.

— Nós te amamos — diz Charlene. Ela não diz: Você vai sobreviver. E não diz: Eu já passei por isso e eu sei. Tampouco eu digo. Nós olhamos uma para a outra e a época em que moramos juntas encaixando nossos horários para cuidar dos bebês, trabalhar, tomar conta de Sky, de Luke e uma da outra está contida naquele olhar.

Taylor vê isso e diz: — Sim, eu sei. É como você disse: sobreviver e sair mais forte e mais eu mesma. — Ela se vira para Jeannie. — Talvez possamos cantar nesse centro também. — E dá uma risada.

Quando finalmente me despeço delas, Rosie e Jeannie também já vestiram o casaco. Rosie é sempre a primeira a chegar e a última a partir. Eu as abraço e as observo caminhar juntas. Jeannie diz alguma coisa para Rosie. Vejo Jeannie virar a cabeça e observo sua boca se mexer, mas não sei o que ela está dizendo. Algo que provoca um abraço de Rosie. Elas ficam paradas no meio da rua silenciosa, abafadas pelo cobertor de neve cintilante, as luzes da rua brilhando em seus cabelos e as vejo abraçar uma a outra antes de se separarem rumo aos respectivos carros.

TIRO A ROUPA e lavo o rosto. O hematoma brota na minha face como uma flor, roxo com toques de amarelo. Visto um pijama listrado colorido, do tipo que nunca uso com Jim, e me enrolo no meu roupão lilás.

Há vinho na minha taça, ainda decorada com o enfeite de Papai Noel. Charlene está deitada no sofá, com um travesseiro da minha cama sob a cabeça e um cobertor sobre o corpo. Sento-me na cadeira que ela ocupou a noite toda.

— Outra festa excelente.

— Ano que vem será melhor ainda.

Charlene encaixa as mãos dobradas sob o queixo. — Sim, ficará mais fácil, mas não irá desaparecer. E estou pensando que Sissy pode ter razão.

Balanço a cabeça assentindo. — Consigo ver você como ministra. Não vinte anos atrás, ou mesmo há dez. Mas agora. —

Giro meus ombros para trás e massageio meu pescoço. — Eu disse a Jim que o amava.

Charlene ergue seu copo. — Uma noite e tanto para você. Boas notícias de Sky. Um passo importantíssimo com Jim. E você se abriu a *ambos* os netos novos. — Ela enfatiza a palavra *ambos* para ressaltar minha preocupação e desprazer iniciais com a situação de Tara.

— A Sissy é incrível. Se o filho dela for metade do que é a mãe, Tara encontrou um tesouro. E quanto a mim, vou adorar ser uma parte de todo esse amor.

— Talvez Luke esteja certo e o amor seja imortal. Talvez seja o maior dos efeitos cascatas. O mais poderoso dos efeitos borboletas.

— Um deles, pelo menos. — Não posso evitar pensar também nos efeitos negativos. Guerras que criam mais guerras. Ódio que vai aumentando até se transformar em monumentos à vingança. Mas Charlene não precisa de lembretes da dor. — E talvez o amor seja, em última análise, a melhor coisa que podemos receber. Não resolve tudo, mas, apesar dos pesares, é a coisa mais significativa que possuímos.

— Sim. A melhor coisa que recebemos. — Ela afasta uma mecha de cabelo do rosto. — E nós realmente o recebemos.

— Mais uma vez. — Fizemos nossos biscoitos, os compartilhamos com nossas amigas e ajudamos umas às outras a atravessar uma fase sombria.

Nós nos alegramos e celebramos mais um ano.

— Parabéns para a gente.

Sim.

GENGIBRE

Antes que o chocolate se tornasse o sabor das sobremesas, o gengibre era considerado um saborizante de luxo pelos europeus. Originário da Ásia, onde seu uso como tempero culinário abarca ao menos quatro mil e quatrocentos anos, o gengibre cresce em solos tropicais férteis e úmidos. A planta produz pencas de botões brancos e cor-de-rosa que desabrocham em flores amarelas. É a raiz subterrânea que se transforma na especiaria.

O gengibre é tão conhecido por seu uso medicinal quanto por suas qualidades alimentares. Importante na medicina chinesa por muitos séculos, é mencionado nos escritos de Confúcio e citado no Corão, indicando que era conhecido nos países árabes em passados tão longínquos quanto o ano de 650 d.C. O gengibre é um conhecido diaforético, o que significa que provoca a transpiração. Henrique VIII instruiu o prefeito de Londres a usar o gengibre como medicamento contra a peste.

É utilizado para aliviar a indigestão ácida e os enjoos de mar, da gravidez e os causados pela quimioterapia. Minha avó insistia em recomendar Ginger Ale, o refrigerante à base de gengibre, sempre que alguém se sentia mal do estômago.

E, na minha opinião, é excelente para fazer chá. Simplesmente rale um pouco, coloque num infusor de chá e acrescente um pouco de mel. É uma medicação diária, sem a necessidade de comprimidos. Ótimo se seu estômago não está bem. Existem evidências de que também reduz dores articulares e artrite e que pode ter efeitos anticoagulantes e baixar o nível de colesterol do sangue. É eficaz contra a diarreia, especialmente do tipo que constitui a principal causa de mortalidade infantil em países em desenvolvimento.

O gengibre vem sendo utilizado há muito tempo como afrodisíaco, administrado interna ou externamente. É mencionado no Kama Sutra, e, nas ilhas Melanésias do Pacífico Sul, é empregado para conquistar o interesse de uma mulher, já que consumir gengibre aumenta o fluxo sanguíneo na região genital. Inversamente, nas Filipinas, masca-se gengibre para afastar os espíritos malignos.

Na Ásia, o gengibre é usado em conservas, chutneys e pastas de curry, já que a raiz seca e ralada é um dos ingredientes do curry em pó. O gengibre em conserva acompanha pratos com molho satay, sushi e serve como guarnição para muitos pratos chineses.

O gengibre foi um dos primeiros temperos e, durante a época romana, era o mais valioso a ser importado do Oriente. Conhecido na Europa desde o século IX, tornou-se tão popular que foi incluído, assim como o sal e a pimenta, em todas as mesas. Por volta do século XII, ao menos para as pessoas prósperas, o gengibre seco era usado em sobremesas, incluindo-se bolos, biscoitos — principalmente nas bolachinhas de gengibre — e em pães de mel. Nos pubs e tavernas inglesas do século XIX, os proprietários colocavam pequenos recipientes de gengibre moído para que as pessoas polvilhassem sobre a cerveja — essa foi a origem do Ginger Ale. O gengibre dá sabor a pudins, geleias, conservas e bebidas como a cerveja de gengibre, o vinho de gengibre e o chá. Também se consome gengibre em calda como doce ou picado em bolos e pudins, e ele também é usado às vezes como ingrediente de sorvetes. Minha avó me apresentou ao gengibre cristalizado, um verdadeiro regalo das festas de fim de ano.

Todos esses ingredientes acrescentam sabor à nossa vida. Uma das bênçãos de viver nos tempos modernos é que nos beneficiamos da colaboração da Mãe Natureza, da engenhosidade humana e da civilização. Pense só. Açúcar, gengibre e canela do Oriente. Chocolate e baunilha do México. Tâmaras e farinha do Oriente Médio. Nozes e frutos secos de todos os cantos do mundo. Uma variedade de alimentos da nossa terra, cujas histórias são emocionantemente variadas, para aguçar nosso apetite e nossa imaginação.

As pessoas também são ingredientes mistos. Cada uma é uma combinação entre açúcar e sal, de temperos combinados à doçura, que ressaltam ambos os sabores. Nosso amor e apoio são fermentados com a nutrição dos frutos secos e do trigo, a acidez do gengibre, a opulência da baunilha e o poder do chocolate — plantas, assim como as pessoas, que são raras e às vezes complicadas para polinizar!

No ano que vem nos reuniremos novamente, carregadas de biscoitos, cheias de animação e trazendo ainda mais sabedoria. Quem sabe exatamente onde estaremos? Abriremos nosso círculo para uma nova biscoiteira virgem. Desconfio que Sissy e eu nos tornaremos aliadas íntimas. Mas será que Rosie terá seu bebê, e Taylor um novo emprego? Será que Jeannie terá ultrapassado seu dilema de triângulos tortuosos para se concentrar em sua própria vida e carreira? Terá Allie tomado alguma decisão a respeito de seu relacionamento com T.J.? E quanto a mim?

E quanto a mim?

Talvez, só talvez, Jim e eu estejamos juntos, amando um ao outro. Talvez, só talvez, eu reconheça e acredite nisso.

Terei dois netos. Dois bebês. Uma vez mais, serei testemunha do mundo através do olhar inexperiente de uma criança. E sei que, o que quer que aconteça, quaisquer que sejam as maravilhas ou obstáculos que a vida me apresente, minha família, meus amigos e eu iremos atravessá-los juntos.

Agradecimentos

Existe, realmente, um clube do biscoito; eu fui a biscoiteira virgem em 2000 e, desde então, venho participando. Apesar de haver doze mulheres que se reúnem todos os anos, não são as mulheres descritas nas páginas deste livro. Pelo que eu saiba, nenhuma de nós teve um caso extraconjugal durante mais de uma década nem tem uma amiga transando com seu pai ou uma casa embargada. Nós tivemos bebês, adotamos bebês, nos mudamos para outra cidade, tivemos amantes muito mais jovens, fomos traídas, nos casamos e divorciamos, enfrentamos problemas financeiros, fomos mães solteiras, nos recuperamos da morte de nossos pais e do nosso próprio câncer. Sim, sete entre doze de nós sobreviveram ao câncer. Incrível!! Assustador!!

Existe uma biscoiteira-líder, Marybeth Bayer, que deu início ao clube do biscoito. Suas incríveis habilidades sociais e organizacionais, assim como seu maravilhoso dom como anfitriã e cozinheira, são a alma do nosso clube e serviram de inspiração não só para este livro como também para outros aspectos da minha vida. As regras desse clube são regras definidas por ela e todos os anos ela nos mantêm ansiosas pela festa como um dos pontos altos das festividades natalinas e do ano inteiro. Começamos a brincar e a pensar em nossas receitas e embalagens no meio do ano. Juro! Eu tomei emprestado seu brilhante cabelo branco e seus olhos azuis para Marnie, bem como sua casa, a qual eu visualizava para essa festa do biscoito fictícia, da mesma forma que ela é usada para nossa festa verdadeira. Charlene está baseada numa mulher real, Daphne Mead-Derbyshire, cujo espírito carinhoso e pacífico, a despeito do trauma, é um exemplo para todas nós. A verdadeira Charlene usou o dom da morte de seu filho para ordenar-se ministra inter-religiosa.

A mensagem de e-mail de Tracy foi, na verdade, escrita por Karin Blazier e capturava de tal forma seu espírito alegre e engraçado que não resisti a tomá-la emprestada, assim como sua queda por usar um beijo de batom como assinatura. Cada uma de nós é incrível; por sorte, algumas de nós não tiveram que passar por tantas provações quanto as demais para aprender seu próprio valor.

Alguns incidentes narrados aqui são verdadeiros; por exemplo, uma de nós realmente fez uma apresentação de comédia stand-up sobre as nozes. Nós realmente damos um treze avos da nossa produção para a caridade e, durante mais de uma década, tem sido para uma casa de caridade. Estamos cientes de que dar aos demais é outra forma de dar a nós mesmas. Especialmente nestes tempos, o que pode nos ajudar a sobreviver é a generosidade, termos umas as outras e um espírito otimista.

As receitas de biscoitos foram realmente usadas em nosso clube. E temos, pelo menos, mais umas cem. Sim, repetimos nossas receitas favoritas. As receitas deste livro foram colhidas de avós, amigas, clientes, da Internet ou de diversos livros de receitas e revistas há tempo demais para que nos lembremos.

Escrever sobre os diversos ingredientes foi parcialmente inspirado pelo restaurante Zingerman's Roadhouse e pelas minhas filhas, que trabalharam lá. Minha filha Melina Hinton me informou sobre o cultivo de produtos agrícolas e o processamento de carnes, e ampliou meus conhecimentos a respeito de métodos agrícolas e cuidados animais. Seguindo o incentivo de Ari Weinzweig, minha filha Elizabeth Hinton escreveu a história da culinária afro-americana durante a Reconstrução, acompanhando a vida de duas cozinheiras. Algumas receitas de seus livros e suas histórias de vida foram apresentadas em um jantar que me lembrou como a motivação da comida é um fator determinante em nossa cultura e evolução. Afinal, do ponto de vista das plantas, se é que elas o têm, tudo se resume à reprodução. E do nosso, tudo se resume a continuar vivo, combinado ao nosso imenso apetite por variedade e prazer, ambos responsáveis pelo fato de podermos entrar num mercado e comprar alimentos originários de lugares remotos do mundo. Cada alimento que estudei deu ensejo a um filão de história e proporcionou uma visão das forças e acontecimentos responsáveis por nossa civilização e cultura. Afinal, foi o cultivo do trigo que possibilitou a existência de povoações; foi nosso desejo pela canela que levou à descoberta do Novo Mundo; e nosso vício pelo açúcar, possível apenas devido à escravidão, foi crucial para que os Estados Unidos fossem o país diversificado que é.

Tenho que mencionar vários livros que usei: *The Emergence of Agriculture*, de Bruce D. Smith; *Against the Grain*, de Richard Manning; *Guns, Germs, and Steel*, de Jared Diamond; *The Oxford Companion to Food*, de Alan Davidson; e *The Cambridge World History of Food*, de Kenneth F. Kiple e Kriemhild Coneè Ornelas. *Woman: an Intimate Geography*, de Natalie Angier, e *Mother Nature: a History of Mothers, Infants, and Natural Selection*, de Sarah Blaffer Hrdy, foram úteis para afiar minha compreensão da importância das avós para a evolução humana.

E este livro não teria sido escrito da mesma forma sem Ruth Behar, Elizabeth Hinton e Tim Kornegay. Tim escreveu as letras de rap que Special Intent cantou; minha particular gratidão a você, Tim, assim como um obrigada pelas sugestões a respeito do manuscrito todo. Mandou muito bem! Um agradecimento especial também a Ruth, que leu tudo, às vezes em cima da hora, conforme cada capítulo era terminado. E Elizabeth, suas ideias estão aqui desde o início, obrigada novamente por ler este livro durante suas férias de fim de ano. A Kieron Hales, *sous chef extraordinaire*, que me ajudou a aperfeiçoar a receita de biscoitos da sorte, enquanto Bev Pearlman e Gail Farley fizeram algumas sugestões que foram incorporadas à receita, e Mike De Simone e Jeff Jenssen que, bondosamente, testaram cada receita. Muito obrigada. Todo o seu apoio, suas críticas, amor e amizade foram inestimáveis.

Não tenho palavras suficientes para agradecer a Friday Jones por ter me apresentado a Peter Miller e sua equipe, Amina Henry e Adrienne Rosado, que me estimularam a terminar este livro e, depois, encontraram para ele um lar fabuloso. A equipe da Atria Books, Emily Bestler, que aprimorou a escrita, e Judith Curr, Louise Burke, Carolyn Reidy e Laura Stern, que trabalharam para que tudo corresse à perfeição no lançamento.

E, é claro, às biscoiteiras que deram seu apoio e incentivo e se animaram por mim enquanto eu escrevia.

Parabéns para a gente!!!

Este livro impresso em papel pólen soft 80g/m^2
no Sistema Digital Instant Duplex da
Divisão Gráfica da Distribuidora Record.